Ty Tawe
9/9/16.

...yd gan Honno
...aig', Heol y Cawl, Dinas Powys,
...gannwg, CF6 4AH
...nno.co.uk

...raint yr argraffiad ⓗ Ystâd Kate Bosse-Griffiths, 2016
...eddwyd gyntaf gan Wasg Aberystwyth/Gwasg Gomer yn 1957
...lfraint y rhagymadrodd ⓗ Heini Gruffudd, 2016

...itish Library Cataloguing in Publishing Data
...eir cofnod catalog o'r llyfr hwn yn y Llyfrgell Brydeinig

ISBN: 978-1-909983-52-6
eISBN: 978-1-909983-53-3

Cedwir pob hawl. Ni ellir, heb ganiatâd ymlaen llaw gan y cyhoeddwyr, atgynhyrchu unrhyw ran o'r llyfr hwn, na'i storio ar system adennill, na'i drosglwyddo ar unrhyw ffurf neu mewn unrhyw fodd electronig, mecanyddol, llungopi, recordiad neu'r cyfryw.

Lluniau y clawr: *Western Picnic* (1950),
gan Alfred Janes trwy ganiatâd Hilly a Ross Janes.
ⓗ y testun Kate Bosse-Griffiths trwy ganiatâd Heini a Robat Gruffudd.

Cysodydd: Dafydd Prys
Dylunydd y clawr: Graham Preston
Cyhoeddwyd gyda chymorth ariannol Cyngor Llyfrau Cymru
Argraffwyd yng Nghymru gan Gomer, Llandysul

Cyhoeddwyd gan Honno
'Ailsa Craig', Heol y Cawl, Dinas Powys,
Bro Morgannwg, CF6 4AH
www.honno.co.uk

Hawlfraint yr argraffiad (h) Ystâd Kate Bosse-Griffiths, 2016
Cyhoeddwyd gyntaf gan Wasg Aberystwyth/Gwasg Gomer yn 1957
Hawlfraint y rhagymadrodd (h) Heini Gruffudd, 2016

British Library Cataloguing in Publishing Data
Ceir cofnod catalog o'r llyfr hwn yn y Llyfrgell Brydeinig

ISBN: 978-1-909983-52-6
eISBN: 978-1-909983-53-3

Cedwir pob hawl. Ni ellir, heb ganiatâd ymlaen llaw gan y
cyhoeddwyr, atgynhyrchu unrhyw ran o'r llyfr hwn, na'i
storio ar system adennill, na'i drosglwyddo ar unrhyw ffurf
neu mewn unrhyw fodd electronig, mecanyddol, llungopi,
recordiad neu'r cyfryw.

Lluniau y clawr: *Western Picnic* (1950),
gan Alfred Janes trwy ganiatâd Hilly a Ross Janes.
(h) y testun Kate Bosse-Griffiths trwy ganiatâd Heini
a Robat Gruffudd.

Cysodydd: Dafydd Prys
Dylunydd y clawr: Graham Preston
Cyhoeddwyd gyda chymorth ariannol Cyngor Llyfrau Cymru
Argraffwyd yng Nghymru gan Gomer, Llandysul

MAE'R GALON WRTH Y LLYW

gan

KATE BOSSE-GRIFFITHS

gyda rhagymadrodd gan Heini Gruffudd

Pan fo'r galon wrth y llyw
Llongddryllia hi ei meistr.
(Dihareb o'r hen Aifft)

CLASURON HONNO

I YSGOL CADWGAN:
GWYN
PENNAR
RHYDWEN
LAWNSLOD

(Cyflwyniad yr argraffiad gwreiddiol
Gwyn: J. Gwyn Griffiths
Pennar: Pennar Davies
Rhydwen: Rhydwen Williams
Lawnslod: D.R. Griffiths)

CYNNWYS

RHAGAIR 9
DIOLCHIADAU 10
NODYN GOLYGYDDOL 10
RHAGYMADRODD 11
MAE'R GALON WRTH Y LLYW *34*

RHAGAIR

HOFFWN ddiolch yma i bawb sydd wedi helpu, trwy feirniadaeth a thrwy gefnogaeth, i lunio'r nofel hon, ac yn arbennig i'm gŵr.
Diolch hefyd i J.D. Lewis a'i Feibion Cyf. am eu menter a'u gwaith celfydd.

KATE BOSSE-GRIFFITHS, 1957

DIOLCHIADAU a NODYN GOLYGYDDOL

Hoffwn ddiolch i Wasg Honno am ddewis ailgyhoeddi'r nofel ac i Rosanne Reeves am ei gofal a'i chymorth parod wrth baratoi'r argraffiad hwn.
Heini Gruffudd

Hoffwn ddiolch o galon i Helena Earnshaw a Lesley Rice o Wasg Honno am eu cymorth amhrisiadwy wrth lywio'r clasur hwn drwy'r wasg mor ddiffwdan; Heini a Robat Gruffudd am eu caniatâd brwdfrydig i ailgyhoeddi nofel eu mam; Graham Preston am ddylunio'r clawr; Dafydd Prys am gysodi; Gwasg Gomer am argraffu a Hilly a Ross Janes am ganiatâd i ddefnyddio'r darlun *Western Picnic*.
Rosanne Reeves

Gadawyd y testun gwreiddiol fel yr oedd, ond addaswyd rhai ffurfiau berfol ac arddodiadol, ac ambell air ac ymadrodd arall, er mwyn diweddaru'r mynegiant.
Heini Gruffudd, Rosanne Reeves
Golygyddion

RHAGYMADRODD

'Sut y digwyddodd inni unwaith gael caniatâd i ddod i fyny o dragwyddoldeb i'r cyflwr ymwybodol..?'[i] Dyna gwestiwn merch sy'n wynebu ei difodiant yn 'Y Bennod Olaf', stori fer fuddugol Kate Bosse-Griffiths yn Eisteddfod Genedlaethol 1942. Mae meddwl am fyrhoedledd bywyd yn gorfodi Mair i ymwybod ag ysfa i fyw i'r eithaf, gan werthfawrogi profiadau a dirgelwch bywyd. Gwêl yr un pryd sut mae rhai o'i chwmpas yn gwastraffu'r cyfle a gânt. Mae'r dyhead yma i hunangyflawni'n ganolog i Kate, ac yn sgil hyn mae'n ymholi i ganfod pa rwystrau yn nhrefn gonfensiynol cymdeithas sy'n peri bod merched yn methu byw yn ôl eu natur a'u doniau.

Ail nofel Kate yw *Mae'r Galon wrth y Llyw* (1957). Cyhoeddwyd hon bymtheng mlynedd ar ôl ei nofel gyntaf, *Anesmwyth Hoen* (1941). Rhwng y rhain cyhoeddodd gyfrol o storïau byrion *Fy Chwaer Efa a Storïau Eraill* (1944) a chyfrol yn cynnwys sgript radio a waharddwyd a rhai ysgrifau llenyddol, *Bwlch yn y Llen Haearn* (1951).

Mae'n glir o'i dyddiaduron nad oedd hi'n teimlo'n gwbl gysurus ym myd y nofel Gymraeg. Meddai, ar ôl darllen *O Law i Law,* T. Rowland Hughes,

> Yn *O Law i Law* mae tipyn o ysbryd y ffilmiau Ffrengig am fywyd trefi bach, gyda phob person wedi'i symleiddio – a thipyn bach yn chwerthinllyd.
>
> A oes gen i hawl i dorri i mewn i'r traddodiad hunanfoddhaus hwn gyda'm De omnibus dubitandum?[ii]
> [Mae popeth i'w amau].

---

[i] 'Y Bennod Olaf', *Fy Chwaer Efa*, Llyfrau Pawb, 1944, t. 60.
[ii] Cyfieithwyd o'r Almaeneg, dyddiadur Kate 1953/54, t. 87.

Descartes (1596-1650) ddefnyddiodd yr ymadrodd, ac yn ei ysbryd ef cafodd Kate ei hun yn amau'r traddodiadau a welai ym mywyd Cymru, ac amau hefyd ei lle hi ei hun ynddo.

Mewn un sylw arall yn ei dyddiadur, teimlai Kate fod nofelau Cymraeg hanner cyntaf yr ugeinfed ganrif yn perthyn i'r dosbarth gweithiol:

> Mae gan y nofel Gymraeg draddodiad dosbarth gweithiol: ond mae barddoniaeth Gymraeg yn awtocrataidd, yn athronyddol, ac nid yn farddoniaeth gweithwyr.[iii]

Meddai Kate, fodd bynnag, iddi fwynhau darllen *O Law i Law*, a'i weld yn waith mwy aeddfed na *Cysgod y Cryman*, Islwyn Ffowc Elis. Ond gwelai eto'r gwahaniaeth rhwng ei hanian hithau a natur y nofel Gymraeg:

> Yr un pryd rwy'n credu mod i wedi canfod beth sy'n gwneud i mi deimlo'n anfodlon am y nofel Gymraeg – efallai am ddiwylliant Cymru?: Maen nhw'n hynod allblyg, tra bod fy sylwadau fy hun yn rhai mewnblyg.[iv]

Ei hawydd hi, meddai, 'am destun y nofel, mi ddywedaf gyda Siôn Cent: Ystad bardd astudio byd.'[v]

Meddai ymhellach, 'Mae dyn yn sgrifennu (neu dylai dyn ysgrifennu) lawer mwy mewn ysbryd o wrthryfel nag er mwyn difyrru.'[vi]

Mae ganddi sylwadau byr ar dair nofel Gymraeg:

[iii] Cyfieithwyd o'r Almaeneg, dyddiadur Kate, 1953-54, t. 87.
[iv] Cyfieithwyd o'r Almaeneg, dyddiadur Kate, 1953/54, t. 83.
[v] Dyddiadur Kate, 1953/54, t. 137.
[vi] Cyfieithwyd o'r Almaeneg, Dyddiadur Kate, 1953/54, t. 75.

- Mae *Traed mewn Cyffion* yn dangos y gwrthryfel hwn
- Mae *Monica* fel bachgen sy'n ynganu'r holl eiriau sydd wedi'u gwahardd
- Mae *Rhys Lewis* Daniel Owen yn llawn gwrthryfel yn erbyn anghyfiawnderau cymdeithasol[vii]

A hithau wedi bod yn ffoadur, ac wedi bod yn dyst i weithredoedd llywodraeth ysgeler, nid yw'n syn bod Kate wedi gwerthfawrogi gweithiau llenyddol sydd o leiaf yn codi drych i'r gymdeithas, ac sydd yna'n dangos ei ffaeleddau.

Ganwyd Kate (1910-1998) yn Wittenberg, tref sy'n gysylltiedig â Martin Luther. Cafodd hi yrfa academaidd, a chael gradd doethur am waith ar gerfluniau'r Hen Aifft. Yn 1936 collodd ei swydd yn yr Amgueddfa Eifftaidd yn Berlin, ar ôl i gydweithiwr roi gwybod i'r pennaeth ei bod hi o dras hanner Iddewig.[viii]

Roedd Kate wedi bod yn cadw dyddiadur o'i dyddiau cynnar, ac o'r cychwyn dangosodd ddiddordeb yn nhrefn

---

vii Ibid.
viii Am hanes Kate a'i theulu adeg yr Ail Ryfel Byd, gweler fy llyfr, *Yr Erlid*, Y Lolfa, 2012. Mae gen i ysgrif amdani yn *Taliesin*, 102, Haf 1998, t. 100-109. Mae nodiadau pellach amdani gan J. Gwyn Griffiths yn *Teithiau'r Meddwl*, Y Lolfa, 2004. Mae trafodaeth ar ei gwaith a'i chefndir syniadol yn nhraethawd M.A. Dr Gwennan Higham, 'Dy bobl di fydd fy mhobl i', sydd wedi'i gyhoeddi yn *Angermion*, gol. R. Görner, Cyfrol V, Rhagfyr 2012, t. 161-190. Mae gan Bethan Hicks draethawd M.A. ar ei gyrfa lenyddol ('Astudiaeth o Yrfa Lenyddol Kate Bosse-Griffiths', Abertawe 2001). Cafwyd trafodaeth ar ei gwaith mewn darlith gan Dr Marion Löffler, 'Kate Bosse-Griffiths (1920-1998)' yn *150 Jahre "Mabinogion" – Deutsch-walisische Kulturbeziehungen*, gol. Maier ac eraill, Niemeyer, Tübingen, 2001. Mae gan Dr Löffler hefyd ddarlith, 'Almaenes ynteu Gymraes? Kate Bosse-Griffiths a Chymru'. Ceir peth gwybodaeth am Gylch Cadwgan yn *Yr Aradr*, Rhifyn 7, Nadolig 1996, 'J. Gwyn Griffiths yn ateb holiadur llenyddol Alun Jones', t. 50-60.

cymdeithas a phobl. Yn ddeuddeg oed, ysgrifennodd am sut roedd Ffrainc wedi meddiannu rhanbarth y Ruhr, gan ddial ar Almaenwyr oedd yn byw yno. Meddai fod 'Lloegr ac America, yr unig wledydd a allai wneud rhywbeth yn erbyn hyn, yn gwylio'n segur'.[ix] Daeth rhai plant Almaenig amddifad o'r Ruhr i ardal Wittenberg, a gwelodd Kate hwy'n wylo. Ysgrifennodd, 'A phe na bai dyn wedi casáu'r Ffrancod cyn hyn, gallai dyn wneud hynny'n awr.'[x]

Yn bedair ar ddeg oed, yn dilyn gwledd deuluol ar ôl iddi hi gael ei derbyn yn aelod eglwysig, cafodd Kate gyngor gan ewythr iddi, 'Onkel Will'[xi] 'na ddylwn i fod yn ddim ond merch, yn ferch heb ymddyrchafu o gwbl ar draul bechgyn.'[xii]

Mae'n debygol iawn i'w gyngor ddeffro ynddi'r awydd i gyflawni yr hyn a allai fel merch, a'i hargyhoeddi hefyd na ddylai merched fod yn israddol. Daeth hyn yn un o brif themâu ei gwaith.

Daliodd hi i ysgrifennu dyddiaduron tan ei dyddiau olaf. Mae'r rhain yn cynnwys cofnodion am ddigwyddiadau personol, gyda dyfynnu mynych o'r hyn a ddywedai pobl. Byddai'n rhoi ei sylwadau ar bethau a welai ac yn aml iawn mae'r cofnodi'n ymwneud â syniadau, crefydd, llenyddiaeth ac athroniaeth.

Mae'n amheus, serch hynny, a fyddai Kate wedi datblygu'n llenor oni bai iddi orfod mynd yn ffoadur. Ar ôl ei diswyddiad yn Berlin, chwiliodd am waith mewn gwahanol wledydd, cyn cael lle yn yr Alban, Brighton, Llundain, yna Rydychen cyn dod i Gymru.

---

ix Cyfieithwyd o'r Almaeneg, cofnod dyddiadur 8 Mawrth 1923.
x Ibid.
xi Mae peth o hanes Willibald Borowietz, a ddaeth yn gadfridog ym myddin yr Almaen, i'w gael yn *Yr Erlid*, tt. 86-94.
xii Cyfieithwyd o'r Almaeneg, dyddiadur Kate, 1926, 31 Mawrth.

Ysgrifennodd am y newidiadau hyn yn ei bywyd, ond daliodd ar y cyfle i gofnodi ei hargraffiadau o'r mannau y cafodd ei hun yn byw ynddynt. Nid disgrifiadau yw'r rhain yn gymaint â sylwadau ar ymddygiad cymdeithasol.

Yn 1937 ysgrifennodd ddogfen 52 tudalen, yn Almaeneg, a'i galw'n 'This Country'.[xiii] Ynddi mae hi'n syfrdanu mor glwm mae'r 'Hausfrau' yn Lloegr wrth y tŷ, ac mor anwerthfawrogol yw pobl o waith y gegin. Mae defodau swpera'n cael blaenoriaeth ac mae hi'n ei chael yn anodd cysoni ymddangosiad hardd y bwrdd a'r bobl ar y naill law a'r bwyd cyffredin ar y llall. Mater arall sy'n cael sylw yw'r gwahaniaeth mawr rhwng y cyfoethog a'r tlawd. Sylwadau iddi hi ei hun yw llawer o ddeunydd y ddogfen ac mae modd ei weld yn gychwyn i'w llenydda, ynghyd â cherddi Almaeneg o'r un cyfnod, na chafodd y mwyafrif ohonynt eu cyhoeddi hyd yma.

Dod o gymdeithas fwy eang ei meddwl i Gymru draddodiadol wnaeth Kate. Yn yr Almaen roedd hi wedi dyweddïo â Niki, mab i Gapten ym myddin Rwsia. Cofleidiodd ei Gomiwnyddiaeth yntau, a chael ei hysgogi'r un pryd gan weithiau Friedrich Nietzsche (1844-1900), yr athronydd y camddefnyddiwyd ei waith gan y Natsïaid. Cyn cyrraedd Cymru, pan oedd yn Llundain, trôi ymysg cymuned Bloomsbury. Roedd syniadau Comiwnyddol a Sosialaidd yn ei denu yno, fel yn Wittenberg. Daeth yn aelod o'r Bloomsbury Left Book Club, a bu carwriaeth â Sais o'r enw Stanley.

Y garwriaeth hon, o bosib, a orfododd Kate i edrych eto ar ei rôl hi ei hun fel merch a gwraig. Er i'w mam obeithio y byddai Kate yn priodi Sais ac yn cael bywyd cysurus yn

---

xiii Nid yw wedi ei chyhoeddi.

sgil hyn, mae nodiadau yn ei dyddiadur lle mae'n gwaredu rhag bod yn wraig ddof, ufudd, a cholli ei hannibyniaeth, yn ôl arfer y cyfnod. Meddai ei bod

> wedi bod yn ymladd y frwydr fwyaf dewr yn erbyn y mwyaf o bob duw, sydd am fy ngorfodi trwy bob modd i garu Sais, wfft i'r diafol... Beth wyt ti mewn gwirionedd am ei gael? Wyt ti wedi dod mor bell nes bod bywyd heddychlon, 'husband' gofalgar, sydd pan fo'n bosibl yn coginio i ti, ac sydd, mor gwrtais, yn gallu dy fodloni ... Mae gen i'r breuddwyd o hyd, fy mod i am fod yn GYMAR i berson CYNHYRCHIOL, NID I UN GODDEFOL; fy mod yn parhau gyda gwaith fy mywyd... Ond rwy'n ofni'r diwrnod pan fydda i'n dweud wrthyf fy hun: bydd fyw yn y modd mwyaf cysurus, mae popeth mor ddibwys *sub specie aeternitatis*; neu'n waeth, os byddaf i'n fy mherswadio fy hun mai priodas Seisnig angylaidd o'r fath yw'r unig beth iawn i mi...[xiv]

Mewn cofnod arall mae hi'n mynegi'r awydd i gael gwreiddiau, ond yn cydnabod nad oes modd i hyn ddigwydd yn yr Almaen bellach. Yna mae hi'n dweud,

> Beth sy'n aros i ti felly: face reality.
> 1 woman courier
> 2 secretary
> 3 priodi dyn y gelli di gael plant ganddo.
> Ar gyfer rhif 3 mae gennyt amser o hyd. Rwyt ti'n ofni colli dy ddelfryd. Ond fe ddoi di o hyd eto i 'dad i'th blant'. Felly does dim rheswm dros gyffroi...

---

xiv Cyfieithwyd o'r Almaeneg, dyddiadur Kate, 31 Mawrth 1938.

Er mwyn Duw, bydd yn annibynnol...
Dim ond ti dy hun all fyw dy fywyd dy hun![xv]

Gan ddilyn ysbryd Nietzsche, roedd Kate am ymwrthod â bywyd nad oedd yn cynnig cynnydd personol. Meddai Nietzsche,

Mae pob bod hyd yma wedi creu rhywbeth mwy na nhw'u hunain; a ydych chi am fod yn drai'r llanw mawr hwn a hyd yn oed mynd yn ôl i'r bwystfilod yn hytrach na goresgyn dyn? A beth yw'r epa i ddyn? Testun gwawd neu gywilydd poenus. A hynny'n union fydd dyn i'r uwchddyn: testun gwawd neu gywilydd poenus. Rydych chi wedi gwneud eich ffordd o fwydyn i ddyn, ac mae llawer ohonoch o hyd yn fwydyn. Un tro roeddech chi'n epaod, a hyd yn oed yn awr, hefyd, mae dyn yn fwy o epa nag unrhyw epa.[xvi]

Adlewyrchu hyn mae Kate yn ei wneud mewn llythyr at Stanley, 10 Tachwedd 1938, pan mae eu perthynas yn dechrau edwino,

Dear me, what are we doing. We follow our instincts like barbarians. Instincts which are tyrranised by scores of conscious and unconscious prejudices.
And what could we do! Instead of fighting like schoolboys against each other. How could we 'exchange' the traditions of our nations, how could we enjoy these fine and noble pleasures of music, nature, poetry, sports, handicrafts – yes I say so and I mean it – and relax from the mania which surrounds us. We ought to remember and

xv Cyfieithwyd o'r Almaeneg, dyddiadur Kate, 4 Ebrill 1938.
xvi Cyfieithwyd o ran 3 Prolog *Also Sprach Zarathustra*, Friedrich Nietzsche, gol. Michael Holzinger, Berlin 2013.

we must learn, even in the 12th hour, that lovemaking is an art not only of the body but of the mind.

Gan adlewyrchu ofn mawr Kate yn ei bywyd personol o golli ei hannibyniaeth ei hun wrth fynd yn wraig briod gonfensiynol, mae Megan, yn *Anesmwyth Hoen,* wrth ystyried priodi, yn mynegi thema a drafododd Kate ymhellach yn *Mae'r Galon wrth y Llyw*:

> Y foment honno teimlodd fin eithaf argyfwng tynghedus pob merch. Beth bynnag a wnâi, byddai'n rhaid iddi aberthu rhan ohoni ei hun. I'w chyflawni ei hun, yr oedd angen y dyn a'i carai. Ac eto, y dyn hwnnw oedd y perygl mwyaf i'w hannibyniaeth ysbryd.[xvii]

Ddechrau 1939 cyfarfu â'i darpar ŵr, J. Gwyn Griffiths, y myfyriwr Eifftoleg, yn Rhydychen. Ar drothwy'r Ail Ryfel Byd, bu iddyn nhw briodi, a chychwyn eu cartref yn y Pentre, Rhondda. Daeth eu cartref yn fuan yn fan cyfarfod cyfeillion Gwyn a'i deulu, gan gynnwys Pennar Davies, a fu yn y brifysgol yng Nghaerdydd gydag e, a Rhydwen Williams.

A Kate bellach heb allu cysylltu â'i theulu yn yr Almaen, na gwybod beth oedd eu hynt, roedd y gymdeithas newydd hon yn y Rhondda'n rhoi modd i fyw iddi hi. Bu'n rhaid iddi ddysgu'r Gymraeg i ymdoddi i'r teulu, ond wrth wahodd y cyfeillion hyn i'w chartref, gallai ddatblygu ei diddordebau.

Er bod modd tybio mai mynd yn ffoadur oedd y prif achos iddi fod mor barod i ymagweddu'n wrthrychol at ei sefyllfa newydd, a dadansoddi sefyllfaoedd a chymhellion pobl, mae hi ei hun yn awgrymu mai darllen Nietzsche barodd hyn yn y lle cyntaf:

---

xvii *Anesmwyth Hoen,* Llyfrau'r Dryw, Llandybie, 1941, t. 78.

Ond nid Cymru a'm rhwygodd am y tro cyntaf allan o sicrwydd fy nhraddodiad fy hun. Efallai mai Nietzsche wnaeth hyn...

Ond hefyd amheuaeth am ddwyfoldeb y Gristionogaeth gul.[xviii]

Os oedd yn Kate yr awydd i amau pob dim, yn ôl ysbryd *de omnibus dubitandum*, byddai Nietzsche yn cynnig ffordd wahanol o edrych ar fywyd, wrth iddo ymhyfrydu yng ngallu dyn, ac edmygu rhai a greodd werthoedd newydd yn ôl eu grym ewyllys eu hunain. Byddai'n gondemniol ar sawl agwedd ar Gristnogaeth ufudd a hunandosturiol, gan ryfeddu at y modd y byddai amheuaeth yn cael ei hystyried yn bechod. Roedd ei ysgrifeniadau'n her i Gristnogion ei gyfnod, hyd at heddiw.

Yn y Rhondda, fodd bynnag, a'r capeli Cymraeg yn dal yn eu grym, bu raid i Kate ymateb i'w sefyllfa newydd. Roedd rhaid iddi geisio canfod ffordd ganol yng nghymdeithas Gymraeg y Rhondda rhwng daliadau diffydd a'r Gristnogaeth oedd yn ganolog i'w byd newydd. Gweinidog Capel Moreia, Pentre, oedd Robert Griffiths, tad J. Gwyn Griffiths, a daeth Kate yn aelod o'r capel. Pan gychwynnodd Cylch Cadwgan, dôi Kate i drafod y berthynas rhwng Cristnogaeth a moesoldeb, crefyddau eraill, llenyddiaeth, gwleidyddiaeth a heddychiaeth.[xix]

xviii Cyfieithwyd o'r Almaeneg, dyddiadur Kate, 15 Mai 1954.
xix Ysgrifennodd Kate ysgrif, 'Nietzsche a'r Natsïaid', *Heddiw*, 11-2, 1940, t. 139-41; 'Doethion o'r Dwyrain, II: Lao-Tse' yn *Seren Gomer*, 05.1942, t. 74-7; 'Lenin', *Seren Cymru*, 18 Gorffennaf 1941. Cyhoeddwyd ei phamffled *Mudiadau Heddwch yn yr Almaen* yn ail gyfres Pamffledi Heddychwyr Cymru, 7, Gwasg Gee, Dinbych, 1943. Yn yr un cyfnod cyhoeddodd erthyglau ar Ernst Toller, *Seren Cymru*, 11 Hydref 1940, Henri Bergson, *Seren Cymru*, 16 Mai 1941, a Rilke, *The Listener*, 7 Ionawr 1943.

Maes o law daeth tri o aelodau'r cylch, Rhydwen Williams, D.R. Griffiths (brawd Gwyn) a Pennar Davies yn weinidogion, a J. Gwyn Griffiths a'i frawd Gwilym yn bregethwyr lleyg. Ymysg aelodau eraill roedd Gareth Alban Davies a John Hughes y cerddor. Roedd yma gynrychiolaeth deuluol gref, a'r aelwyd yn Cadwgan, St Stephen's Avenue, yn groesawgar. Heb ddylanwad heriol Kate, mae'n amheus a fyddai'r Cylch hwn wedi cychwyn.

A hithau bellach yn perthyn i gymdeithas a'i mabwysiadodd, ond yn dal yn un o'r tu allan, roedd Kate yn ymgodymu â'i rôl ei hun yn ei byd newydd. Gwelai Gymru'n wlad o draddodiad ac roedd yn cydnabod ei bod yn haws iddi hi chwalu delwau traddodiad am nad oedd yn rhan ohono,

> Ond os nad yw'r traddodiad yn cael ei aileni'n barhaus yn y meddwl, bydd yn dod yn faich fel celfi sydd wedi'u hetifeddu. Fel rhywun sy'n dod i mewn i draddodiad newydd o'r tu allan, rwy'n llai clwm wrth y traddodiad ac felly mae'n haws i mi chwalu delwau... A hynny hefyd yn unig os ydw i'n uniaethu â Chymru.[xx]

Mae hunaniaeth o bwys yn hyn o beth. Nid yw Kate yn mynd ati i amau'r traddodiad heb ei bod hi'n cydnabod bod ganddi ran ynddo. Ond yn gyntaf bu'n rhaid iddi orfod ceisio deall pam y bu'n bosibl iddi fabwysiadu hunaniaeth Gymreig yn hytrach na Seisnig:

1 Yr adlais uwch yn y byd llai.
2 Hyd yn oed yr amherffeithrwydd. Ni fyddai gan fyd perffaith le i mi.

[xx] Cyfieithwyd o'r Almaeneg, dyddiadur Kate, 15 Mai 1954.

3 Ac nid yn olaf dyfalbarhad ei hargyhoeddiadau, fel rhywbeth y mae dyn yn gallu gwthio'i hun i ffwrdd oddi wrtho i neidio'n dda. Mae'r teimlad o arwahanrwydd hefyd yn deimlad o fod yr hyn wyt, ond yr un pryd rwy'n chwalu fy nhraddodiad fy hun...

Fe brofais yn aml: anrhydedda'r hyn rwyt ti'n ei chwalu a chwala'r hyn rwyt ti wedi ei anrhydeddu.[xxi]

Ar ôl i aelodau'r cylch ymwahanu wrth ddilyn eu gwahanol yrfaoedd daeth nifer ohonynt yn awduron toreithiog. Kate, fodd bynnag, oedd y cyntaf i gael cydnabyddiaeth. Daeth *Anesmwyth Hoen* yn fuddugol yng nghystadleuaeth Llyfrau'r Dryw yn 1941 ac yn 1942 roedd ei stori 'Y Bennod Olaf' yn fuddugol yn yr Eisteddfod Genedlaethol, gyda Kate Roberts yn beirniadu.

Merched yw prif gymeriadau'r ddau waith yma. Thema gyson yn ei gweithiau yw sut mae modd i ferched gael rhyddid i feddwl ac i weithredu'n annibynnol, gan lywio'u bywyd eu hunain. Mae'n bosibl bod Kate wedi'i dylanwadu gan fudiad ffeministaidd yr Almaen a oedd yn weithgar hyd at ran gyntaf yr ugeinfed ganrif, a hefyd erbyn adeg ei chyfnod addysg, roedd Cyfansoddiad Weimar 1919 wedi rhoi cydraddoldeb i ferched, gan roi arweiniad i weddill gwledydd Ewrop. Cafodd Kate, trwy ddylanwad ei thad, ganiatâd i gael ei haddysgu yn ysgol ramadeg y bechgyn yn Wittenberg, ac mae hyn yn gefndir i'r dymuniad a fynegir gan Megan yn *Anesmwyth Hoen,* 'Hoffwn i ferched gael eu haddysgu yn y fath fodd a'u gwnâi'n alluog i feddwl drostynt eu hunain, fel yn amser matriarchaeth.'[xxii]

[xxi] Idem.
[xxii] *Anesmwyth Hoen*, t. 42.

Nid yn gymaint ar gydraddoldeb a hawliau merched, serch hynny, roedd pwyslais Kate, ond yn hytrach ar yr angen i ferched feddu ar ryddid ysbryd a meddwl, ac i gydnabod eu natur eu hunain. Yn *Mae'r Galon wrth y Llyw* meddir, 'Nid yw'r hawl i bleidleisio yn rhoi'r gallu iddynt [merched] i ddweud yr hyn a deimlant ar adegau pwysicaf eu bywyd.'

Mae gwrthdaro i'w weld yn *Anesmwyth Hoen* rhwng cefndir traddodiadol, Cymreig Megan a'r gymdeithas newydd a ddarganfu yn Llundain a Munich, gan gynnwys ymateb i'w dyheadau emosiynol. Mae'r nofel yn blethwaith o brofiadau Kate ei hun.

Thema arall yn stori 'Y Bennod Olaf', sydd i'w gweld yn sawl un o weithiau Kate, yw'r syniad o Dduw yn fam. Mae'r stori hon yn gorffen gydag anobaith Mair am fod duw mor greulon, ond cyn hyn mae Mair am i Dduw fod yn fam yn ogystal â thad, ac mae'n ei gyfarch yn 'Dduw, Dad-a-mam'. Byddai Kate wedi canfod y syniad o famdduw o grefydd yr hen Eifftiaid, fel sydd i'w weld yn ei cherdd i Hathor.[xxiii] Roedd natur wrywaidd Cristnogaeth, a oedd yn teyrnasu ar gymdeithas batriarchaidd, yn ofid i Kate. Mae hi'n datblygu'r syniad yma yn 'Fy Chwaer Efa'.[xxiv] Yn y stori hon mae pedair chwaer ag iddynt enwau Beiblaidd, Efa, Martha, Mair a Magdalen, yn cyfarfod wedi i Efa golli plentyn (bu i Kate ei hun golli ei phlentyn cyntaf). Maent yn trafod y syniad o Dduw'n fam ac o ferch fel gwaredwr merched, ar y sail na allai Iesu, 'fel dyn dibriod, ddeall gwragedd yn iawn'.

---

xxiii 'I Hathor: Gweddi Merch', *Fy Chwaer Efa*, t. 7, sydd â'r pennill agoriadol:
Hathor, patrwm yr holl wragedd, / O erglyw, fuwch-dduwies fawr! / Llawn o faeth a llawn o gryfder, / F'unig eilun wyt yn awr.
xxiv 'Fy Chwaer Efa', *Fy Chwaer Efa*, t. 9-34.

Yn cydredeg â'r angen am roi i Dduw wedd fenywaidd, mae trafodaeth ar y gwahanol olwg ar serch sydd gan ddynion a merched, yng nghyd-destun priodas a'r hyn a welir yn foesoldeb mewn cymdeithas batriarchaidd.

Yn ei dyddiadur mae Kate yn rhestru nodweddion sy'n haeddu eu hamau yng Nghymru, yn ei barn hi, gan gynnwys gwrywdod y dynion, caethiwed gwraig y tŷ i'w chartref, y gwyliau crefyddol gyda'u holl baraffernalia, ac ymwybyddiaeth dosbarth. Gwna ddefnydd o hyn yn ei phrif nofel, *Mae'r Galon wrth y Llyw,* a ysgrifennwyd ganddi ar ôl iddi hi a'i theulu symud i Abertawe.

Yn y nofel hon mae Kate yn parhau'r drafodaeth Nietzschaidd am yr hyn yw da a drwg. Lleolwyd y nofel yn fwriadol yn y gymdeithas Gymraeg dosbarth canol, neu academaidd, gan roi cyfle i Kate i drafod dwy hoff thema iddi, serch o safbwynt merch a chyfyngiadau confensiynau cymdeithas, moesoldeb, traddodiad a chrefydd. Efallai bod Kate yn tybio bod modd i gymeriadau dosbarth canol, gan gynnwys darlithwyr a meddygon yn yr achos hwn, drafod syniadau, neu ymateb iddynt, ond mae'n wir hefyd mai i'r dosbarth hwn roedd Kate yn perthyn, yn yr Almaen, yn Lloegr ac yng Nghymru.

Mae gwahanol gymeriadau'n cynnig safbwyntiau sy'n gwrthdaro, gan ysgogi trafodaeth ar rinwedd diogelwch o fewn moesoldeb neu ddewrder y tu allan i'w ffiniau. Teimla un cymeriad "nad oedd dim ffasiwn beth â phechod mewn gwirionedd, nad oedd yr un athronydd wedi profi bod moesoldeb yn ffaith". Ceir awgrym bod bywydau'n cael eu hadeiladu ar sail twyll, a'i bod yn anodd gweld y gwahaniaeth rhwng crefydd ac ofergoel. Meddir am un o ferched y nofel hon,

> ... gwyddai ddigon am fywyd i sylweddoli nad yw moesoldeb yn fater syml o ddewis rhwng da a drwg.

Oherwydd credai hi na allai neb wneud daioni i'w gymydog heb fod yn euog o esgeuluso rhywun arall.[xxv]

Llinyn arall yn y nofel yw'r syniad o gariad meddiannol. Yn gynnar yn y nofel mae teimladau serch Siân, un o'r prif gymeriadau, yn cael eu herio. Sut gall hi fod yn siŵr o'i chariad? Mae hi'n credu bod rhaid iddo yntau gymryd y rhan arweiniol, ond yr awgrym yw ei bod yn fwy parod i ddioddef nag i dorri rheolau confensiwn. Mae Siân yn fodlon addoli ei chariad fel 'fy Nuw eiddigus', y gwrthwyneb yn union i deimladau'r awdur am yr angen i wraig beidio â cholli ei chymeriad mewn priodas. Meddir am Siân, 'Roedd hi'n anhunanol yn ystyr gyfyngedig y gair: nid oedd ganddi hunan ar wahân i Arthur'.

Mae'r angen yma i addoli ei gŵr, a sicrhau fod ei 'Duw' yn ei meddiannu, a hithau yn ei thro yn ei feddiannu ef, yn arwain Siân at geisio cyflawni hunanladdiad. Mae tystiolaeth i fam Kate, a fu farw yn 1944 yn uffern gwersyll-garchar Ravensbrück, geisio'i lladd ei hun, o bosib hyd at dair gwaith. Mae Arthur yn methu dianc rhag yr ymdrech hunanaberthol. 'Yr oedd hi wedi ei brynu â'i hunanaberth', meddir gan adleisio syniad blaenllaw yn y ffydd Gristnogol. Yn y pen draw y mae'r cyfuniad rhwng awydd Siân i feddiannu ei gŵr a'i natur hunandosturiol yn arwain at droi ei gŵr yn gaethwas. Ai teimlad hunanaberth mam yw'r teimlad sydd gan Siân? Dyna a deimla Arthur am ei chariad. Meddir 'Derbyniasai bopeth, serch hynny, fel y derbyniwn hunanaberth mam, yn ddibetrus a heb ystyried.' Does dim modd osgoi yma'r wybodaeth oedd gan Kate am hunanaberth Eva, ei modryb, a'i lladdodd ei hun, mewn amgylchiadau tra gwahanol mae'n wir, fel bod ei

---

[xxv] *Mae'r Galon wrth y Llyw*, t. 51.

phlant yn gallu cael eu derbyn yn Ariaid yn y drefn Natsïaidd.

Mae natur wahanol i'r ysfa sydd gan ddynion i feddiannu, a drafodir yn y stori 'Fy chwaer Efa':

> Pan fydd y gwŷr yn caru... maent bob amser am feddiannu... Pan fyddo'r gwŷr yn dysgu, maent yn dysgu *Na wna*. Ond pan fydd gwragedd yn caru, y mae caru iddynt yn gyfystyr â rhoddi... Ped addysgid gwragedd yn ôl gofynion eu gwir natur, byddai modd achub yr holl fyd.[xxvi]

Tua diwedd *Mae'r Galon wrth y Llyw* sonnir am y poen y gall yr ysfa i feddiannu ei achosi. Meddir, 'Ond nid yw mor hawdd heddychu'r galon ddynol sydd am feddiannu calon arall.'

Mae'r drafodaeth ar serch yn ymestyn i gynnwys priodas a'r syniad o undod perffaith rhwng gŵr a gwraig, a ddaw, wrth i'r nofel ddatblygu, yn brif thema. Yn *Anesmwyth Hoen* mai Megan yn ystyried bod priodi yn ôl disgwyliadau cymdeithas yn frad. 'Ei syniad hi oedd na ddylai neb briodi ond y Serch Mawr'. Credai y byddai, trwy 'dynged' yn canfod yr 'hanner arall'. Yn yr un modd, mae Doris, yn *Mae'r Galon wrth y Llyw,* yn chwilio am y 'Profiad Mawr', heb fod yn annhebyg i awydd Emma yn *Madame Bovary,* Flaubert, i ganfod y garwriaeth berffaith. Wrth siarad gyda'i chwaer Gwenda, dywed Doris, yn eironig o gofio'i pherthynas ag Arthur, ond yn sicr yn sgil hynny, 'Rwy'n credu'n bendant mewn un gŵr yn unig.' Dyw Gwenda ddim yn credu mewn 'undod perffaith', gan fod rhaid i bawb ddatblygu'n barhaus, ac mae'n credu y gallai fod yn

---

[xxvi] *Fy Chwaer Efa*, Llyfrau Pawb, Dinbych, 1944, t. 27.

hapus gyda gwahanol wŷr, a chyhoeddi bod ynddi 'straen bolygamaidd'.

Ceir gwrthbwynt i'r drafodaeth hon yn y sôn am le'r fenyw yn yr Aifft, ac ymysg Mohametaniaid. Meddir mai cytundeb yw priodas iddynt, ac y gall y gŵr gamu o'r briodas heb ymyrraeth llys, ond nad oes gan wraig hawl i ysgaru. Sonnir am gaethiwed Eifftes sy'n cadw llen dros ei hwyneb pan fydd allan. Nodir sut mae Mohametaniaid ers mil o flynyddoedd wedi ystyried mai gwerth merch yw 'O', h.y. nad oes ganddi werth heb ei gŵr.

Yn nyddiadur Kate, yn 1952, mae cofnod am berthynas cyfaill agos iddi hi a Gwyn, Abd el-Mohsen Bakir, a daw'n amlwg fod y trafod yn y nofel wedi'i seilio ar anghytuneb rhyngddo a'i wraig. Mae Kate yn ei ddyfynnu,

> "it is, in a way, a crime that a wife goes anywhere with anybody and remaining late outside... Of course, she can't speak with a man on the street. People would talk – and if she did, she would have to tell me afterwards."[xxvii]

Eir ymlaen i drafod posibilrwydd ysgariad,

> "In the end she tried to enforce a divorce. She went to the police and complained that I had beaten her – only very low women go to the police in Egypt. The policeman came in to our house... and the policeman gave me the advice, I ought to divorce her – that she was drawing me into shame – Mind, the husband has got the right in Egypt to beat his wife.... It is terrible how a woman can spoil a man's life and turn it upside down."

xxvii Dyddiadur Kate, 27.7.1952.

Os yw Kate yn llym ei chondemniad o le'r fenyw ymysg y Mohametaniaid, nid yw'n cynnig cysur hunanfoddhad i'w chynulleidfa Gymreig. Wedi nodi bod "gan bob Moslem hawl i briodi pedair gwraig" mae Arthur, brawd Dewi, yn cynnig her i Gristnogion, "Efallai fod ein moesoldeb ni yr un mor ofergoelus yn eu golwg nhw, yr un mor chwerthinllyd." Geiriau gwawdlyd-eironig a roddir i'r offeiriad pan ddywed wedi marw plentyn, "cofiwch, fe alwyd y bachgen bach i'r nefoedd am fod Duw yn ei garu ef gymaint yn fwy nag y mae rhieni meidrol yn gallu caru eu plant meidrol". Dilyn beirniadaeth Nietzsche a wneir pan gyfeirir at y modd y mae Cristnogion yn cryfhau wrth ystyried dioddef Crist, gan nodi sut cafodd "enaid Edna Davies ei gryfhau wrth ystyried doluriau Mari, fel pe bai hynny'n ffisig chwerw cryf." Mae syniadau am dynged, ffawd a Duw'n disodli ei gilydd yn y gymdeithas gyfoes. Yn yr un ysbryd mae'r nofelydd yn ddilornus o natur arwynebol crefydd Dewi. Fel y mae gan ddynion 'hawl berchenogol' ar wraig, mae moesoldeb crefyddol hefyd yn eiddo,

> Yr oedd yn berchen tŷ, ac ar wahân i'r tŷ yr oedd ganddo siop a gwraig a phlentyn a moesoldeb Cristnogol. Ond nid oedd y rhain yn agos ato ar y noson arbennig yma. Roedd y siop wedi cau. Aethai'r wraig i'r pictiwrs. Gorweddai'r plentyn yn y gwely, ac yr oedd ei foesoldeb Cristnogol wedi ymneilltuo i'r siwt ddu orau oherwydd nad oedd neb ond Arthur yn bresennol. (t. 15)

Fodd bynnag, ym mherson Ifor, a fu'n anffyddiwr ac sy'n dychwelyd i'w ardal yn weinidog, mae Kate yn cynnig posibilrwydd i Gristnogaeth fod yn berthnasol i'r gymdeithas. Bu i Ifor wrthod crefydd am "fod ein crefydd yn llawn o gelwydd a rhodres" ond mae'n cydnabod "fod angen mawr am grefydd yn nyfnder ein heneidiau". Mae Ifor yn cynnig bod Duw yn fwy na chyfanswm profiadau pawb, a rhaid ei fod "yn y glöyn byw sy'n cofleidio'i gymhares â'i dentaclau" a hefyd "yn y dyn sy'n anwesu clun ei gariadferch."[xxviii] Medd Ifor fod "cymdeithas sy'n anelu at bethau tragwyddol yn symud ymhellach na chymdeithas sy'n anelu at bethau materol yn unig" ac mai "daioni yw'r hyn sy'n eu helpu i ddod yn agos at y ffurf ddelfrydol". Trwy ddilyn "arweiniad fy synhwyrau a'm meddwl" y daeth Ifor i ddarganfod Duw. Er bod modd i bobl geisio dilyn rheolau, fel y Deg Gorchymyn, mae Ifor yn cydnabod bod angen i'r rheolau newid gydag amser. "Erbyn hyn," medd Ifor, "mae fy meddwl wedi cynefino â'r ffordd Gristnogol, draddodiadol o fyw." Gall hyn gyfleu yr agosaf y daeth Kate i dderbyn y grefydd Gristnogol.

Yn ogystal â hyn, mae'n bosib iawn fod yma gyfeiriad at y modd y troes Pennar Davies, ar ôl dod yn ôl o fywyd bohemaidd Harvard, at Gristnogaeth. Mae ei ddaliadau ef yn derbyn serch, natur a'r ysbryd yn un. Anelu at hyn mae ei emyn,

> Blodau, coed, cymylau, holl fwynderau natur,
> Meddwl, gwaith, celfyddyd a holl orchestion dyn;
> Bydded inni garu campau pob creadur,
>   Boed in addoli'r Crëwr llon ei hun.[xxix]

[xxviii] Byddai Kate yn ymwybodol o gerddi serch Goethe yn Rhufain, y 'Römische Elegien', lle, yng ngherdd V, disgrifia'i hun a'i gariad,
    Und belehr' ich mich nicht, wenn ich des lieblichen Busens
    Formen spähe, die Hand leite die Hüften hinab.
[Ac oni ddysgaf, pan wyliaf ffurf ei bronnau hardd, a'm llaw yn arwain i lawr ei chluniau]
[xxix] Emyn 123, *Caneuon Ffydd*, 2001.

Yn ei hawydd i afael ar y 'Cyfle Mawr', ac i fynd ati i ddenu Arthur, mae Doris yn cynnig gwrthbwynt amlwg i Siân. Mae hi'n fodlon rhoi blaenoriaeth i'w greddfau, gan feiddio torri rheolau cymdeithas yr un pryd, trwy gael carwriaeth y tu allan i'w phriodas. Meddir am Doris, "Ei greddf gyntaf, naturiol oedd rhoi bywyd i blentyn arall." Mae'n dilyn y camau sydd o'i blaen i'w pen: a hithau eisoes wedi cael tri o blant gan ei gŵr, mae hi'n cael dau o blant gan Arthur ac yn beichiogi eto. Dyma her foesol fawr y nofel: a yw cariad dau yn drech na chonfensiynau a rheolau cymdeithas? Trafodwyd eisoes syniadau am serch a phriodas. Mae hyn yn mynd gam ymhellach.

> Felly y beiddiodd Doris dorri'r cwlwm a'i cysylltai â moesoldeb ei thad a'i heglwys a chymdeithas. Gosododd ei hun y tu allan i derfynau ei chymdeithas; ond nid oedd yn ddigon cryf i gyfaddef yr hyn a wnaeth. Torrodd y tabŵ, ac ni allai ddioddef y dirmyg a'r gwawd y bydd cymdeithas yn ei gadw'n barod ar gyfer y rhai sy'n ei herio. (t. 173)

Roedd Doris eisoes wedi colli un plentyn yn dilyn damwain. Roedd un arall yn dioddef o ddiabetes. Yng ngolygfa fwyaf dirdynnol y nofel, mewn cyfarfyddiad rhwng Doris, Arthur a'i wraig Siân, penderfynodd roi un plentyn i Arthur i'w fagu. Mae un cam arall, Ibsenaidd, wrth i Doris ladd y plentyn yn ei chroth. Er bod Gwenda, wrth ymweld â'i chwaer a hithau'n marw, yn sylweddoli nad oedd prin "un o'r deg gorchymyn nad oedd wedi ei dorri" mae hi'n mentro dweud, "Rwyt ti'n un arbennig a rhyfedd iawn, Doris. Cefaist dy lunio o'r un clai ag y bydd Duw yn ei gymryd i wneud Sant."

Sut cafodd Kate hyd i sefyllfa o'r fath? Fel gydag eraill o'r sefyllfaoedd yn y nofel, does dim rhaid chwilio yn bell. Mae un olygfa'n nodi ofn plentyn o farwolaeth. Yn nyddiadur Kate, 1951, mae hi'n nodi sut roedd ei mab, Robert, yn wyth oed, yn ofni marwolaeth, a hithau'n sylweddoli ar ôl methiant i'w gysuro, na ddylai osod blinder oedolion ar blant. Yn y nofel, medd Arthur, "Gall pethau sy'n iawn i'r rhieni fod yn farwol i'r plant... Mae... tipyn bach o gelwydd yn angenrheidiol i'n cadw ni'n fyw, ni a'n plant."

Mae hanes Doris, yn yr un modd, yn hanes teuluol. Roedd chwaer Kate, Dolly, wedi cael profiadau tebyg iddi, os nad yr olaf o'r rhain. Mae'r uchafbwynt hwn i'r nofel yn peri bod y nofel oll, er yn dilyn datblygiad syniadol Kate, hefyd yn gynnig ar ddeall ei chwaer. Meddir:

> Mae hyn yn oed coleddu syniadau sy'n wahanol i'r hyn a gymeradwyir gan bobl eraill yn achos o ofn i ddyn. Ac os gweithreda, er gwaethaf hynny, yn groes i arfer ei gyd-ddynion, bydd yn eiddgar, fel rheol, i dwyllo pawb arall, a rhoi'r argraff ei fod yn cydymffurfio ym mhob dim. Llwydda rhai i dwyllo eu hunain hefyd. (t. 164)

Sut oedd modd deall bod Dolly, ar ôl cael tri phlentyn, wedi troi at gariad i gael tri arall? Mae'n debygol, yn achos Dolly, i'w charwriaeth â'i chariad cyntaf ddod i ben yn sgil diffyg cymeradwyaeth ei thad. Priododd Dolly ag un arall. Cafodd un o'u plant ei ladd yn dilyn damwain â chyllell. Roedd un arall yn dioddef o ddiabetes, fel yn y nofel.

Meddai'r nofel am Doris, "Hwyrach iddi dderbyn ysgogiad arbennig gan y ffaith fod Rhyfel Byd arall yn cael ei fygwth. Ymddangosai yn wir fod diwedd y byd yn bosibl, neu o leiaf ddiwedd gwareiddiad." Mewn amgylchiadau o'r fath, ydy pobl yn meddwl am yr hyn sydd, neu a allai fod, yn bwysig iddynt i gyflawni eu hapusrwydd? Yn achos Dolly, daeth y rhyfel a'i argyfyngau personol ac emosiynol.

Trodd at ei chariad cyntaf, yr 'Hanner Arall', a chael tri o blant, a rhoi un ohonynt, Roswitha, a fu farw'n ddiweddar, i'w chariad a'i wraig i'w magu. Mentrodd fyw yn erbyn rheolau cymdeithas, yn erbyn gorchymynion Cristnogol, er mwyn dilyn ei hysfa i afael yn y Cyfle Mawr, a phrofi'r Serch Mawr. Bu iddi fyw wedyn – hyd at ei henaint – yn rhannu tŷ gyda'i gŵr.

Mae modd gweld yng ngwaith Kate hadau ffeministiaeth[xxx] ond nid yn yr ymdrechion i gael hawliau cyfartal y mae prif ddiddordeb Kate. Mae ei phwyslais ar gydnabod grymoedd natur gwragedd, canfod sut y gall gwragedd fyw'n gyflawn yn unol â'u natur a'u doniau eu hunain, a deall effeithiau posibl hyn arnyn nhw'u hunain ac ar eraill. Mae gwyrdroi cymdeithas batriarchaidd a syniadau gwrywaidd am Dduw'n rhan o'r ateb. Mae *Mae'r Galon wrth y Llyw* yn nofel o brofiadau personol, o ddaliadau personol, ac o awydd i godi cwestiynau heriol am serch a bywyd merched yng nghyd-destun confensiynau, traddodiadau a chrefydd y gymdeithas y cafodd y nofelydd ei hun ynddi.

Heini Gruffudd,
Abertawe, 2016

---

xxx Gweler ysgrif Dr Gwennan Higham (nodyn viii uchod) a Katie Gramich, *Twentieth Century Women's Writing in Wales, land, gender, belonging*, Gwasg Prifysgol Cymru, Caerdydd, 2007.

Mae'r Galon wrth y Llyw

PENNOD I

MEWN TREF FECHAN

MEWN tref fach wledig yr oedd cartref Siân. Roedd y dref fechan yn lân, a digon o le ynddi i roi cyfle i bobl a thai anadlu'n rhydd. Rhaid cyfaddef nad oedd y tai yn ymwahaniaethu fawr ddim oddi wrth ei gilydd. Am ei bod yn dref fechan barchus, byddai popeth a oedd yn wahanol yn mynd yn destun siarad; ac ystyr siarad ydoedd cyfle i feirniadu a chondemnio.

Rhaid cyfaddef hefyd fod pobl y dref fechan hon yn arfer edrych yn debyg iawn i'w gilydd – yn allanol, am y rheswm nad oedd neb yn fodlon ymddangos yn llai parchus na neb arall, a gwell oedd ganddynt arbed arian ar eu bwyd na gwisgo'r un dillad Sul am ddwy flynedd. Ond allanol yn unig oedd tebygrwydd y tai a'r bobl, oherwydd roedd digon o le a digon o amser i dynged pob un ddatblygu yn ei ffordd ei hun. Yma o leiaf roedd y dywediad o hyd yn wir: Cymer a fynni, a thâl amdano. A diolch i'r nefoedd fod rhywbeth yn digwydd. Oherwydd am ba beth y gellid siarad ar nosweithiau hir y gaeaf ond am ferch y bancwr a gafodd faban, a hithau heb fod yn un ar bymtheg oed – a siarad yn fwy eiddgar yn gyfrinachol gan nad oedd hawl gan neb i sôn am yr anffawd deuluol yn agored.

Neu ynteu am Jim y Bws a fu'n dwyn arian y Cwmni a'i wraig, druan fach, yn colli pwyll a mynd i'r aseilwm pan lusgwyd Jim o flaen y llys. Yn wir i chi, nid oedd rhaid byw yn y dref yn hir i glywed storïau tebyg am bob teulu bron.

Ond ni ddylid dirmygu pobl sy'n dangos diddordeb yn nhynged rhywun anfoesol neu anffodus. Onid adroddwyd stori Blodeuwedd a stori Rhiannon ar gyfer pobl felly?

Safai Siân yn ei hystafell ei hun o flaen y tân agored gan

syllu'n synfyfyriol ar lun dyn ifanc golygus mewn ffrâm lliw arian a gymerasai oddi ar y silff-ben-tân.

"Mae dy wallt yn fwy golau na 'ngwallt i, fy nghariad i," meddai hi'n chwareus. "Mae dy dalcen yn uwch na 'nhalcen i, mae dy wefusau yn fwy meddal na 'ngwefusau i – ond O na bai dy ên yn gryfach, Arthur bach."

Rhoddodd gusan i'r llun a'i osod yn ôl yn ei le. Yn ei hymyl safai bwrdd crwn wedi ei osod ar gyfer dau. Edrychodd Siân unwaith eto ar waith ei dwylo â golwg beirniadol ond ffafriol. Roedd popeth yn cydweddu â'i gilydd fel yr hoffai Arthur. Dau gwpan wedi eu peintio â rhosynnau ar ben lliain o frodwaith Gwyddelig. Symudodd lestr o flodau dalia euraid o ganol y bwrdd i'r ochr, gan osod plât o deisennau blasus yn ei le.

Erbyn hyn dechreuodd y tegell ganu. Fe drodd Siân i'w godi pan glywodd guro ar y drws. Cyffyrddodd â'r silff-ben-tân er mwyn ei chadw'i hun yn sefydlog. Mor ffôl ydoedd i grynu fel hyn am fod Arthur wedi cyrraedd ar foment sydyn! Mor falch oedd hi ohono! Heddiw, a hi'n dathlu ei phen blwydd yn ddeg ar hugain, roedd yn hollol siŵr o un peth: pe bai'n rhaid iddi weithio eto am chwe mlynedd hir er mwyn ei helpu i fynd i'r Coleg, fe fyddai hi yr un mor fodlon ag yr oedd o'r blaen. Ond bellach daeth amser y prawf bron i ben.

Agorwyd drws yr ystafell yn araf bach, a hen fenyw a'i chefn yn grwm a ddaeth i mewn. Hongianai ei gwallt yn ddireol dros ei hwyneb. Symudodd ei bys at ei cheg, gan edrych yn ansicr dros yr ystafell.

"O Miss Jones, fe roisoch ddychryn i mi," meddai Siân yn garedig, fel y bydd pobl yn siarad â phlentyn.

"Mae'n flin gen i ddod ar eich traws chi fel yma, Siân. Dim ond eisie gofyn oeddwn i ydy fy chwaer gyda chi."

"Eich chwaer?" gofynnodd Siân gyda syndod, fel pe bai heb ddeall y cwestiwn yn iawn.

"Wrth gwrs, fy chwaer," meddai'r hen wraig, mor bendant fel nad oedd dim modd ei chywiro. "Neithiwr daeth fy chwaer yn ôl. Roedd hi wedi bod yn galw gyda ffrind iddi. Daeth i gysgu gyda mi yn fy ngwely, a dwedodd fod y gwely'n oer. Codes yn gynnar y bore 'ma i baratoi cwpaned o de iddi, a phan ddes i'n ôl i'r stafell wely roedd hi wedi mynd i ffwrdd. Meddyliais ei bod wedi mynd i'r dre i brynu rhywbeth, ond dyma'r pnawn wedi dod a hithe heb ddod nôl. Rwy'n gofidio'n fawr amdani. Falle bod rhywbeth wedi digwydd iddi."

"Na, dyw'ch chwaer ddim gyda mi," meddai Siân yn amyneddgar.

"Gofid mawr ... rhyw ddamwain," meddai'r hen fenyw gan fwmian wrthi ei hun, a'i dannedd gosod bron â chwympo allan o'i cheg, peth a'i drysodd yn fwy byth. Gan ysgwyd ei phen, fe aeth allan o'r ystafell.

Camodd Siân mewn ffordd ansicr i'w chyfeiriad fel pe bai hi'n ceisio mynd ar ei hôl. Roedd Miss Jones yn byw yn yr un tŷ â hi. Beth amser cyn hyn fe gollodd ei hunig chwaer a fu'n gydymaith iddi am amser maith. Roedd y profiad hwn wedi ei hysigo a chymysglyd oedd ei meddwl byth er hynny.

Ond petrusodd. Efallai y deuai Arthur yr union funud pan fyddai'n eistedd gyda Miss Jones. Cas gan Arthur oedd pob dim a oedd yn hen ac yn hyll ac yn ffaeledig. Nid oedd modd helpu'r hen wraig pa un bynnag; a chreulon fyddai dweud wrthi'n uniongyrchol na ddeuai ei chwaer byth yn ôl. Digon tebyg na fyddai hi'n barod i gredu hynny o gwbl. Ac wedi'r cyfan, onid oedd hi'n llawer hapusach tra cadwai obaith dan ei bron? Mor rhyfedd oedd y sefyllfa: heno byddai hi'n cysgu eto gyda'i chwaer. Sut y gallai neb brofi iddi nad felly oedd mewn gwirionedd? Onid oedd ei chwaer yn feddiant sicrach o lawer iddi yn awr nag yn yr amser pan oedd ei chwaer yn byw gyda hi ac yn ei lordian hi drosti? Yn awr roedd yr hen wraig yn disgwyl am ei chwaer fel y bydd merch yn disgwyl am ei chariad. Ond y gwahaniaeth oedd ei bod hi'n llawer mwy siŵr o'i chwaer nag y bydd merch o'i chariad.

Disgwyl, disgwyl! Tybed ai disgwyl fyddai ei rhan hi hefyd ar ôl priodi? Pa sawl noson a dreuliasai'n barod, tybed, yn disgwyl Arthur? Dyna fel yr oedd pethau ers blynyddoedd, pan fyddai Arthur ar ei wyliau ac yn aros yn nhŷ ei frawd priod.

Clywodd Siân sŵn camau ysgafn ar y grisiau. Cyrhaeddodd yn gyntaf aroglau powdr melys, ac yn eu sgil Gladys, merch fywiog, lawn o hwyl. Roedd clwstwr o rosynnau yn dynn yn ei llaw dde, a moesymgrymodd o flaen Siân gan ffugio difrifoldeb dwys.

"Derbyn, f'anwylaf, yr arwydd hwn o'm teyrngarwch diffuant."

"Gladys fach, dyna garedig wyt ti yn dod i'm gweld yn fy unigrwydd."

"Fy merch annwyl-i, wyt ti'n meddwl y byddwn i'n gadael i'r diwrnod pwysig hwn fynd heibio heb gofio amdanat? Ond gad imi orffen fy anerchiad yn gyntaf."

Ac aeth ymlaen yn ddwys.

"Fy mwriad i, f'anwylaf, oedd dod â band i chwarae o'th flaen di, ond methais. Doedd neb yn barod chwaith i gario piano i ymyl dy ddrws i mi gael canu cân i ti. Ond os wyt ti'n barod i wrando ar fy llais amherffaith yn ddi-gyfeiliant, rwy'n eitha bodlon ymostwng hyd yn oed i dasg galed o'r fath."

Chwarddodd Siân.

"Er mwyn dyn, Gladys, gwna drugaredd â'm clustiau, ac arbed fi rhag profiad felly. Rwy'n derbyn dy ewyllys da yn ei le."

Ac yn sydyn, heb unrhyw rybudd, daeth dagrau i'w llygaid a disgyn dros ei hwyneb. Buasai'r straen yn ormod iddi. Yn gyntaf y disgwyliad gobeithiol; wedyn y siom, ac wedyn yr anrheg roedd hi wedi edrych ymlaen ati. Nid Arthur, fodd bynnag, a ddaeth â'r anrheg, ond merch ifanc sionc.

Syllodd Gladys mewn penbleth.

"Siân fach, beth sy'n bod? Sut yn y byd ydw i wedi dy frifo?"

Cyffyrddodd Gladys yn swil â dwylo Siân, a'u gwasgu. Wedyn pwyntiodd at y bwrdd a'r llestri arno.

"Tybed a ddes ar amser anghyfleus? Rwyt ti'n disgwyl Arthur efallai?"

Gydag ymdrech fawr llwyddodd Siân i gael meddiant arni ei hun unwaith eto.

"Dodais bopeth yn barod," meddai, "gan obeithio y byddai Arthur yn dod yn ôl o'r Coleg heddiw. Ond mae'n edrych yn debyg fod rhyw waith arbennig yn ei gadw yno."

Edrychodd Gladys arni yn syn.

"Rwy bron yn siŵr imi weld Arthur y bore 'ma yn Siop y Gornel yn prynu sigarennau. Ond methais gael gair ag e."

"Wyt ti'n siŵr iti ei weld?" gofynnodd Siân a'i hwyneb yn disgleirio'n hapus. Ond fe drodd yn drist yr un mor sydyn.

"Ond pam na ddaeth yn agos yma? Mae'n rhaid ei fod yn gwybod mod i'n aros amdano fe."

Chwarddodd Gladys yn siriol.

"Rwy'n methu'n lân â deall pam y dylet ti aros yma yn y tŷ i'w ddisgwyl. Allan â thi, Siân fach, a rhed dros y ffordd a chura ar ddrws ei dŷ. Wedyn rho gusan pen blwydd iddo fe!"

Petrusodd Siân am eiliad.

"Pam – mi fyddai ei chwaer-yng-nghyfraith, wel-di, yn gofyn i mi gael te a swper gyda nhw. Chaem ni ddim un eiliad i fod wrthon ni'n hunain, a'r un pryd mi fydden nhw'n teimlo mod i yn y ffordd. Na, mae'n well gen i gael Arthur i mi fy hunan."

Mewn Tref Fechan

Methodd argyhoeddi ei ffrind er hynny.

"Ai dyma'r unig reswm," gofynnodd Gladys yn syn, "pam rwyt ti'n poeni fel hyn?"

Yn y cyfamser aethai'r ystafell bron yn dywyll. Estynnodd y tân fysedd o olau a'u symud yn anesmwyth dros y nenfwd, fel pe baent yn chwilio am rywbeth. Roedd yn rhyfedd o debyg i chwil-olau yn ceisio cael hyd i awyrlong y gelyn. Cymerodd Siân y blodau a roesai Gladys iddi, a'u trefnu yn yr un llestr â'r blodau eraill. Yna penliniodd wrth y tân.

"Na, nid yr unig reswm, mae'n wir," meddai Siân yn araf. "Merch wyf fi, a fe yw'r bachgen; a rhaid i'r bachgen ddod at y ferch."

"Rwyt ti felly'n adeiladu dy holl fywyd ar y sylfaen yma? Wyt ti am fyw yn ôl cynllun caeth? Ydy hi'n well 'da ti ddioddef ac ymboeni na thorri rheolau?"

Byrlymodd Gladys drosodd gan ddicter. Rhaid oedd i Siân amddiffyn ei hun.

"Dim o gwbl," meddai hi. "Pe bawn i'n gymeriad felly, fyddwn i ddim ..." ymataliodd Siân yng nghanol y frawddeg.

Roedd hi am ddweud "fyddwn i ddim wedi gweithio am arian er ei fwyn," ond newidiodd y frawddeg a dywedodd, "fyddwn i ddim wedi addo priodi dyn sy gymaint yn iau na mi."

"Ond beth gynllwyn sy'n dy rwystro i fynd i edrych amdano?" gofynnodd Gladys yn ddidrugaredd. "Rŷch chi'n rhy hen nawr, cofiwch, i chware mig fel plant ysgol."

Cymerodd Siân ei phen rhwng ei dwylo gan syllu ar y tanllwyth.

"Cwestiwn y drws agored yw e," meddai hi.

"Fel ffaith neu fel symbol?"

"Wn i ddim wyt ti'n deall yn iawn," meddai Siân. "Os cadwaf bopeth yn barod at yr amser pan ddaw ef i'm gweld, bydd popeth yn iawn. Fe fyddwn ni fel cannwyll a thân yn ymuno ac yn troi i fod yn un. Mae'n werth aros amdano."

"Os hyn yw'r gwir, does dim byd arall i'w wneud ond pluo dy nyth yn ddigon da i gadw dy aderyn rhag hedfan i ffwrdd."

"Ie, siŵr; mor bell ag y medra'i, fe wnaf gartre cysurus iddo fod yn feistr ynddo."

"Dy Arglwydd a'th Dduw?" gofynnodd Gladys yn llym.

"Rhag cywilydd i ti," meddai Siân, "ond rwy'n fodlon hyd yn oed ei addoli fel 'fy Nuw eiddigus'."

* * *

Yr un noson eisteddai Arthur yng nghegin ei frawd Dewi. Bywyd cysurus oedd bywyd Dewi. Roedd yn berchen tŷ, ac ar wahan i'r tŷ roedd ganddo siop a gwraig a phlentyn a moesoldeb Cristnogol. Ond nid oedd y rhain yn agos ato ar y noson arbennig yma. Roedd y siop wedi cau. Aethai'r wraig i'r pictiwrs. Gorweddai'r plentyn yn y gwely, ac roedd ei foesoldeb Cristnogol wedi ymneilltuo i'w siwt ddu orau oherwydd nad oedd neb ond Arthur yn bresennol. Cnociodd Dewi olion tybaco allan o'i getyn cyn ei osod i ffwrdd. Gwthiodd ei draed mawr i fewn i'w slipars, a dechreuodd olchi'r llestri. Dododd Arthur glustog ar y gadair freichiau ac aileisteddodd ynddi. Cymerodd sigarét allan o'r cas arian lle cerfiwyd llythrennau cyntaf ei enw. Anrheg oddi wrth Siân oedd y cas. Taniodd y sigarét.

"Ga'i dy rwystro di yn dy waith mewn unrhyw ffordd?" gofynnodd yn serchog i'w frawd.

"Wyt ti wedi colli sgriw yn dy ben? Beth wyt ti'n feddwl?"

"Dywediad fy hen gyfaill o'r Aifft yw'r gair bach hwn. Yr un sy'n gweithio gyda ni yn y lab. Mi fydd yn dweud hyn bob amser wrth gynnig ei help i ni. Tybed a glywaist ti'r stori ddiweddaraf amdano fe? Mae wrthi'n cael ysgariad oddi wrth ei wraig."

Mewn Tref Fechan

"Ysgariad? Caton pawb! Nid yr un a briododd dim ond dwy flynedd yn ôl?" holodd Dewi gyda diddordeb.

"Dyw hyn ddim o bwys o gwbwl i'r Mahometaniaid. Iddyn nhw cytundeb personol yw priodas, ac mae modd iddyn nhw ddod allan ohono heb i'r llysoedd ymyrryd o gwbl – modd i'r gŵr beth bynnag! Does dim hawl gan y wraig i ofyn am ysgariad."

"Ie, ond rwy'n cofio iti ddweud bod y bachgen yma wedi mynd yn ôl i'r Aifft yn arbennig er mwyn cael gwraig o deulu da."

Suddodd Arthur yn ddyfnach yn ei gadair. Y tu ôl i fwg ei sigarét, adroddodd stori ryfedd ei gyfaill o'r Aifft tra oedd ei frawd yn gweithio.

"Uchelgais arbennig fy nghyfaill oedd hyfforddi ei wraig yn y ffordd Ewropeaidd o fyw. Ond un geidwadol iawn yw ei wraig, un grefyddol a pharchus, ac mae hi am gadw'r hen draddodiadau fel y rhan fwyaf o ferched, mae'n debyg. Dyw hi ddim fawr o syndod, felly, i'r ddau yma ffraeo'n ffyrnig yn weddol amal ar eu haelwyd. Mae'r wraig am gadw'r llen dros ei hwyneb wrth fynd allan. Fyn hi ddim mynd i siopa hebddi. A'r canlyniad yw bod yn rhaid i'r gŵr druan wneud y siopa ei hun. Ond er mwyn dysgu ei wraig bydd e'n prynu bacwn a phorc a phethau tebyg sydd yn 'tabŵ' i ffyddloniaid yr hen grefydd. A dyna'i wraig fach mewn picil pert. Mae hi'n ddigon hoff o'i gŵr a phob rheswm ganddi i geisio dal gafael ynddo, achos hi fydd yn diodde fwyaf os daw ysgariad. Ond mae bwyta cig moch yn bechod anfaddeuol yn ôl ei chrefydd. Mae peidio bwyta cig moch yn ddeddf foesol iddi hi – yr un fath ag y mae peidio priodi dwy wraig yn ddeddf foesol i ni. Mae'n llwyr amhosibl iddi hi gymaint â chyffwrdd cig moch. Rwy bron credu y byddai'n well ganddi farw. Beth bynnag, cododd stormydd enbyd o ymladd yn nhŷ'r Eifftiwr. Dechreuodd y cymdogion gwyno, ac yn y diwedd bu raid i'r polîs ddod i mewn. Ac mae'r gŵr yn awr yn meddwl yn ddifrifol am ysgaru ei wraig."

Roedd yn amlwg yn null Arthur o adrodd y stori ei fod yn ei flasu a hyd yn oed yn ei gorliwio. Ffyrnigodd Dewi serch hynny.

"Mae eisie clymu pen y fenyw," meddai. "Sut gall merch yn ei synhwyrau beryglu ei bywyd priodasol i gyd yn unig o achos ei bod yn methu bwyta'r un bwyd â'i gŵr?"

"Mae'n ddrwg gen i," meddai Arthur, "ond rwyt ti'n camddeall y broblem. Mae dy synnwyr cyffredin iach yn rhwystr i ti. Nid cwestiwn o hoffi bwyd neu beidio sy'n ei chorddi, ond deddf foesol. Mewn gair, sylfaen holl drefn y byd cymdeithasol sy yn y fantol."

Cynhesodd Arthur wrth siarad, a phleser iddo oedd gwrando ar ei lais meddal, cerddorol ei hun wrth ymhelaethu.

"Onid yw'n beth hyfryd a dyrchafol fod pobl ar gael o hyd sy'n gwerthfawrogi safonau moesol yn fwy na'u bywyd bach personol eu hunain? Mae'r ferch yma yn berl disglair y dylid ei osod mewn aur. Mae hi'n un o'r merthyron."

Ond ni wnaeth yr argraff a fwriadodd ar ei frawd.

"Rwy'n gweld," meddai Dewi, "mai dy arfer di yw meddwi dy wrandawyr â geiriau a chwerthin yn y diwedd am eu pennau. Mae'r ferch yma mewn gwirionedd heb unrhyw ddiwylliant, fel sy'n gyffredin ymysg y paganiaid. Sôn am wroldeb moesol wir! Mewn gwirionedd ofergoeliaeth sy'n ei chynhyrfu. Yr unig egwyddor a welaf fi ydi hon, bod merched anniwylliedig yn rhwystro datblygiad y ddynoliaeth."

"Os ofergoeliaeth yw hyn," meddai Arthur yn bryfoclyd, "ble wyt ti'n meddwl y mae'r drefn foesol yn dechrau?"

"Gyda Christnogaeth wrth gwrs," atebodd Dewi yn bendant.

"Dyw hynny ddim yn ateb boddhaol ar gyfer moeseg y Moslemiaid."

"Wel, gad imi roi enghraifft. Pe byddai dy Eifftiwr di yn canlyn merched eraill, byddai gan ei wraig hawl i gwyno am ei anfoesoldeb."

"Na, nid yn yr Aifft. Mae gan bob Moslem hawl i briodi pedair gwraig os myn."

"Ti â'th Eifftiaid! Paganiaid ŷn nhw i gyd!"

"O hyfryd, gwych! Dyna ateb Cristnogol!" meddai Arthur. "Ond mae'n flin gen i. Dw i ddim yn credu dy fod yn mynd yn ddigon dwfn – o bell ffordd. Mae gwrthwynebiad dewr yr Eifftes yma wedi siglo fy ffydd foesol. Efallai eu bod nhw'n meddwl yr un peth am ein moesoldeb ni ag y byddwn ni'n ei feddwl am eu moesoldeb nhw. Efallai fod ein moesoldeb ni yr un mor ofergoelus yn eu golwg nhw, yr un mor chwerthinllyd."

Yr eiliad yma, daeth gwaedd uchel i darfu ar y ddadl. Ymddangosodd bachgen saith oed wrth ddrws y gegin, a safodd yno'n betrusgar. Roedd yn ei wisg nos. Ni synnai Dewi o gwbl, oherwydd digwyddai peth felly yn awr ac yn y man.

Gofynnodd yn flin, "Wel Huw bach, beth sy'n bod? Pam wyt ti ar ddihun?"

"Dadi, mae ofn arna i."

"Ofn? Pam yn y byd rwyt ti'n ofni? Rŷn ni gyda thi yn y tŷ. Beth wyt ti'n ofni?"

"Rwy'n ofni marw. Roeddwn yn meddwl yn y gwely eich bod chi wedi marw, a bod Mami wedi marw hefyd."

Cymerodd Dewi ei fab ar ei liniau a'i gysuro yn ei ffordd ei hun.

"Does dim angen iti ofidio amdanon ni. Fyddwn ni ddim yn marw eto, dim heddiw, na dim yfory."

"Oes rhaid i chi farw?" gofynnodd Huw yn obeithiol.

"Oes, oes, gwaetha'r modd. Ond does dim rhaid iti ofidio am y peth, dim eto o gryn dipyn. Gwell iti roi dy feddwl ar dy waith cartref."

"Ond dw i ddim eisie marw," meddai Huw. "Dadi, pryd wyt ti'n mynd i farw?"

"Clyw nawr: fe fyddwn ni'n marw pan fyddwn yn hen iawn. Fe fyddwn yn marw pan fyddi di wedi tyfu'n ddyn, a dim o'n heisie ni arnat ddim rhagor."

"Ond mae Mair wedi marw, a doedd hi ddim yn hen o gwbwl."

Gwrandawsai Arthur yn astud ar yr ymddiddan rhwng y tad a'r mab, a chredai fod yr amser wedi dod iddo ddweud ei farn ei hun am y cwestiwn hwn.

"Tyrd at dy ewyrth," meddai. "Mi ddwedaf fi stori wrthot ti. Fe aeth Mair fach, wel-di, yn syth at yr Iesu i'r nefoedd, ac yn awr mae'n edrych i lawr arnat ti o'r nefoedd."

"Ond cafodd ei chladdu yn y ddaear. Sut mae hi'n gallu mynd i'r nefoedd?" gofynnodd y bachgen gan resymegu'n ddilys yn ôl arfer plant.

"Dim ond y corff sy wedi'i gladdu. Mae'r enaid yn y nefoedd, ac yn byw am byth."

"A fyddwn ni i gyd yn mynd i'r nefoedd?"

"Byddwn, wrth gwrs. Dadi a Mami a ni i gyd."

Anadlodd y bachgen yn ddwfn fel pe cawsai wared o ofid mawr. Perswadiwyd ef yn fuan wedyn i fynd yn ôl i'w wely a chysgu.

"Beth yw dy farn am y ddawn amlwg sy ynof i gysuro plant?" gofynnodd Arthur yn falch, wedi i'r bachgen fynd.

"Fe wnest ti gymwynas wael iawn â mi," atebodd Dewi. "Trwy'r blynyddoedd rwy wedi gwneud fy ngorau i ddweud y gwir wrth y bachgen, a dim ond y gwir – fel yr wyf fi'n ei ddeall. Ac mae'n rhaid i ti ddod nawr â rhyw hen stori am 'edrych i lawr o'r nefoedd'. Bydd digon o waith gen i ar ôl hyn i esbonio sut mae enaid dyn yn gallu dringo i fyny, p'un ai mynd i ben mynydd y bydd i ddechrau, neu a gaiff fynd mewn eroplên. Rwy'n nabod y plentyn yn rhy dda."

Chwarddodd Arthur.

"Wrth wrando arnat ti'n siarad rwy'n cofio stori a ddarllenais mewn papur newydd. Gadawodd rhyw wraig fag ar gadair yn ei stafell, ac roedd tabledi barbiton ynddo. Roedd y tabledi yma'n hollol iawn iddi hi fel moddion, ond cafodd ei phlentyn afael ynddyn nhw. Fe'u bwytaodd a bu farw."

"At beth wyt ti'n anelu?" gofynnodd Dewi. "Rwy'n methu'n lân â gweld unrhyw gysylltiad."

"Mae cysylltiad," meddai Arthur, "ac mae'n un syml hefyd. Gall pethau sy'n iawn i'r rhieni fod yn farwol i'r plant. Fedri di ddim rhoi'r gwir i blant mewn un cwlffyn mawr caled. Fe dagith y plentyn wrth geisio'i lyncu gyda'i gilydd. Mae tipyn bach o ddychymyg, neu, os mynni di, tipyn bach o gelwydd yn angenrheidiol i'n cadw ni'n fyw, ni a'n plant."

"Gad i mi fagu 'mhlentyn fel y gwelaf fi orau," meddai Dewi. "Pob croeso i ti wneud fel y mynni di â'th blant dy hunan, pan fydd plant gennyt. A chan ein bod yn sôn am blant, cymer gyngor bach gen i: gwell i ti beidio aros yn rhy hir cyn priodi Siân. Dyw hi, cofia, ddim yn mynd yn iengach. Wyt ti wedi bod yn ei gweld hi er pan gyrhaeddaist ti yma? Yn ôl pob golwg, mae hi wedi bod yn disgwyl yn hiraethus amdanat ti."

"Wel wir, diolch yn fawr i ti am dy gyngor caredig," meddai Arthur. "Ond bydd yn well i ti adael imi dendio fy musnes fy hun. Wnaiff Siân ddim marw ar unwaith os cadwaf draw oddi wrth ei ffedog am ddiwrnod neu ddau."

Gwenodd Dewi yn chwareus. Teimlai'n hunanfodlon. Fel yn yr hen amser pan chwaraeënt gyda'i gilydd, roedd wedi gorfodi ei frawd i'w amddiffyn ei hun yn lle ymosod. A gwnaeth hyn ar yr union adeg pan ddangosodd ei frawd ei fod yn gwybod sut i gael y trechaf mewn dadl.

Wrth gwrs, hoff oedd gan Dewi glywed straeon, fel pawb arall yn y dref, ond hoffai straeon a symudai ymlaen yn unionsyth mewn un cyfeiriad, fel y bydd plant yn hoffi trenau a cheir sy'n symud yn gyflym ac yn ddiwyro. Ar y llaw arall, pan ddechreuai Arthur adrodd stori, ni theimlai Dewi fyth yn hollol gysurus. Arfer Arthur oedd rhoi tro arbennig i'r stori, ac yn hollol annisgwyl byddai syniadau yn neidio allan ohoni, fel yr enaid yn mynd allan o'n corff marw ac yn esgyn i'r nefoedd. Ond nid i'r nefoedd y byddai enaid ei storïau yn esgyn; byddai yn troi'n ddrychiolaeth yn hytrach, drychiolaeth a ymddiddorai mewn anesmwytho heddwch meddyliol pobl barchus. O ganlyniad roedd Dewi yn falch am iddo gael cyfle i anesmwytho enaid Arthur, oherwydd yn ôl rhesymeg ryfedd yr enaid dynol caiff poen y dioddefydd ei wella pan wêl y poenwr yn dioddef.

Yn ystod y noson ddilynol breuddwydiodd Arthur fod rhaid iddo yrru car modur. Gwyddai ei bod yn ofynnol iddo gyrraedd lle arbennig mewn amser byr, ond methai yn glir â rheoli'r olwyn lywio. Ofnai y rhuthrai y foment nesaf o hyd yn erbyn tŷ neu yn erbyn car arall. Fe aeth y straen bron yn annioddefol. Wrth ddeffro teimlodd ryw fath o anesmwythyd mewnol fel pe bai'n rhaid iddo fynd at y deintydd. Ceisiodd feddwl. Na, doedd dim rhaid iddo fynd at y deintydd.

Dylasai fod wedi gwneud rhywbeth arall a hynny er mwyn ei les ei hun. Ond ni hoffai'r syniad o'i wneud. Yn sydyn fe gofiodd. Rhaid mynd i weld Siân. Anghofiasai ei phen blwydd. Gwnaeth gam â hi yn ddifeddwl, ond hynny mewn man neilltuol o dyner. Roedd wedi methu cadw'r ddefod. Ac i Siân byddai bywyd heb ddefod fel corff heb esgyrn. Rhaid cael esgyrn, onid oedd, i'r fraich allu cofleidio, ac i'r pen allu plygu mewn gweddi. Ond gyda threigl amser anghofiasai Siân bron fod rhywbeth pwysicach nag esgyrn, fod rhywbeth arall di-esgyrn, rhywbeth ysbrydol, yn sefyll y tu ôl i'r ddefod.

Gwyddai Arthur yn iawn y byddai'n rhaid iddo fynd a gwneud penyd cyn gynted ag y deuai hi adref o'r ysgol. A

Mewn Tref Fechan

byddai Siân yn maddau iddo, fel y maddeuodd hi ganwaith iddo gynt. Yn yr hen amser peth melys oedd gwneud penyd, pan oedd e'n llanc ugeinmlwydd ac yn falch o gariad merch a oedd yn aeddfetach nag ef. Ond oddi ar hynny aethai ei fyd ef yn ehangach na'i byd hi, er na bu'r un ohonynt yn fodlon cyfaddef y peth.

Pan ddaeth Arthur yn ôl ei fwriad ymgrymai Siân ar y llawr gan osod y tân. Digon oer oedd yr ystafell. Llanwyd y bwrdd gan lestri budron a adawsai Siân ar ôl brecwast cyflym. Edrychai Siân ei hun yn flinedig ac yn wael. Pan sylwodd hi ar Arthur, arhosodd am ennyd ar ei phenliniau gan syllu arno'n syn.

"O, ti sy'na," meddai hi, a gosod ei theimladau i gyd yn y geiriau byrion: hiraeth merch unig a cherydd athrawes wedi'i dolurio.

"Oeddet ti ddim yn fy nisgwyl i?" chwiliodd Arthur am ffordd i ddechrau sgwrs gyfeillgar.

Edrychodd yn oeraidd ar y ferch a ymddangosai iddo heddiw mor ddiymadferth, mor ddieithr. Ai hithau oedd yr un ferch a fyddai'n arfer rhoi nodded iddo rhag y byd gelyniaethus? Parlyswyd ei deimladau am foment. Gwrthodai ei reswm ei gynghori. Efallai y dylai actio defod y carwr hiraethus, fel y bydd offeiriad, drwy ailadrodd yr un geiriau, yn medru ailgynhyrchu'r un awyrgylch ysbrydol.

"Rwy wedi bod yn hiraethu am dy weld di," dylai ddweud. "Ti yw'r unig ferch sydd o bwys i mi yn y byd. Ac mae dy gartref di mor gysurus a chlyd! Fe hoffwn i aros yma am byth."

Ond roedd dicter Siân a'i ymdeimlad ef o'i euogrwydd yn ei atal rhag actio'r ddefod.

"Eistedd, da ti," meddai Siân, a daeth ofn sydyn drosti y gallai Arthur ddianc heb roi cyfle iddi siarad ag ef. Cyneuodd y tân yn gyflym ac yn fedrus, ac ar ôl paratoi cwpaned o de, eisteddodd wrth y bwrdd gydag Arthur.

"Pe bait ti wedi dod yn gynt, byddet ti wedi cael mwy o groeso," meddai hi, gan ddechrau'r ymddiddan gyda cherydd, yn hollol yn erbyn ei bwriad gwreiddiol.

"Fe feddylies i am ddod ddoe," meddai Arthur, "ond daeth rhywbeth i'm rhwystro rhag prynu rhodd pen blwydd. Wedyn fe feddylies mai'r peth gorau fyddai gofyn i ti heddiw beth wyt ti am ei gael."

Gafaelodd Arthur yn ei llaw, ond symudodd hi i ffwrdd oddi wrtho.

"Roeddwn i bron â chredu mai cwrteisi oedd yn dy rwystro," meddai Siân yn llym. "Unwaith y daw merch at farc y deg ar hugain, bydd yn well ganddi anghofio'n llwyr am ei phen blwydd. Paid â phoeni dy ben am rodd. Alla'i ddim dy drin di fel siop, a dweud, Hoffwn gael hyn-a-hyn. Rho hyn-a-hyn i mi. Roedd yr anrhegion yn rhoi pleser i mi pan fyddet ti'n gwneud ymdrech i feddwl am rywbeth arbennig. Os yw hyn yn ormod i ti, mae'n llawer gwell gen i fod heb ddim."

Roedd hi'n gwenu o dan ei dagrau.

"Wyt ti'n cofio'r amser pan brynaist ti sebon leilac i mi? Fe brynaist ti e â'r arian cyntaf a enillaist dy hun. Doeddwn i ddim yn hoffi aroglau leilac o gwbwl mewn gwirionedd, ond fe ymolchais bob dydd â'r hen sebon am fy mod i'n teimlo mor falch o'th anwyldeb. A hyd yn oed nawr mi fyddaf fi'n prynu sebon leilac fy hun weithiau."

"Ond sut gallaf fi dy synnu di os wyt ti'n disgwyl cael dy synnu?" Ceisiodd Arthur ddod allan o'r sefyllfa anghysurus mewn ffordd fachgennaidd. Ocheneidiodd Siân.

"Rwy'n credu bod y bobol hynny'n iawn sy'n dweud bod dyweddïad hir yn pylu'r teimladau. Mae fel pe bai'r un llun yn hongian mewn ystafell o hyd. Yn y diwedd mae rhywun yn methu gweld y llun o gwbwl."

Ac yn awr gafaelodd Siân yn llaw Arthur. A oedd yn bosibl ei fod ef yn ei chamddeall?

Mewn Tref Fechan

Druan o'r merched! Nid yw'r hawl i bleidleisio'n rhoi'r gallu iddynt i ddweud yr hyn a deimlant ar adegau pwysicaf eu bywyd. Rhaid iddynt eu mynegi eu hunain heb eiriau fel yn yr oes gyntefig. Bydd rhai pobl yn galw hyn yn actio, ond tyfodd yr actio o'r ddawns, ac nid yw'r ddawns ond iaith ddi-eiriau.

Dywedasai Siân ormod yn barod, a throesai feddwl Arthur i gyfeiriad nad oedd ef wedi ei fwriadu pan ddaeth i mewn i'r ystafell.

"Wyt ti ddim yn meddwl," meddai Arthur, "y byddai'n well inni beidio gweld ein gilydd am sbel? Mae fy athro wedi cynnig cyfle i mi fynd i Sbaen am flwyddyn. Bydd hyn yn rhoi agoriad addawol i mi wella fy rhagolygon, a'r un pryd fe gawn ni gyfle felly i ddod o hyd i ni'n hunain unwaith eto, a pheidio â bod fel darluniau ar y mur."

Edrychodd Siân ar Arthur mewn dychryn.

"Rhaid i ti orffen dy thesis yn gyntaf," meddai hi. "Rwyt ti'n siŵr o beryglu dy ddyfodol os ei di i ffwrdd i wlad arall nawr."

"Twt lol! Bydd hyn yn gyfle heb ei ail imi fod yn hollol annibynnol. Rwy wedi bod yn gobeithio am gyfle fel hwn ers blynyddoedd."

Pe buasai Siân yn llai blinedig, buasai wedi gweld mai camgymeriad oedd ymosod ar y cynllun yn uniongyrchol, oherwydd yn sgil pob rheswm a godai hi yn erbyn y cynllun gorfodwyd Arthur i ddarganfod rheswm arall o'i blaid.

Ond fe fethodd Siân ddal rheolaeth arni ei hun ddim mwy.

"Y gwir yw nad wyt ti ddim yn fy ngharu. Dyna pam rwyt ti am fod yn rhydd. Rwyt ti wedi meddwl, mae'n amlwg, mai dyma'r ffordd rwyddaf i gael gwared ohonof. Dim ond dweud, 'Diolch yn fawr am yr amser hapus a gawson ni' a dyna'r cwbwl. Mae'n debyg nad ydw i ddim blewyn yn bwysicach yn dy olwg na hen gôt y gelli di roi'r gorau iddi pryd y mynni."

Synnodd Arthur yn fawr at wylltineb ei theimladau. Roedd wedi arfer meddwl am Siân fel merch dawel, garedig, un a gefnogai bopeth a oedd o wir fantais iddo. Ni wyddai pa fodd i'w thawelu chwaith.

"Bydd yn ddistaw, fy nghariad," meddai. "Gad inni siarad â'n gilydd yn rhesymol am y peth. Does dim synnwyr mewn cynhyrfu fel hyn."

Ond nid oedd dim yn awr a allai rwystro Siân rhag cael ei ffordd ei hun. Cafodd ei llwyr feddiannu gan yr ymdeimlad fod ystyr ei bywyd mewn perygl. Aberthwyd blynyddoedd ei hienctid er mwyn Arthur. Trwy ei hunanaberth hi daeth Arthur i fod yn rhan ohoni ei hun. Roedd hi'n anhunanol yn ystyr gyfyngedig y gair: nid oedd ganddi hunan ar wahân i Arthur.

"Efallai y doi di ar draws merch well yn Sbaen," meddai Siân yn llawn eiddigedd. "Un fydd yn hunanol ac yn nwydus, yn deall sut i'th dynnu di i'w rhwyd."

Gafaelodd Siân ym mreichiau Arthur.

"Rŷn ni'n dau yn perthyn i'n gilydd. Paid â 'ngadael i, Arthur. Wn i ddim beth a wnaf i hebot, os ei di."

"Dyna ddigon o sterics," meddai Arthur yn oer ac yn llym. Cas ganddo ef oedd gweld sioe o deimlad eithafol. Byddai peth felly yn lladd pob cydymdeimlad ynddo. Un peth a ddeisyfai ef: cael dianc mor fuan byth ag y medrai.

"Cymer ddwy dabled asprin mewn llaeth cynnes," meddai, "a thawela dy nerfau. Fe alwaf amdanat yfory."

"Tawela dy nerfau!" Dynwaredodd Siân y geiriau a'r acen. "A fyddet ti'n debyg o dawelu dy nerfau pe bai'r tŷ ar dân uwch dy ben di? Neu pe bait ti'n gwaedu i farwolaeth? Does gen ti ddim calon, dyna'r gwir."

Yn sydyn newidiodd mynegiant ei hwyneb yn gyfan gwbl, a siaradodd â llais hollol wahanol, bron yn ysgafn.

"A fyddi di mor garedig â mynd i siop y cemydd i nôl

tabledi asprin i mi? Alla' fi ddim mynd allan fel hyn. Mae fy llygaid yn goch i gyd, a bydd y dre gyfan yn siarad amdanon ni."

Pan ddychwelodd Arthur ymhen ysbaid, gorweddai Siân ar y llawr o flaen y tân. Dychrynodd ef, a cheisiodd ei chodi. Ond edrychai hi arno â llygaid hanner caeëdig. Dywedodd dan fwmial yn isel, "Paid gofidio amdana' i, 'nghariad ... Wna' i ddim dy boeni'n hir eto ... Rwy am gysgu ... dim ond cysgu, a chysgu heb ddeffro byth eto. Gelli di fynd i Sbaen wedyn, a mwynhau'n iawn."

Yn ei hymyl roedd potel wag o dabledi asprin. Ymddangosodd yr eiliadau nesaf i Arthur fel oriau. Daeth perygl a ffolineb y sefyllfa yn eglur iddo. Roedd merch y bu'n ei charu wedi ceisio cymryd ei bywyd o'i herwydd ef. Buasai hi bron fel mam iddo, ac roedd yn ddyledus iawn iddi mewn pethau materol. Derbyniasai bopeth, serch hynny, fel y derbyniwn hunanaberth mam, yn ddibetrus a heb ystyried. Byddai'n blino weithiau arni ac ar ei ffordd undonog o fyw, ond yn unig fel y bydd rhywun yn blino ar glywed yr un gân felys drachefn a thrachefn. Heddiw, am y tro cyntaf, dangosodd Siân iddo yr ochr arall i'w natur famol, ymgeleddol. Eisiau meddiannu yr oedd hi, eisiau ei gadw rhag newid mewn unrhyw beth.

Pe bai hi'n marw'n awr, byddai ef yn rhydd. Yn rhydd i dyfu'n ysbrydol yn ôl gofynion ei gymeriad. Os câi hi fyw, byddai'n siŵr o lynu'n dynnach nag erioed wrtho. Ond nid oedd gan Arthur y math o natur sy'n gallu llunio llwybr ar draws cyrff pobl. Gweithredodd yn gyflym, bron fel trwy reddf a gwnaeth bopeth a oedd yn angenrheidiol i gadw Siân yn fyw.

Rhoddodd de cryf iddi i'w chadw'n effro. Defnyddiodd lwy fel cyfrwng i beri iddi wacáu ei stumog. Perswadiodd Siân, â geiriau melys, amyneddgar i orwedd yn y gwely a gorffwys. Ymdawelodd hi, ond cyn gynted ag y dechreuai ef ei gadael, âi i gwyno eto.

"Gad imi farw. Dw i ddim am fyw hebot ti."

Roedd un peth yn hollol sicr: byddai hi'n gwneud cynnig arall i gymryd ei bywyd oni roddai iddi yr unig addewid a allai ei boddio – dweud nad oedd am fynd i Sbaen, ac y caent briodi'n fuan.

Fel canlyniad i'r digwyddiadau tyngedfennol hyn penderfynasant briodi ymhen hanner blwyddyn.

PENNOD II

MEWN TREF FAWR

CODODD yr haul wrth ymyl y môr fel bwrlwm euraid. Anwesai ei belydrau wyneb a breichiau Doris – neu Nyrs Davies fel y gelwid hi yn yr ysbyty – a safai o flaen ffenestr agored ei hystafell wely yn nhŷ ei rhieni. Ond ni roddai Doris lawer o sylw i harddwch y môr boreol nac ychwaith i drydar yr adar a seiniai yn y gerddi cyfagos. Canolai hi ei holl sylw ar ei hymarferion corfforol. Byddai yn eu harfer bob bore. Symudai ei phen o'r dde i'r chwith ac yn ôl ac ymlaen; wedyn hanner uchaf ei chorff mewn cylch o symudiadau; wedi hynny ysgydwai ei choes dde a'i choes chwith fel pe bai'n awyddus i'w taflu i ffwrdd. Eisteddodd wedyn o flaen y drych a dechrau brwsio'i gwallt. Gorweddai ei chwaer Gwenda o hyd yn y gwely gan edrych ar Doris gyda diddordeb hanner-dirmygus.

"Pam wyt ti'n poeni cymaint arnat dy hun?" meddai hi'n gysglyd. "Deng munud i ymarfer corff, dwy funud i bincio'r ewinedd, a thair munud i frwsio'r gwallt. Ydw i'n iawn? Neu ai tair munud gafodd yr ewinedd a'r gwallt ddwy funud? Pymtheng munud o wastraff amser. A minnau'n cael pymtheng munud yn fwy na thi yn y gwely."

"Mae'n amlwg nad oes dim syniad gen ti faint o help yw'r chwarter awr yma i wneud i rywun deimlo'n ffit ac yn iach. Oni bai am y nerth a'r hwyl a gaf fel hyn, byddai'n amhosibl bron imi bara fel nyrs. Mae'r gwaith yn ddigon caled yn ward y merched, rywsut. Bydd y menywod yn cadw eu hunain yn lân beth bynnag, er eu bod nhw'n drist ofnadwy. Ond am ward y dynion! Rwy'n gweithio yno ar hyn o bryd.

"Maen nhw bron i gyd yn hen, yn diodde gyda chlefydau'r bledren a phethe tebyg. A'r hogle sy 'na! Ach y fi! Ond rhaid dweud hyn, mae'r dynion beth wmbredd yn fwy diolchgar na'r merched os gwnei di gymwynas â nhw. Beth amser yn ôl fe ddaeth rhyw hen drempyn acw. Diabetes oedd arno, ac ar ei draed roedd clwyfau na fedrai yn ei fyw eu mendio. Elli di ddim dychmygu'r baw oedd arno! Ac nid baw yn unig – roedd y llau yn dringo'r tywelion pan oeddwn i wrthi yn ei olchi â Dettol. Erbyn hyn mae'n mwynhau gorwedd mewn gwely glân, a bydd yn gorchymyn y nyrsys yn fwy na neb arall. Ond chwarae teg iddo, mae'n arfer diolch fel gŵr bonheddig – 'Diolch yn fawr i chi, nyrs,' 'Rydach chi'n garedig iawn, nyrs.' Bydd yn begian sigarennau gan bob ymwelydd sy'n dod acw, ond yn ddiweddar roedd yn rhaid inni ei roi mewn stafell ar wahân, am fod gan yr hen ddyn arfer od iawn. Byddai'n neidio allan o'r gwely heb ddim amdano ond côt fer, a cherdded drwy'r neuadd fel yma yn hanner noeth. A dyna chwerthin fyddai'r bechgyn! Ein gwaith ni wedyn oedd ei ddala a'i berswadio'n dawel fach i fynd nôl i'w wely. O'r gorau. Ond un diwrnod chwaraeodd y tric hwn arnon ni pan oedd ymwelwyr gyda ni, y cnaf, a byth ers hynny mae'n gorwedd mewn stafell ar wahân, ac ni all fegian sigarennau nawr ond gyda'r nyrsys."

Gwrandawodd Gwenda'n astud ar ei chwaer yn adrodd ei phrofiadau personol yn yr ysbyty. Ar ôl gorffen brwsio'i gwallt dododd Doris ei gŵn wisgo amdani, ac aeth i lawr at y drws i gasglu'r llythyrau. Darllenodd yr enwau yn gyflym, ond nid oedd yr un iddi hi. Aeth i mewn i'r gegin lle'r eisteddai'i rhieni yn barod wrth y bwrdd brecwast.

"Pedwar llythyr, Dada," galwodd hi, a'u hestyn i'w thad.

Edrychodd Mr. Davies ar y llythyrau gan symud ei law dde yn fyfyrgar dros wallt byr ei ben. Ei arfer ef oedd torri ei wallt yn fyr byth er pan ddechreuodd wynnu. Yr effaith oedd llwyddo i raddau i guddio'r gwynnu, ond edrychai serch hynny braidd yn debyg i ddyn sy newydd ddod allan o garchar.

Syllodd Mrs. Davies yn ofidus ar ei gŵr. Un fach eiddil, dlos oedd Mrs. Davies, a chanddi swyn naturiol. Edrychai'n iau o lawer na'i hoed.

"Ond Doris, ddylet ti ddim dod i'r gegin heb wisgo," meddai hi, a cherydd yn ei llais.

"Peidiwch â bod yn gas, mam fach. Byddaf yn barod mewn pum munud." Ac allan â hi.

Agorodd Mr. Davies y llythyrau a'u darllen. Estynnodd un i'w wraig. Gwahoddiad oedd gan yr Athro Williams i fynychu noson o ddarllen dramâu.

"Does gen i ddim amser i fynd i bethau fel hyn. Mae gen i lawer gormod o waith. Yn un peth, dyna'r llyfr, mae'n rhaid imi orffen hwnnw. Fydd dim gobaith imi gael cadair byth os na chyhoedda'i lyfr. Wyt ti am fynd?"

Edrychodd Mrs. Davies ar ei gŵr yn hurt.

"Mynd hebot ti? Na wna i! Fydda'i ddim yn debyg o fwynhau'r cwmni wrthyf fy hun. Byddai'n dda gen i pe bait ti'n medru dod gyda mi. Fel wyt ti'n cofio, roedd ein hathro Cymraeg ni yn yr ysgol yn arfer dweud bod gen i ddawn i actio mewn drama. A pheth arall –" Torrodd Mrs. Davies ei brawddeg yn fyr, gan iddi sylwi bod ei gŵr wedi dechrau darllen llythyr arall erbyn hyn. Ar ôl ysbaid o dawelwch ac o fwyta tost, ailgychwynnodd Mrs. Davies.

"Ond pam na all Doris fynd?"

"Wyt ti'n meddwl bod ganddi amser?"

"Rhaid iddi gymryd amser. Mae'n gweithio'n rhy galed o lawer. Dylai geneth ifanc fel hi gael hamdden weithiau i fwynhau cwmni a chyfarfod pobol newydd, neu mae'n siŵr o dorri i lawr rywbryd."

"Ydych chi'n siarad amdana' i?" gofynnodd Doris a oedd newydd ddod i'r ystafell unwaith eto.

Nid merch brydferth yn yr ystyr gyffredin oedd Doris. Trwyn pwt oedd ganddi, ceg fechan, gwefusau tewion, a gwallt tywyll syth. Ond roedd rhywbeth yn ei dull o gerdded yn union a'i harfer o wisgo'n ofalus a roddai iddi awyrgylch neilltuol o atyniadol.

"Rwyt ti'n iawn. Rŷn ni wedi bod yn siarad amdanat, ac fe ddest mewn pryd i glywed am y peth. Mae dy dad yn meddwl y bydd yn lles i ti gael newid weithiau, ac fe ddaeth llythyr y bore 'ma – gwahoddiad gan yr Athro Williams i ddarllen dramâu yn ei dŷ ef bob yn ail ddydd Mercher. Oni fyddai'n ddymunol i ti fynd yno?"

"Darllen dramâu?" meddai Doris yn betrus. "Does gen i ddim diddordeb arbennig mewn dramâu."

"Roedden ni'n meddwl y gwnâi les iti feddwl am rywbeth heblaw gwaith yr ysbyty," meddai Mr. Davies. "Mae'n amhosibl eistedd wrth yr un bwrdd â thi heb glywed am draed wedi torri neu dyfiant yn yr ymennydd neu effeithiau diabetes."

"Rwy wedi dechrau rhywbeth hollol newydd yn ddiweddar," meddai Doris, gan ymosod ar lond ceg o fara yr un pryd. Roedd hi wedi cadw'r arfer hon er amser ei phlentyndod, pan fyddai ei thad yn gofyn cwestiynau dyfnion iddi, a hithau'n rhy swil i ateb.

"Rwy newydd brynu gramadeg Groeg, ac mae chwant mawr arnaf i ddechrau dysgu Groeg."

"Ond pam Groeg, o bopeth?" gofynnodd ei mam mewn dychryn. "Does dim dyfodol mewn Groeg."

"Na, dim dyfodol, mae'n debyg," meddai Doris, gan dorri ail ddarn o fara, "ond fe ges i'r syniad y byddai'n eitha diddorol gwneud rhywbeth hollol newydd." Yna sgrechiodd yn sydyn, "Ow! ... Rwy wedi torri 'mys! Wyddwn i ddim fod cymaint o fin ar y gyllell."

"Wel, dyna Doris i'r dim," cwynodd ei thad yn ddigydymdeimlad. "Rwyt ti'n codi dy ddwylo i ddal y sêr ac yn syrthio ar draws dy draed yn yr ymdrech. Pam na ddysgi di rywbeth ymarferol fel llaw-fer? Neu os oes rhaid cael

Aeth Mrs. Davies hithau allan o'r ystafell yn gyflym heb orffen ei bwyd. Daeth Gwenda i mewn yr un amser.

"Beth sy wedi digwydd yma?" gofynnodd hi'n ddrwgdybus.

"O, mae Dada wedi gwylltio unwaith eto," meddai Doris, gan gadw ei llygaid ar ddarlun mewn olew a oedd yn hongian ar y mur gyferbyn â hi. Traeth a môr a gwylanod oedd ar y llun, a'r enw Edna Jones ar ei waelod. Edna Jones oedd enw Mrs. Davies cyn iddi briodi. Yn dechnegol roedd ei llun yn un da, ond un confensiynol oedd serch hynny; roedd yn amlwg i'r artist orfod gwneud llawer o waith copïo, a methu mynegi ei phersonoliaeth ei hun o'r herwydd.

"Mae Dada heb reolaeth o gwbwl ar ei dymer," meddai Doris, heb dynnu ei llygaid oddi wrth y llun. "Fyddai'r peth ddim yn werth sôn amdano oni bai fod Mam yn pryderu cymaint. Mae teimladrwydd Mam yn gofyn am ei thrin yn gas."

Aeth llygaid Gwenda i'r un cyfeiriad â llygaid Doris.

"Mor llawn o haul yw'r lliwiau yma," meddai hi. "Beth oedd oedran Mam pan beintiodd hi'r llun?"

"Roedd hi tua'r un oed â mi," meddai Doris, "o gwmpas yr ugain, ac ar fin priodi. Mae'n drueni bod Mam wedi rhoi'r gorau i beintio, ond dyna sy'n digwydd, mae'n debyg, pan fydd rhaid magu teulu." Siaradai Doris braidd yn ddogmatig.

"Rwy'n meddwl," meddai Gwenda, "ei bod hi'n drueni mawr na chefais i ddim rhithyn o dalent Mam. Rwyf fi fel Dada, yn methu tynnu hyd yn oed un llinell syth ar bapur. Ac eto rwy'n ddigon hoff o ddarluniau, fel Mam. Bydd Ffawd, gallwn i feddwl, yn rhannu doniau'n anghyfiawn. Beth wyt ti'n feddwl, Doris?"

"Fy marn i yw mai'r peth gorau i ti yw peidio rhoi cynnig ar ddadansoddi dy gymeriad dy hun. Rwyt ti'n siarad fel pe bait ti newydd ddarllen ysgrif ar Etifeddeg mewn papur wythnosol."

Gosododd Gwenda ddarn o fara gwyn ar y fforch dostio, a daliodd ef yn agos at y tân. Cochodd ei hwyneb. Fe ddododd ei llaw chwith oer ar ei gruddiau, gan geisio tawelu yr un pryd y gwres yn ei hwyneb a'r gwres a ddaeth i'w chalon ar ôl clywed geiriau ei chwaer.

Distawodd y ddwy am ysbaid. Yna, heb edrych i lygaid pryfoclyd ei chwaer, gofynnodd Gwenda gwestiwn i Doris. Buasai'n meddwl am y cwestiwn ers amser. Mewn gwirionedd nid oedd ond rhan o fintai o gwestiynau, ac ymwthiai'r cwestiynau hyn yn erbyn ei gilydd fel defaid yn mynd i gael eu trochi, heb fod yr un ohonynt yn barod i fod yn gyntaf. Fel canlyniad roedd yn rhaid i Gwenda wneud ymdrech cyn llwyddo i ddidoli un cwestiwn arbennig.

"Doris, wyt ti'n meddwl ei bod hi'n ofynnol i bobol ffraeo â'i gilydd er mwyn bod yn hapus mewn priodas?"

"Wel, mae Dada a Mam yn ffraeo'n ddigon amal," atebodd Doris yn gwta.

Nid oedd yr un o'r chwiorydd, sylwer, yn amau nad oedd eu rhieni yn hapus gyda'i gilydd. Wrth dyfu roeddent wedi derbyn y syniad yn naturiol eu bod yn deulu bach hapus, a bod eu rhieni yn ddedwydd yn eu bywyd priodasol. Roedd hyn fel math o grefydd iddynt, a gwarafunid unrhyw syniad a allai ysgwyd y grefydd hon. Tuedd pawb yw glynu wrth eu ffydd draddodiadol. Caiff plant eu hanafu a miloedd eu lladd drwy newyn ond ni siglir ffydd y bobl dduwiol nad yw un aderyn to yn syrthio heb Dduw. Ffydd o'r fath yma oedd gan y ddwy chwaer; neu felly o leiaf y bu tra penderfynai Doris beth y dylent ei gredu a thra derbyniai Gwenda arweiniad ei chwaer.

Roedd Gwenda, er hynny, yn fwy realistig na'i chwaer. Efallai nad oedd ganddi gymaint o ddychymyg.

"Wyt ti'n credu y gall gŵr a gwraig fod yn hapus heb ffraeo?" gofynnodd hi.

"Efallai," meddai Doris, "ond rhyw fywyd undonog iawn yw un felly. Rhaid cael cyferbyniad i wneud i bethau symud a bod yn fyw. Meddai'r Mynydd wrth y Cwm, 'Rwyf fi'n uchel, rwyt ti'n isel. Dwyf fi ddim yn hoff ohonot.' Ond fe ddaeth Rhaeadr o'r Mynydd i'r Cwm a sŵn taran ynddi."

"Mae hyn yn swnio'n gythgam o gyfriniol," meddai Gwenda, "ond 'ddeallais i ddim mono."

Edrychodd Doris yn hurt ar ei chwaer.

"Wel, os nad wyt ti'n deall, dyw hi fawr gwerth ceisio esbonio. Rwyt ti'n rhy resymegol."

"Rwy'n hollol siŵr o un peth," meddai Gwenda; "os yw'n rhaid ffraeo i fod yn hapus, gwell gen i fod heb briodi." Daethai i'r casgliad hwn fel petai wedi naid fawr. Gwenodd Doris fel un a wyddai'n amgenach.

"Dyna dy gân di'n awr," meddai hi, "ond pan ddaw tynged â gwir gariad i ti – y Profiad Mawr – bydd dy diwn di'n wahanol."

"Y Profiad Mawr – tynged – beth wyt ti'n olygu?" gofynnodd Gwenda'n chwilfrydig.

"Wel, mae'n anodd esbonio. Mewn ystyr y mae yn y Beibl yn barod, sef y ffaith fod gŵr a gwraig yn un o'r dechrau. Rhaid i'r ddwy ran ddod at ei gilydd. Rhaid i bob dyn ddod o hyd i'r ferch a grewyd er ei fwyn, a phob merch ddod o hyd i'r dyn a grewyd er ei mwyn hi. A dyna'r Profiad Mawr."

Aeth Gwenda yn fwy difrifol na chynt.

"Byddai'n hyfryd gallu credu mewn stori fel hon," meddai hi. Ychwanegodd mewn eiliad, pan gafodd ei meddwl raff unwaith eto, "ac yn ddychrynllyd." Ond unig effaith amheuon Gwenda oedd cefnogi Doris i ymhelaethu ar ei stori.

"Des ar draws rhyw chwedl yn ddiweddar," meddai hi, "sy'n gwneud y peth yn gliriach fyth. Yn y dechrau, yn ôl y chwedl yma, roedd cyrff pobl yn grwn, a nifer eu haelodau ddwywaith yn fwy nag ydyn nhw'n awr. Hanner mab a hanner merch oedd y rhan fwyaf ohonynt, ond roedd rhai yn feibion dwbwl a rhai yn ferched dwbwl. Fe ddaeth yr hil ddynol yn rhy gryf, medd y chwedl, a bygwth concro'r nefoedd. Penderfynodd y duwiau eu cosbi am eu balchder. A'r hyn wnaethon nhw oedd rhannu pob dyn, meibion a merched, yn ddwy ran. Byth er yr amser hwn, mae'r ddwy ran yn chwilio am ei gilydd, ac yn methu bod yn hapus hyd nes y dônt o hyd i'r hanner arall. Wedi i hyn ddigwydd, fyddan nhw ddim yn gadael ei gilydd am byth."

Yn yr ystafell gyfagos dechreuasai'r wraig a oedd yn helpu yn y tŷ ar ei gwaith boreol. Cysurlon i'r ddwy chwaer oedd clywed ei sŵn yn symud y celfi ac yn mwmian canu. Chwiliodd Gwenda am reswm i ymosod ar chwedl ei chwaer.

"Dyw hyn ddim yn y Beibl, beth bynnag," meddai hi.

Atebodd Doris yn ddiymdroi. "Nac yw, ddim yn y Beibl, mae'n wir; mae'r stori'n dod oddi wrth y Groegiaid, am wn i, ond mae'n sefyll dros yr un gwirionedd â'r Beibl, a gellir bod yn siŵr felly fod rhyw gymaint o wir ynddi."

"Faint o bobol, yn ôl dy farn di, sy'n dod o hyd i'w hanner arall?" gofynnodd Gwenda.

"Dim llawer iawn. Dau mewn mil, efallai, neu dau mewn un dref fawr. Rhodd gan Dduw yn unig ydyw llwyddo yn yr ymchwil yma, a'r unig beth fedrwn ni wneud yw paratoi ein hunain ar ei chyfer."

Siaradai Doris mewn naws grefyddol, ac edrychai Gwenda arni braidd yn ansicr.

"Dw'i ddim yn gwybod," meddai hi. "Does gen i ddim profiad mewn pethau felly. Efallai ymhen ugain mlynedd, os cawn gyfle i siarad, cawn weld ai ti sy'n iawn."

Agorwyd y drws, a dychrynodd Doris fel pe bai rhywun wedi ei dal yn gwneud drygioni. Daeth Mari i mewn o'r ystafell arall. Menyw fach denau oedd hi, a chanddi'r bywiogrwydd nerfol hwnnw sy'n cyd-fynd yn aml â iechyd anwastad. Cuddiwyd ei gwallt o dan gadach a glymwyd yn gymen am ei phen, ond bod cudyn o wallt golau yn ymwthio dros ei thalcen. Nid oedd ond ychydig flynyddoedd yn hŷn na Doris.

"Ydy Mrs. Davies yma?" gofynnodd hi, gan edrych dros yr ystafell fel pe bai modd i Mrs. Davies fod mewn cwpwrdd neu o dan y bwrdd.

"Na, dyw Mam ddim yma," meddai Doris. "Mae hi'n siŵr o fod yn ei stafell wely. Doedd Mam ddim yn teimlo'n rhy dda y bore 'ma. Rwy'n ofni bod cur pen gwael arni unwaith eto."

"O, rwy'n gweld," meddai Mari yn gwrtais ac yn ddeallus, gan ychwanegu'n achlysurol, "On'd yw hi'n braf heddiw?"

Edrychodd Doris arni yn hanner dirmygus. Roedd yn amhosibl iddi siarad am y tywydd y funud yma. Ond atebodd Gwenda yn ddireidus ddigon, "Ydy, mae'r tywydd yn reit braf. Gwynt o'r de orllewin, ac yn gymylog. Ychydig o law mewn amryw fannau. Ond bydd ysbeidiau heulog."

Gadawodd Mari'r gegin heb ateb. Teimlai'n ddig oherwydd y ffordd y byddai'r ddwy ferch yn ei thrin. Teimlai'n eiddigeddus hefyd am fod y ddwy yn gallu bwyta'u brecwast yn hamddenol tra oedd yn rhaid iddi hi adael ei chartref gyda'r wawr. Er gwaethaf y poen yn ei chefn a'i thymer lidus, aeth i chwilio am Mrs. Davies.

Fel y dywedodd Doris, gorweddai Mrs. Davies ar ei gwely yn ddifater. Dyna ei hadwaith cyffredin hi pan fyddai ei gŵr yn colli ei dymer. Gwyddai Mari beth oedd o'i le a theimlai ddirmyg at y wraig fonheddig hon a oedd yn ymddwyn mor blentynnaidd. Deuai iddi hefyd ymdeimlad o ragoriaeth; a gwyddai beth a ddisgwylid ganddi. Aeth at y gwely, a gofynnodd yn garedig, "A yw'r hen gur pen yna wedi dod nôl unwaith eto? A gaf fi wneud rhywbeth? Nôl cwpaned o de, efalle?"

Ysgydwodd Mrs. Davies ei phen.

"Na, dim diolch. Rwy'n teimlo'n rhyfedd o wan. Does dim nerth ar ôl ynof o gwbwl. Eisteddwch, Mari. Dwedwch, a fyddwch chi'n teimlo weithiau fel yna, nad yw dim yn werth trafferthu yn ei gylch?"

Eisteddodd Mari yn ufudd, a dechreuodd adrodd stori. Nid stori am Dylwyth Teg a adroddodd hi, ond stori am y pethau a lanwai ei meddwl i gyd, ac am ei bywyd bach anfoddog ei hun.

"O, mi fydda' i'n teimlo felly yn amal," meddai hi. "Bydde'n dda gen i tase 'mywyd i mor gysurus â bywyd eich merched chi. Mi fyddan nhw'n priodi gwŷr cyfoethog, cewch chi weld, a byw mewn tŷ mawr del. Nid rhyw hen hofel yn ymyl y dociau, fel ein tŷ ni! Ddoe diwetha fe ddaeth glaw drwy'r to. Mae hyn yn digwydd yn amal. Wnaiff y perchennog ddim rhoi dime goch at drwsio'r lle, ond mae'n ddigon parod i gasglu'r rhent bob wythnos.

"Ac nid dyma'r peth sy'n 'y mlino fwyaf. Mae 'ngŵr yn debyg o fod ar y clwt yn fuan. Fe ddaeth adre ddoe mor wynned â'r galchen. Mae'r ffatri lle mae'n gweithio yn gorfod cau am dipyn. A wyddoch chi, Mrs. Davies, rwy'n siŵr fod y peth yma wedi'i daro fe'n fwy na phe bai wedi'i glwyfo yn y gwaith. Na, wirionedd-i, does dim lwc yn fy hanes i! Aeth popeth o chwith byth ar ôl imi briodi.

"Mae 'nghefn yn poeni'n gas heddiw, ac echnos ches i ddim munud o gwsg. Roedd fy ngŵr wedi bod yn gweithio drwy'r nos, ac roeddwn i wedi gofyn i'm nith ddod i gadw cwmni i mi. Ond wnaf i ddim mo hynny byth eto. Un ddi-siâp yw hi – wyddoch chi y bydd hi'n medru eistedd ar y soffa ac edrych arna' i'n slafio heb godi bys bach i roi help i mi?"

Chwarddodd Mari yn isel.

"Mae hi eisie cael gŵr, ac ŵyr hi ddim sut i ddechre!"

Yna efelychodd Mari y dull araf, aneglur o siarad a oedd yn arbennig i'w nith.

"'Mari,' bydd hi'n gofyn, 'sut y cefaist ti ŵr? A adewaist

iddo dy gusanu y tro cyntaf yr aethoch chi allan gyda'ch gilydd? Sawl gwaith yr aethoch chi allan cyn iddo addo dy briodi? Pryd y cymeraist ti e adre am y tro cynta'? Oedd rhaid iti roi i mewn iddo cyn addo priodi? A fyddai'n rhaid i ddyn fy mhriodi pe bawn i'n disgwyl plentyn ganddo?'"

"A beth ddwetsoch chi wrthi mewn atebiad i'r cwestiynau i gyd?" gofynnodd Mrs. Davies gyda gwên fach.

"O, fe ddwedes i wrthi am beidio byhafio'n ffôl a difetha'i bywyd. Ond un galed a phryfoclyd yw hi. Ar ôl swper echnos aeth hi 'mlaen i siarad am yr un pethau. 'Wyddost ti, Mari?' medde hi, 'fe hoffwn i gael gŵr a thipyn o arian ganddo. Dw i ddim am slafio yn y gegin fel y byddi di'n gwneud. Ac wrth gwrs, rhaid iddo fe fod yn ddyn golygus, a rhaid iddo fod yn ffyddlon hefyd. Fe fyddwn i'n barod iddo fod yn debyg i'th ŵr di, Mari, o ran golwg.' Ac wrth glebran fel yma roedd hi'n bwyta'r bisgedi olaf oedd gen i yn y tŷ – rwy'n methu gwrthod dim pan fydd pobol yn gofyn imi.

"Aethon ni i'r gwely wedyn, a dyma hi'n dechre eto! 'Dwed Mari, ar ba ochor y bydd John yn cysgu? A fydd e'n dodi'i freichiau amdanat? A fyddet ti'n foddlon maddau iddo, Mari, tase fe'n anffyddlon i ti?' Fe aeth hi i gysgu o'r diwedd, ond dechreuodd chwyrnu wedyn, a rhwng popeth chysgais i fawr o ddim. Dyw hynny ddim o bwys, wrth gwrs. Y peth pwysig nawr yw bod John yn cael gwaith."

Daeth dagrau i lygaid Mari. A chafodd dioddefaint Mari ddylanwad rhyfedd ar enaid Edna Davies. Cryfheir y Cristion wrth feddwl am ddioddefaint Mab Duw, a chafodd enaid Edna Davies ei gryfhau wrth ystyried doluriau Mari, fel pe bai hynny'n ffisig chwerw cryf.

"Peidiwch â chrio, 'merch-i. Daw popeth yn iawn eto yn y diwedd," meddai Mrs. Davies.

"Daw popeth yn iawn yn y diwedd": dyna oedd ei hoff athroniaeth ac roedd yn athroniaeth ddigon nerthol i gadw ei byd bach gyda'i gilydd; nid annhebyg i focs matsus: ond os tynnir y bocs i ffwrdd, bydd y matsus ar wasgar yn ddi-drefn.

* * *

Yr un diwrnod, gyda'r nos, eisteddai'r ddwy chwaer gyda'i gilydd unwaith eto. Tra oedd Doris yn brysur yn sgrifennu llythyrau, darllenai Gwenda mewn llyfr.

Galwodd Doris ar Gwenda, "Gad dy lyfr am eiliad, rwy am ddangos rhywbeth i ti."

"At bwy wyt ti'n sgrifennu?" gofynnodd Gwenda. "Ai llythyr caru yw e?"

"Paid â siarad yn ffôl! Rwy newydd orffen llythyr at John Rowland, awdur y nofel a roddais i ti bythefnos yn ôl. Mae'n rhaid i rywun ddweud y drefn wrth y dyn. Beth yw dy farn di am ei lyfr?"

Caeodd Gwenda ei hamrannau, a cheisiodd feddwl. O flaen ei llygaid mewnol ymddangosodd rhai o ddigwyddiadau'r nofel. Nyrs yn disgwyl plentyn siawns, a thad y plentyn yn ddyn ieuanc a astudiai feddygaeth. Ystafell isel lle ceisiai'r nyrs yn ofer gael gwared o ffrwyth ei chorff. Rhyw fyd tywyll, ansicr, a nerth rhyfedd ynddo i ddenu enaid glân, chwilfrydig Gwenda. Darllenodd hi'r stori mewn un eisteddiad hir. Ond nid arhosodd Doris am ei hateb.

"Rwy wedi dweud wrth yr awdur yn hollol blaen beth ydw i'n feddwl am ei lyfr," meddai hi. "Pam oedd yn rhaid iddo gymryd nyrs fel ei brif gymeriad? Mae'n rhoi enw drwg i'n galwedigaeth ni fel nyrsys. Pam na chymerodd rywun arall fel prif gymeriad – merch yn gweithio mewn siop er enghraifft, neu ferch yn gweini mewn caffe? Dw i ddim wedi cyfarfod erioed â nyrs a gafodd brofiad fel hyn. Rŷn ni fel nyrsys yn gwybod yn iawn beth yw'n dyletswydd. On'd wyt ti'n cytuno 'mod i'n iawn?"

Ni ellid dianc ymhellach. Rhaid oedd i Gwenda ateb. Ond cadwyd hi gan ddicter moesol Doris rhag mynegi ei gwir farn. Mewn gwirionedd roedd dicter Doris fel cawr yn gwylio trysor mewn castell, a theimlai Gwenda ei bod yn rhy wan i ymosod ar y cawr. Geiriau! O ble y câi hi eiriau i ateb yn foddhaol? Dyma hwy'n dod, geiriau bach neis cyffredin, yn ymdaith o flaen y cawr; geiriau bach da, diniwed, nad oedd raid i neb deimlo cywilydd ohonynt.

"O, roedd hi'n stori ddigon diddorol," meddai Gwenda. "Wyt ti'n meddwl y bydd John Rowland yn ateb dy lythyr? A gaf fi gip ar y llythyr cyn iti ei bostio?"

Ni buasai angen i Gwenda ofidio. Ni ddisgwyliai Doris o gwbwl gael barn a oedd yn wahanol i'w barn ei hun. Rhoddodd y llythyr i Gwenda i'w ddarllen, ac wedyn aeth allan i'w bostio.

PENNOD III

DARLLEN DRAMÂU

EISTEDDODD Arthur Evans yn ei lety yn segur wrth y ffenestr. Syllai ar y glaw mân a ddeuai i lawr yn ddi-derfyn. Teimlai fod yr awyr yn drymaidd. Gwyrdd tywyll undonog oedd lliw y gerddi o flaen y tai; a llifai afonydd bach o ddŵr glaw yn egnïol wrth ymyl y palmant. Bob tro y byddai diferyn o law yn cyrraedd yr afonydd hyn, byddai bwrlwm bach gwyn yn neidio i fyny. Llif o bobl ar ffo, ac awyrennau yn saethu arnynt: dyna'r llun a godai ym meddwl Arthur wrth edrych. Oedd, roedd yn anhapus; yn anhapus fel ci yn tynnu wrth ei gadwyn; yn anhapus fel merch yn awyr wenwynig siop fawr, ynghlwm y tu cefn i'r cownter tra galwai'r haul a'r haf arni.

Daeth gwraig y llety i mewn â brecwast, a'i gwallt yn dynn mewn pinnau cyrlio, yn debyg i gyfres o nadredd bychain yn cylchynu ei phen. Lledaenai gwên dros ei hwyneb wrth iddi estyn llythyr o liw leilac i Arthur.

"Y llythyr dydd Llun oddi wrth eich cariad," meddai hi. "Mae hi'n brydlon fel cloc, chwarae teg iddi. Byddai Mam yn arfer dweud, 'Amser caru yw amser gorau'n bywyd!' A phan own i'n caru –"

"Diolch yn fawr, Mrs. Jenkins," meddai Arthur, gan dorri ar draws stori a glywsai lawer gwaith o'r blaen.

"Rwy'n deall yn iawn. Rwy'n mynd ar unwaith," meddai Mrs. Jenkins, gan wincian yn ddichellgar. "Mae'n well gynnoch chi ddarllen y llythyr wrth eich hunan, wrth gwrs. Peidiwch ofni, fydd 'na neb yn sbïo arnoch."

Edrychodd Arthur yn hir ar y llythyr cyn ei agor. Teimlai'n rhy gyfarwydd, a dweud y gwir, â'r llawysgrif gron reolaidd – llawysgrif athrawes. Bob dydd Llun deuai llythyr Siân yn

Darllen Dramâu

ddi-ffael. Byddai ef yn ateb bob dydd Iau. Dyna sut y trefnodd y ddau ar y cychwyn oll, pan ddaeth ef gyntaf i'r Coleg. Teimlodd yn unig ar y dechrau, ac ymddangosodd ei gyfeilles bell fel ynys o ddiogelwch iddo. Câi deimlad hyfryd wrth feddwl ei bod hi'n aros yn ddigyfnewid. Doedd dim perygl iddo golli ei hun yn y bywyd newydd tra bai modd o hyd iddo ddal gafael yn ei wir hunan yn ei geiriau hi.

Dododd y llythyr ym mhoced ei gôt heb ei ddarllen. Byddai cyfle eto i wneud hyn. Amser cinio, efallai, gyda choffi a sigarét. Gwyddai eisoes beth oedd cynnwys y llythyr: gofyn am gyflwr ei iechyd, adroddiad am yr ysgol, a thrafodaeth hir am y paratoadau at y briodas; ac ar y diwedd yn ddieithriad, "Ar wahân i hyn, does dim newydd gennyf i'w ddweud."

* * *

"Mr. Evans bach, beth sy'n bod arnoch chi?" meddai teipydd yr Adran Beirianneg. "Dych chi ddim yn edrych yn dda o gwbwl ers wythnosau. Ydych chi'n gweithio gormod, neu ydych chi'n teimlo'n sâl?"

Gosododd Arthur ei law dde yn ei boced ac edrychodd yn fyfyrgar ar y ferch gochlyd. Cyffyrddodd ei law dde â llythyr Siân, a oedd o hyd yn ei boced heb ei ddarllen. Edrychodd y ferch yn syth i'w lygaid, a gwenodd yn gellweirus. Yn sydyn, aeth Arthur yn ymwybodol o'r ffaith ei fod yn ddyn golygus, ac nad oedd eisiau ond gofyn i'r ferch hon, a byddai hi'n barod i fynd allan gydag ef. Gallai ddewis cwmni unrhyw ferch a fynnai, oni bai i Siân ei ddal yn dynn yn ei chylch hud. Ond roedd Siân ymhell; tynnodd ei llythyr allan o'i boced a'i osod yn ddiogel yn ei waled. Beth am roi cynnig arni unwaith yn unig? Byddai'n eiddo i Siân wedyn drwy gydol ei fywyd.

"Ydych chi'n rhydd nos yfory, Sali?" gofynnodd ef yn hollol ddirybudd.

"Wn i ddim yn iawn," meddai Sali yn betrusgar. "Rhaid imi edrych ar fy nyddiadur."

"Rwy am fynd i weld y ffilm gerddorol newydd, Madame Patti. Hoffech chi ddod gyda mi?"

Roedd Sali'n rhydd ac yn fodlon. A'r un pryd penderfynodd Arthur sgrifennu llythyr arbennig o garedig at Siân.

Y noson ddilynol aeth gyda Sali i weld y ffilm, ac wedyn yfodd lased o gwrw gyda hi. Crwydrodd y clebran i gyfeiriad yr Athro Williams, a oedd yn bennaeth yr adran lle gweithiai Arthur, a'i wraig a oedd yn actores. Yna hebryngodd Arthur Sali i'r bws, ond ni threfnodd i fynd allan gyda hi eto. Dim ond cyfrwng oedd Sali iddo i'w helpu i ddod yn siŵr ohono'i hun.

Ar ôl dychwelyd i'w lety, eisteddodd wrth y bwrdd er mwyn sgrifennu at Siân. Cymerodd ei llythyr hi a'i ddarllen. Wedyn aeth ati i'w ateb. Amheuodd beth fyddai'r testun gorau i sôn amdano. Nid am y ffilm, mae'n debyg – roedd am anghofio Sali a phopeth yn ei chylch. Yn sydyn cafodd syniad: dim ond wythnos yn ôl cafodd wahoddiad gan yr Athro Williams i gymryd rhan yn y noson o ddarllen dramâu a gynhelid yn ei gartref o dan ofal ei wraig. Aethai'r peth bron yn angof ganddo. Fodd bynnag, byddai'r cyfarfod hwn yn destun hawdd i'w drafod mewn llythyr. Disgwyliai weld yno ddigon o bobl ddiddorol y gallai sôn amdanynt, ac ar yr un pryd roedd yn ymwybodol fod yr Athro yn gwerthfawrogi ei bresenoldeb yno. Sgrifennodd felly am y nosweithiau tebyg a gynhaliwyd y flwyddyn cyn hynny ac am ddoniau Mrs. Williams fel actores.

* * *

Cyrhaeddodd noson y ddrama. Aeth Arthur yn gynnar er mwyn cael sgwrs breifat gyda'r Athro. Tra oedd y ddau yn siarad yn y stydi, cyrhaeddodd yr ymwelwyr eraill a chael eu harwain i'r ystafell fawr lle cynhelid y darllen. Yn eu plith daeth Doris, oherwydd llwyddasai ei rhieni i'w darbwyllo i fynd. Ar y dechrau teimlai hi braidd yn anghysurus, ac edifar ganddi oedd iddi ildio i'w rhieni. Roedd yr ystafell yn gymharol o dawel, ac isel oedd lleisiau'r siaradwyr. Rhedodd ci bach Pecinaidd o gwmpas yn chwilfrydig, wedi ei gynhyrfu gan nifer mawr o arogleuon newydd. Teimlai Doris yn rhyfedd o hunanymwybodol.

Bydd adar yn hedfan gyda'i gilydd mewn heidiau. Bydd blodau'n defnyddio gwenyn fel negeswyr i ddod i gyswllt â'i gilydd. Bydd cŵn yn arogleuo'i gilydd. Bydd plant o bob oed yn gallu taflu peli at ei gilydd. Ond i bobl ddiwylliedig rhaid wrth eiriau i groesi'r agendor rhwng dyn a'i gyd-ddyn. A rhaid llwytho geiriau â rhyw gymaint o ystyr, fel y mae'n rhaid llwytho llong â balast.

"Sut mae eich iechyd?"

"Diolch i chi am ofyn. Gweddol iawn."

"On'd oedd y taranau'n ofnadwy y noson o'r blaen?"

"Dw i ddim yn cofio storm debyg ers blynyddoedd. Fe godais i o'r gwely rhag ofn y byddai mellten yn taro'r tŷ."

"I ble rydych chi'n mynd am eich gwyliau eleni?"

"Dŷn ni ddim wedi penderfynu eto."

Eisteddodd Doris ychydig ar wahân i'r lleill, ac ni siaradai neb â hi. Troes un goes ar ben y llall gan wenu'n oeraidd. Heb yn wybod iddi golygai'r osgo yma ryw fath o hunan-amddiffyn iddi yn erbyn yr awyrgylch dieithr; rhywbeth yn debyg i baffiwr yn gostwng ei ben a chodi ei ddyrnau i fod yn barod ar gyfer ymosodiad ei wrthwynebydd.

O'r diwedd daeth Bronwen Williams, gwraig yr Athro, i mewn. Roedd hi'n dal ac yn denau, a'i llygaid glas golau yn cyd-fynd yn rhyfeddol â'i gwallt du. Gwisg felen oedd amdani gyda phatrwm o flodau gwynion mawr. Pan ddaeth hi i mewn, cyrchai pawb o'i chwmpas fel crychion o gylch carreg a deflir i lyn.

Cerddodd dyn bach tew a chanddo farf fain tuag ati. Cymerodd ei llaw dde rhwng ei ddwylo a'i hysgwyd yn galonnog.

"Llongyfarchiadau fil, Bronwen! Llongyfarchiadau! Roeddech chi'n wych yn y Theatr Fach neithiwr. Fe wnes i ymgais i gael gafael arnoch er mwyn eich llongyfarch ar ôl y perfformiad, ond roeddech chi'n llawer rhy brysur gyda phobol eraill. Methais ddod yn agos atoch. Ond dyma fi'n eich llongyfarch yn awr."

"Rŷch chi'n sebonwr campus," meddai Bronwen gyda gwên amyneddgar, "ond mae'n dda gen i eich bod wedi mwynhau'r ddrama. Roedden ni'n gorfod gweithio yn erbyn anawsterau go fawr. A diolch i chi hefyd am ein helpu ni heno â'ch drama fer newydd. Rwy wedi trefnu digon o gopïau wedi eu teipio. A wyddoch chi beth, mae Arthur Evans yn anghytuno'n bendant ar fater y testun!"

"Ardderchog!" meddai'r dyn bach tew braidd yn ddi-ystyr. "A yw Arthur yn dod heno?"

"Ydy, mae yma'n barod. Ond mae Cledwyn am gael deng munud gydag e, cyn inni ddechrau, er mwyn siarad siop!" Trodd Bronwen i gyfarch nifer o bobl eraill. Yna dechreuodd annerch pawb gyda'i gilydd.

"Rŷn ni'n bwriadu darllen drama fer hollol newydd heno. A dyma'r awdur."

Cymerodd fraich y dyn bach tew a'i arwain i gadair.

"Mae ein cyfaill Alban wedi bod mor garedig â chyflwyno'r ddrama i mi. Drama ar destun clasurol yw hi – stori Helen o Gaer Droea. Rhaid imi gyfaddef ar unwaith fod un ohonon ni wedi gwrthwynebu'r testun. Ei farn ef yw y byddai'n well pe bai Alban wedi sgrifennu drama am stori Branwen."

Trodd at Arthur, a oedd newydd ymuno â'r cwmni. Wedi cael sgwrs ddiddorol â'i Athro, teimlai ryw gymaint o hunanfodlonrwydd. Ond pan welodd fod llygaid pawb yn troi ato, dechreuodd ymddiheuro.

"Ydw i'n rhy hwyr?" gofynnodd. "Mae'n flin gen i, ond nid arnaf fi mae'r bai i gyd."

"Peidiwch â gofidio," meddai Bronwen. "Rŷch chi wedi dod mewn pryd i roi eich rhesymau am wrthwynebu testun Alban."

"Ardderchog!" meddai Alban yn ôl ei arfer, gan dynnu gwaelod ei farf nes iddi edrych yn feinach byth. "Rwy'n siŵr y gwnaiff Arthur ddrama i ni at y cyfarfod nesaf, gyda'r teitl Branwen Brydferth!"

"Duw a'm cadwo," meddai Arthur, gan chwerthin, "rhag gwneud unrhyw beth o'r fath! Does dim smicyn o ddawn greadigol y llenor gen i. Rwy'n ddigon hoff, cofiwch, o ddarllen llyfrau da. Rwy'n hoff o edrych ar bethau tlws, ac wrth gwrs ar ferched glân."

A chan ei fod mewn hwyl trodd i gyfeiriad Bronwen a moesymgrymodd. Ond nid edrychodd Bronwen arno, ac felly syllodd am ennyd, megis ar ddamwain, ar Doris. Gwridodd Doris.

"A dyna'i gyd," meddai Arthur, gan orffen ei bwynt.

"O na, chewch chi ddim dod allan ohoni mor hawdd â hynny!" meddai Bronwen yn bryfoclyd. "Rwy am ichi ddweud pam y mae Branwen yn well gennych, fel testun, na Helen. Oherwydd dwyf fi'n gweld fawr o wahaniaeth rhwng y ddwy. Yn y ddwy stori mae dwy genedl yn dod i ddinistr trwy gyfrwng merch hardd."

"Wel, mi faswn i'n dweud bod Branwen yn gymeriad moesol a Helen yn gymeriad anfoesol," atebodd Arthur.

Dilynai Doris y ddadl gyda diddordeb, ond heb sylwi ar y sŵn ysgafn yn llais Arthur. Yn ei meddwl hi, roedd y ddadl yn troi o gylch yr un pwynt y sgrifennodd hi at John Rowland amdano, pwynt a oedd yn agos iawn at ei chalon.

"Mae hyn yn hollol iawn," meddai hi. "Rhaid i'r arwres fod yn gymeriad moesol os yw am gadw ein cydymdeimlad."

"Ydych chi'n meddwl felly?" gofynnodd Bronwen yn gwrtais.

"A gaf fi ddweud gair i amddiffyn Helen?" meddai Alban yn eiddgar. "Rwyf fi'n perthyn – os caf i wneud cyffes fach – i'r dosbarth y mae harddwch yn fath o grefydd iddynt. I mi mae Helen yn sefyll dros harddwch perffaith, harddwch sy'n rhodd y duwiau ac sy'n tynnu bendith neu felltith ar ei ôl. Ond rhaid cofio un peth pwysig: pan fyddwn ni'n sôn am harddwch byddwn ni'n meddwl am y teimladau y mae harddwch perffaith yn eu cyffroi ynon ni. Ein tuedd ni yw anghofio'r teimladau y bydd byd amherffaith yn eu cyffroi mewn un sy'n berffaith o hardd. Mae perffeithrwydd yn hiraethu am berffeithrwydd, ac yn methu'i gael. Dyna'r rheswm pam y mae Helen yn gymeriad addas i'r hen drasedïau, y gwrthdaro, hynny yw, rhwng harddwch perffaith a'r byd amherffaith sy'n methu dioddef rhywbeth perffaith yn hir." Anadlodd yn ddwfn.

"Ond rwy'n methu gweld yr un math o drasiedi yng nghymeriad Branwen. Mae ei stori hi, ar y llaw arall, yn grefyddol yn yr ystyr fodern: hi yw teip y dyn da sydd, er ei fod yn ddieuog, yn dioddef ei hun ac yn achosi i eraill ddioddef."

"Gwych! Ond dyna ddigon o athronyddu heno," apeliodd Bronwen. "Y peth gorau'n awr yw bwrw i ganol y gwaith. Cawn siarad am yr athroniaeth yn nes ymlaen – os bydd eisiau. Gadewch inni fynd ati i ddosbarthu'r cymeriadau.

Dyma nhw: MENELAOS, brenin Sparta; HELEN, ei wraig; PARIS, mab PRIAF, brenin Caer Droea, a gipiodd HELEN i ffwrdd o blasty ei gŵr; HECABE, mam PARIS; HECTOR, brawd PARIS; a nifer o forwynion; ac un, wrth gwrs, i ddarllen cyfarwyddiadau'r llwyfan. A oes gwirfoddolwr am unrhyw un o'r rhannau?"

Ond ni feiddiai neb roi cynnig arni, er i bawb ddod gyda'r gobaith y rhoid iddo ran bwysig. Roedd pawb yn ofni gwneud ffŵl ohono'i hun; a dilynwyd, hefyd, y ddeddf anysgrifenedig honno na ddylai neb fod yn wahanol, ar y cynnig cyntaf, i'w gymdeithion. Daeth tawelwch hunanymwybodol ar ôl cwestiwn Bronwen. Edrychodd hi o amgylch gyda threm feirniadol gan bwyso yn ei meddwl y cymwysterau a feddai'r personau gwahanol at y cymeriadau arbennig. Roedd rhywbeth yn ei golwg yn debyg i ddeliwr mewn gwartheg yn barnu anifeiliaid yn y llociau mewn ffair; gŵyr o brofiad bron ar yr olwg gyntaf beth yw eu pwysau, eu hoed, ansawdd eu gwlân neu eu croen, a phopeth sydd o werth masnachol. Ond bydd y gwartheg weithiau yn ceisio osgoi ei drem ac yn gwasgu yn erbyn ei gilydd yng nghornel bellaf y lloc.

Alban Morris, awdur y ddrama, oedd y cyntaf i siarad.

"Does dim amheuaeth am un peth," meddai, "mai Bronwen a ddylai gymryd rhan Helen."

Curodd pobl eu dwylo wrth glywed yr awgrym hwn, a chytunodd Bronwen yn raslon i ufuddhau i lais y bobl. Achosodd rhan Paris, fodd bynnag, ychydig o anhawster, am fod y dynion yn swil i actio rhan bwysig gyda'r actores. Chwiliwyd am rywun â llais tenor, a rhoddwyd y rhan i Arthur, y dyn ieuengaf yn y cwmni, gan mai ei lais ef oedd debycaf i ateb i'r gofyn. Dosbarthwyd y rhannau eraill yn ddidrafferth; a digwyddodd ar y diwedd fod hyd yn oed gystadleuaeth rhwng dwy ferch am ran y darllenydd cyfarwyddiadau, a datblygodd math o ornest mewn cwrteisi rhyngddynt.

"Darllenwch chi, chi sydd orau at waith fel hyn."

"Na, na, chi ofynnodd gyntaf."

"Rwy'n gwrthod yn bendant."

"Fydda'i ddim yn hapus os na wnewch chi."

Rhaid o'r diwedd oedd galw ar awdurdod sydd yn uwch na phersonau. Taflwyd ceiniog i fyny a rhoed y gair olaf i awdurdod ffawd gan fod rheswm dynol yn methu torri'r ddadl.

Bronwen ei hun a ddewisodd ran i Doris. Er nad oedd yn adnabod Doris yn dda iawn, teimlai ei bod yn ddyletswydd arni dynnu'r ferch ieuanc i ganol hwyl y gymdeithas. Rhoes iddi ran y gaethferch a wasanaethai Helen fel cantores. Roedd y gaethferch hon wedi syrthio mewn cariad â Pharis, a chenfigennai at ei meistres. Dewisodd Bronwen y rhan yma iddi gyda bwriad arbennig. Cawsai ei phryfocio gan eiriau hunan-gyfiawn Doris – "Rhaid i arwres fod yn gymeriad moesol os yw am gadw ein cydymdeimlad." Gwyddai Bronwen ddigon am lenyddiaeth i sylweddoli'r ffaith bod testunau gorau llenyddiaeth yn dechrau pan fydd dyn moesol yn syrthio; a gwyddai hefyd ddigon am fywyd i sylweddoli nad yw moesoldeb yn fater syml o ddewis rhwng da a drwg. Oherwydd credai hi na allai neb wneud daioni i'w gymydog heb fod yn euog o esgeuluso rhywun arall.

Ar wahân i hynny, teimlai Bronwen, fel llawer gwraig briod arall, y pleser rhyfedd a ddaw o gynorthwyo merch a gŵr ifanc i ddod at ei gilydd. Felly rhoes foddhad arbennig iddi ei bod yn gallu tynnu sylw Arthur at Doris.

Nid yw'n debyg y gwnaethai hyn pe bai wedi gwybod am ddyweddïad Arthur. Ond er i Arthur ymweld â'i thŷ yn gyson, ni chlywsai Bronwen ganddo air am Siân; a chadwyd Arthur yntau gan ryw ymatal mewnol rhag sôn dim am ei briodas agos wrth ei gyfeillion yn y Coleg. Felly heb i Arthur a Doris ddrwgdybio dim, chwaraeodd Bronwen ddrama arbennig gyda hwy – drama y tu mewn i ddrama Alban Morris a ddarllenid yn awr.

Caer Droea oedd golygfa'r ddrama, a'r amser oedd diwrnod yr ornest i benderfynu ffawd Helen a ffawd 'Caer Droea'. Yn lle gadael i'r ddwy fyddin ddinistrio'i gilydd yn gyfan gwbl, ymladdodd Menelaos, gŵr Helen, â Pharis, y dyn a gipiodd Helen i ffwrdd.

Ar ddechrau'r ddrama, mae morwynion Helen yn eistedd gyda'i gilydd yn nhŷ Paris yng Nghaer Droea ac yn gwnïo brodwaith ar gyfer gwisg Helen. Allan y mae Helen ei hun, ar ben mur y ddinas, yn gwylio'r ornest rhwng y ddau dywysog. Sieryd y merched â'i gilydd yn ofidus, gan ddadlau beth fydd canlyniadau'r awr dyngedfennol hon. Teimlant bron i gyd yn garedig tuag at Helen. Canmolant ei harddwch. Ymhyfrydant yn ei charedigrwydd. Tybiant mai peth cyffrous dros ben yw bod merch yn peri i ddau ddyn ymladd amdani. Maent yn tosturio wrth Helen hefyd ryw gymaint gan fod yn rhaid iddi wylio un o'r ddau ddyn yn cael ei ladd, er iddi unwaith garu'r naill a'r llall – bu Menelaos yn annwyl ganddi cyn i Paris ennill ei serch.

Yr unig un a ymesyd ar Helen yn chwerw ydyw'r gantores. Dywed hi fod Helen yn ymffrostgar ac yn hunanol.

Sylwodd Bronwen gyda phleser arbennig fod gan Doris yr union acen i gyfleu dicter yn erbyn yr arwres anfoesol.

"Mi wnâi les i Helen deimlo rhyw ofid calon weithiau. O'i herwydd hi mae miloedd o ddynion wedi eu lladd, a llawer gwraig wedi ei gwneud yn weddw, a llawer o blant wedi colli eu tad. Pe bawn i yn lle'r Brenin Priaf mi wyddwn i'n iawn beth i wneud â hi. Mi dorrwn ei gwallt yn fyr, a'i chwipio hi allan o Gaer Droea.

"Gallai hi ffeindio'i ffordd ei hun yn ôl i bebyll y Groegiaid ac at ei gŵr. Rwy'n siŵr y byddai'r Brenin Menelaos yn ei derbyn gyda'r anrhydedd sy'n ddyledus iddi."

Mae'r gantores yn mynd mor bell â gwadu nad yw Helen yn hardd o gwbl.

"Helen yn hardd! Mae'r peth yn chwerthinllyd. Mae

*hi'n llawer rhy denau i'm golwg i. Yn y wlad lle cefais i fy
ngeni mae'n rhaid i ferch fod yn dew cyn y bydd dynion yn
barod i edrych arni. Yr un harddaf yw'r un sy bron yn rhy
drwm i godi o'r llawr heb help. Roedd fy mam yn un hardd
iawn, ond pan ddaeth gwŷr Troea a choncro ein dinas ni,
roedd hi'n rhy drwm i redeg gyda ni. Bu farw Mam yn ei
thŷ ei hun pan losgwyd y dref. Druan ohoni! A druan o
Paris, a gafodd ei hudo gan Helen i farwolaeth."*

*Daw Paris yn ôl i'w dŷ, wedi ei glwyfo ac wedi dianc
o faes yr ymladd. Mae'r morwynion yn glanhau ei glwyfau
ac yn eu rhwymo, yna yn ei arwain at ei wely. Nid yw Helen
wedi dychwelyd.*

Roedd Bronwen yn awr wrth ei bodd. Gofynnodd i Arthur
a Doris feimio'r rhan honno o'r ddrama lle arweinid Paris at
ei wely gan y gantores.

"Rhaid i Paris yn awr," gorchmynnodd Bronwen, "ddodi
ei law dde ar ysgwydd y gantores, a rhaid iddi hi gerdded â
chamau araf, gofalus. Cofiwch, mae hi'n falch fod Paris yn
gorfod pwyso arni fel hyn, ac mae'n dda ganddi ei fod wedi
dod yn ôl yn fyw, a hithau'n gallu bod o help iddo. Peidiwch
â bod yn swil, Doris. Rydych chi'n hen gynefin, fel nyrs, â'r
gwaith o helpu dyn i fynd i'r gwely."

Chwarddodd rhai o'r cwmni, a churo dwylo eto, wrth weld
Arthur yn mynd drwy'r ystafell gan bwyso ar ysgwydd Doris.
Teimlodd Arthur yn hapus yn ei dasg. Gwelodd rywbeth
hyfryd o atyniadol yn swildod y ferch a oedd yn ei arwain.
Ond gweithiodd ystryw Bronwen yn fwy effeithiol byth gyda
Doris, gan fod ei chalon yn rhydd ac yn barod i chwilio am
gymar. Nyrs oedd hi, debyg iawn, a pheth digon hawdd iddi,
yn yr ysbyty, oedd arwain crwydryn hanner-noeth yn ôl i'w
wely. Ond ymddangosai iddi nad oedd yr un llaw erioed wedi
pwyso arni'r un fath â llaw Arthur. Tybiodd am eiliad mai

dylanwad ei rhan yn y ddrama a barai iddi deimlo ei bod yn eiddo i'r dyn hwn. Eisteddodd yn ei chadair yn syn, heb fod yn hollol siŵr beth oedd wedi digwydd iddi. Wrth lwc, cafodd lonydd am ysbaid, oherwydd yn awr daeth ymddangosiad Helen a golygfa fawr Bronwen.

> *Daw Helen yn ôl, wedi ei hysgwyd i ddwfn ei henaid. Ni wyr hi bellach i bwy y mae'n perthyn. Mae Paris yn awr yn atgas ganddi: nid yw llwfrgi, a redodd i ffwrdd yng nghanol yr ymladd, yn deilwng o'i harddwch. Eithr gorfodir hi gan Affrodite, duwies serch (yn ffurf hen wraig) i fynd yn ôl at Paris, am ei bod yn ofni dial y dduwies.*

Cafodd Bronwen lawer o hwyl wrth godi ei dwylo i weddïo ar y dduwies.

> *"Affrodite, dduwies fawr, tydi a roddodd harddwch i mi, a thrwy harddwch allu. Paham na roddaist hefyd wybodaeth i mi, sut i ddefnyddio'r gallu? Rwyf fi fel tegan yn dy ddwylo. Rwy'n ofni dy ddigofaint, ac am hynny 'n ufuddhau. Af yn ôl at Paris."*

Edrychodd Bronwen gyda gwên ar Doris tra ymhyfrydai Arthur, fel Paris, ym mhresenoldeb Helen.

> *"Helen, rwyt ti heddiw yn dy ddicter yn harddach nag erioed!*
>
> *Rwyt ti'n harddach hyd yn oed nag yr oeddet ar y diwrnod hwnnw pan unwyd ni gyntaf mewn serch. Wyt ti'n cofio, Helen, fel yr aethom gyda'n gilydd i'r goedwig sanctaidd? Wyt ti'n cofio aroglau melys y fioledau? Wyt ti'n cofio'r chwerthin dedwydd oedd o'n cwmpas?"*
>
> *Caiff Helen ymgom wedyn â mam Paris, a'i frawd, ac*

yn ystod y siarad yma ymddengys yn hollol eglur nad yw Helen yn hapus o gwbl.

Merch bruddaidd ydyw, a'i harddwch yn gyfrwng melltith yn hytrach na bendith. Ar ddiwedd y ddrama ymddengys nad yw ei harddwch rhyfeddol yn ddim ond achos tristwch iddi ei hun.

Ar ôl gorffen y ddrama cafwyd ychydig ymborth. Daethpwyd â chwpanau a theisennau i mewn i'r ystafell, ac aeth Bronwen ati i dywallt y coffi. Cynorthwyodd Doris yn y gwaith o estyn cwpanau i'r ymwelwyr, a disgleiriodd llygaid Bronwen gan foddhad wrth weld Arthur yn cynnig cludo'r teisennau o gwmpas.

"Ardderchog, wir!" meddai Alban Morris. "Hebe a Ganumed yn dod â neithdar ac ambrosia at y duwiau."

"Fynnwch chi gwpaned arall o neithdar?" meddai Doris yn chwareus wrth Alban Morris, gan gynnig ail gwpaned o goffi iddo.

"A beth am sleisen arall o ambrosia?" meddai Arthur gan ddilyn wrth ei sawdl.

Bu'r cwpaned o goffi yn gymorth i ryddhau eu tafodau, ac yn fuan roedd pawb yn clebran yn hwylus.

"Wyddoch chi, Alban," meddai Arthur, "mae gen i syniad uchel o'ch Fenws dew yn y ddrama. Oeddech chi'n dilyn patrymau clasurol wrth ei chynllunio? Neu ai ffrwyth eich dychymyg eich hun yw hi?"

"Cymerais dipyn o ryddid barddol," atebodd Alban, gan droi gwaelod ei farf fel pe gallai atebion ddeillio o'i farf. "Roeddwn yn chwilio am ffigur a fyddai'n gyferbyniad llwyr i bopeth y mae Helen yn sefyll drosto. Disgwyliais, yn naturiol, y byddai harddwch Helen yn disgleirio'n fwy byth ar gefndir o'r math yma. Ond gwnes gamgymeriad, mae'n amlwg."

"Wel," meddai Arthur, "roedd y cyferbyniad yn ddigon llwyddiannus."

Darllen Dramâu

"Ond digwyddodd rhywbeth rhyfedd," meddai Alban Morris. "Heb yn wybod i mi, hawliodd y Fenws Dew fywyd oedd yn eiddo iddi ei hun: roedd fel pe bai'n gofyn i mi'n ddigywilydd a oeddwn yn hollol siŵr fod gan y Groegiaid y delfryd cywir o harddwch. Tybed, meddai hi, a glywswn am ferched unrhyw harîm yn Nhwrci roedd yn rhaid eu bwydo â mêl a melysion er mwyn eu pesgi ddigon? Atebais yn gwrtais mai dwy fil o flynyddoedd ar ôl cwymp Troea y bu merched fel hyn fyw yn Nhwrci. Dywedodd hi nad oedd hyn yn profi dim. Gallasai'r un math o bobol fyw fil o flynyddoedd cyn Troea. Roedd hyn yn gymysglyd iawn i mi, ac yn boenus hefyd – ta waeth! Roeddwn wedi credu fy mod yn addoli harddwch. Ond gofynnodd yr hen fenyw dew i mi, yn union fel Peilat, 'Beth yw harddwch?' Erbyn hyn roedd yn hanfodol imi wneud i ffwrdd â hi mor fuan ag y gallwn. Llofruddiaeth lenyddol, os mynnwch."

Chwarddodd Arthur yn uchel. Roedd Doris wedi dilyn yr ymgom hefyd, a gofynnodd ychydig yn ansicr, "Ydych chi ddim yn meddwl felly, mai Gwirionedd, Daioni, a Harddwch yw seiliau llenyddiaeth?"

"Hoffwn ichi gadw'r gred yma," atebodd Alban, "ond rhaid imi roi rhybudd i chi er mwyn cadw'r gred, gwell i chi beidio ymhél gormod â llenyddiaeth. Mae llenyddiaeth yn difetha moes a chymeriad. Roedd gen i gyfaill unwaith a ddywedodd mewn hwyl mai Casineb, Celwydd a Hagrwch yw'r egnïon sy'n troi'r olwynion ym melin bywyd. Ac yn wir, fe geisiodd fyw yn ôl ei gred, ac erbyn heddiw mae e mewn gwallgofdy."

Edrychodd Doris ar Alban yn amheus, heb wybod a oedd o ddifrif neu beidio.

"Ond rŷch chi newydd ddweud mai un sy'n addoli harddwch ydych chi," meddai hi, ond nid aeth ymlaen. Edrychodd ar y dyn bach tew â'r farf fain a fu'n siarad am harddwch, a daeth syniad iddi, mewn ffordd aneglur, fod rhyw gysylltiad rhwng harddwch a hagrwch na allai hi eto mo'i amgyffred.

Doris oedd yr un cyntaf i adael y cwmni. Rhoddodd fel rheswm nad oedd ei thad yn fodlon iddi fod allan ar ôl deg o'r gloch. Awgrymodd Bronwen y gallai un o'r cwmni ei hebrwng yn ei gar yn nes ymlaen. Gwrthododd Doris. Roedd yn rhaid iddi fod yn y gwaith, meddai, yn gynnar yn y bore, a gwell oedd ganddi fod yn y gwely mewn pryd. Felly gadawyd iddi fynd. Ond gwir reswm Doris dros fynd yn gynnar oedd ei bod am gael amser i feddwl, wrthi ei hun, am yr hyn a ddigwyddodd.

Rhywbeth hollol newydd iddi hi oedd y dull ysgafn o siarad a gafwyd yn y cwmni hwn. Siaradwyd yn ddirmygus am bethau a oedd iddi hi yn wirioneddau sefydlog. Siaradwyd hefyd gyda rhyw fath o ymffrost hyderus a ddoluriai ei hunan-barch. Byddai'n dda ganddi, yr un pryd, feddu sicrwydd cyffelyb ei hun wrth drafod problemau meddyliol. Dychmygai amdani ei hun yn cymryd lle Bronwen ac yn arwain cylch o'r fath yn hunanfeddiannol ac yn ddeheuig. Dychmygai am ddynion fel Arthur yn cystadlu am ei gwên a'i chydsyniad ac yn cyflwyno dramâu iddi.

Ni wyddai hi ai gwych ai gwael oedd y ddrama a ddarllenwyd, a pharai hyn hefyd loes iddi. Mewn rhyw ffordd ryfedd collasai'r ddawn i fesur a gwerthfawrogi yn ôl safon sefydlog.

Pan oedd hi'n gorwedd yn y gwely gyda Gwenda, adroddodd wrth ei chwaer hanes y noson. Disgrifiodd wisgoedd prydferth y merched, yn arbennig wisg ddisglair Bronwen. Soniodd am y dyn bach tew a oedd yn dal i ddweud 'Ardderchog!' Soniodd am y rhan o'r ddrama a bennwyd iddi hi, ac am y ffordd y rhoddodd help llaw i Bronwen gyda'r coffi. Ond ni ddywedodd yr un gair am Arthur a Pharis.

Wedi i Doris adael y cwmni, holodd Arthur Bronwen yn ei chylch. Pwy oedd? Beth oedd ei gwaith? O ble y deuai?

Darllen Dramâu

Atebodd Bronwen y cwestiynau gyda gradd o orliwio – oherwydd un dda oedd hi ar y llwyfan i ddyfeisio llinellau pan na fyddai'n eu cofio.

"Mae Doris yn eithriadol o dalentog," meddai hi. "Mae'n olygus ac mae'n llawn o ddelfrydau. Roeddwn i'n ei nabod yn dda pan oedd hi'n blentyn. Rwy'n sylwi bod pawb yn ei chanmol. Mae'n rhagori ar Helen yn y ffaith ei bod yn ddel ac yn ddeallus yr un pryd. Rwy'n credu fy hun fod ganddi ragolygon disglair."

"Beth yn union yw'r fantais sydd i ferch mewn cael rhagolygon disglair?" gofynnodd Arthur, fel pe bai'n gofidio y byddai'r ferch eithriadol hon yn diflannu'n rhy fuan o'i olwg.

"Dw i ddim yn credu y bydd hi'n aros yn nyrs yn hir," meddai Bronwen, gydag awgrym o ddirgelwch. "Mae gen i syniad y gwnâi hi farc ar y llwyfan. Wrth gwrs, wn i ddim beth ddwedai ei rhieni am yrfa o'r fath – maen nhw'n geidwadol dros ben. Fy marn bendant i yw eu bod yn cadw'u plant yn rhy gaeth, ac rwy'n gwybod trwy brofiad fod hyn yn beth peryglus. Bydd popeth yn mynd yn iawn am dipyn, ond yn sydyn bydd y plant yn cicio yn erbyn y tresi ac yn troi yn wyllt. Onid oedd hi'n chwerthinllyd heno, ei chlywed hi'n dweud bod ei thad am iddi fynd adref erbyn deg, a hithau'n ferch mewn oed? Mae'r peth mor hen-ffasiwn! Ond ar wahân i hyn, dyw'r rhieni ddim yn bobol ffôl o gwbwl. Mae gan y ddau gryn dipyn o ddawn, ac wrth reswm mae hyn yn ymddangos yn y plant hefyd."

Yn ei lythyr at Siân, disgrifiodd Arthur y noson yn eithaf siriol.

"Aeth merch un o'r darlithwyr o gwmpas gyda mi fel Hebe a Ganumed yn gweini ar y duwiau â neithdar ac ambrosia."

PENNOD IV

OGOF Y SANTES HELEN

Y PRYNHAWN dilynol dychwelodd Doris o'i gwaith yn yr ysbyty wedi blino. Crwydrai yn synfyfyriol drwy'r ffordd fawr. Amser cau siopau oedd hi, a phrysurai pobl o bob oed a phob lliw heibio iddi. Roedd y bobl a dramwyai'r stryd hon yn wahanol iawn i'r rhai y byddai Doris yn eu gweld yn rhan orllewinol y dref, lle gwisgai'r gwragedd yn dda ac ymbincio'n gelfydd, a chadw'u plant yn lân a thrwsiadus.

O'i blaen symudai rhes o ddynion eiddil, tywyll a ddaethai o'r dociau. Siaradent yn fywiog â'i gilydd, ac i Doris swniai eu lleisiau'n debyg iawn i drydar adar. Cymhwysach oedd eu dillad o gotwm glas i hinsawdd boeth. Cerddai Doris yn araf, gan wylio'r bobl yn brysio heibio. Yn eu plith codai llawer o wynebau rhyfedd, a golwg arnynt fel pe na buasent erioed yn ieuanc. Gwelodd wraig â baban mewn siôl fudr ganddi yn y naill law a basged siopa yn y llall, a phlentyn yn llusgo ar ei hôl yn anfodlon. Gwelodd ddyn â'i wyneb yn ddu gan lo a bloc o goed o dan ei fraich. Safai merched ifainc ar ymyl y ffordd yn clebran â'i gilydd. Daeth dau ddyn heibio â gwallt du modrwyog ganddynt a chroen melyn, a rhoesant wên i'r merched. Drostynt oll gwyliai llygaid plisman o loches hanner-cuddiedig drws siop.

Ni fynnai Doris frysio'n neilltuol i ddod adref. Ar ôl y ffrae ddiwethaf rhwng ei thad a'i mam bu'n hiraethu am gael mynd i ffwrdd. Ni ofidiai gymaint am y geiriau cas a lefarai ei thad ar achlysuron fel hyn, ond roedd y ffaith fod trefn mor rheolaidd yn nodweddu'r ffraeo yn tarfu ar ei nerfau. Gallai bellach ragweld gwahanol ffurfiau a fyddai'n dilyn ei gilydd ym mhatrwm pob cweryl. Yn gyntaf, y geiriau cas a'r ymadawiad sydyn; yn ail, y mudandod a fyddai'n parhau weithiau am ddyddiau nes gwneud y cartref yn debycach i garchar; wedyn, yn araf bach, y cymodi. Digwyddodd fel rheol ryw ddwywaith yn y flwyddyn – yn y gwanwyn ac yn yr hydref. Ond llethid ei mam bob tro gan ofid dwys, fel pe na buasai'r peth wedi digwydd iddi erioed o'r blaen. Beth, tybed, oedd yn rhwymo Doris i aros yn yr awyrgylch hwn? Dyna'r cwestiwn a ddaeth i'w meddwl wrth iddi gerdded tuag adref.

Yn sydyn, cafodd syniad rhyfedd, a daeth gwên i'w hwyneb. Hynod oedd meddwl y byddai'r holl ddynionach yma, a lanwai'r ffordd fawr fel morgrug, bob un yn cael gafael yn ei le ei hun i gysgu; a phe ceisiai unrhyw un eu tynnu oddi yma a'u gosod mewn lle arall, byddai gwrthwynebiad ffyrnig. Daeth ton o ysgafnder ysbryd drosti'n ddisymwth. Cofiodd lygaid Arthur yn syllu arni pan ddywedodd, "Rwy'n hoff o edrych ar ferched glân"; a chofiodd fel y bu ei law yn pwyso ar ei hysgwydd.

"P'nawn da, Miss Davies," meddai llais soniarus, wrth ei hymyl. Synnodd Doris yn fawr pan welodd, gyferbyn â hi, y dyn roedd hi'n meddwl amdano.

"P'nawn da, Mr. Evans." A'r funud pan ddywedodd hi hyn, disgynnodd ei bag o'i llaw, a'r cynnwys – drych, arian, powdr, llyfrau nodiadau, allweddi, pensil – yn gwasgar dros y palmant.

Nid trwy fwriad y gwnaeth Doris hyn. Yn wir, ni chafodd amser i feddwl o gwbl; ei greddf a weithredodd drosti. Plygodd Arthur a Doris i godi'r petheuach i gyd, cyn iddynt gael eu difetha. Casglodd Doris hwy yn frysiog ac yn wynepgoch, gan ofni ymddangos yn chwithig ac yn blentynnaidd. Casglodd Arthur hwy yn hamddenol, gyda'r chwilfrydedd a fyddai gan ddyn cyffredin yng nghynnwys bag merch ifanc.

Ond heb iddynt wybod, gwnaethant fwy na hynny. Symbol oedd eu gweithred: trodd eu meddyliau ar yr un adeg at yr un weithred, ac unwyd y ddau yn yr un gorchwyl.

"Dyma fe," meddai Arthur, a rhoddodd y geiniog golledig olaf i mewn. "Ai dyma'r cyfan?"

"Y cyfan am heddiw," atebodd Doris mewn ysbryd o hunanfeirniadaeth ddireidus. A dychrynodd wedyn wrth sylwi bod ail ystyr yn ei geiriau.

"A gyrhaeddoch chi adref yn ddiogel neithiwr?" meddai Arthur, er mwyn dweud unrhyw beth o gwbl; ac fel pe bai'n hollol naturiol, hebryngodd Doris adref er bod hynny'n golygu mynd yn groes i'r ffordd a fwriadodd gyntaf.

"Diolch yn fawr am ofyn," atebodd Doris. "Cyrhaeddais yn ddigon diogel, ond fedrwn i ddim cysgu am oriau wedyn. Methais yn glir â phenderfynu a ddylwn i fod o blaid Helen neu yn erbyn Helen! Roeddwn i wedi drysu'n lân ar ôl y siarad i gyd."

"Diolch yn fawr i chi, beth bynnag, am roi cefnogaeth i mi pan oeddwn yn dadlau achos Branwen."

"Dwyf fi ddim mor siŵr," meddai Doris, "a wnawn i'r un peth eto pe cawn y cyfle. Rwy'n gallu gweld heddiw fod Helen yn sefyll dros rywbeth di-amod, ond rwy'n methu deall o hyd pam mae hi'n apelio at fy nheimladau."

"Efallai am fod gan Helen dad dwyfol a mam ddynol," awgrymodd Arthur yn ysgafn. Cymerodd Doris bob gair, serch hynny, o ddifrif.

"Ydych chi'n meddwl bod y tad yn cynrychioli pethau'r ysbryd a'r fam y pethau materol?" gofynnodd hi, fel merch ysgol dalentog sy'n rhoi'r ateb a ddisgwylir gan yr athro.

"Rhaid cofio, wrth gwrs, na allwn ni ddim dibynnu ar y duwiau,' meddai Arthur; ac edrychodd yn chwareus ar fynegiant synfyfyriol y ferch yn ei ymyl.

"O'r gorau, fe arhosaf fi'n ffyddlon i Branwen," atebodd

Doris gan geisio osgoi dadl ar faes nad oedd hi'n rhy gyfarwydd ag ef.

"Ond dyw Branwen ddim yn gwneud dim â'r duwiau o gwbl – boed y duwiau'n foesol neu'n anfoesol." Dechreuodd Arthur ymddiddori yn y ddadl. Gwelodd fod difrifoldeb Doris rywsut yn ei foddhau. Iddo ef profiad melys odiaeth oedd y syniad fod y ferch hon yn edrych i fyny ato. Hyfryd oedd meddwl ei bod hi'n gallu dadlau'n ddifrifol am Wirionedd, Daioni, a Harddwch, a'i bod hi'n edrych arnynt fel rhywbeth byw, ac nid fel rhywbeth parod, digyfnewid. Yn ystod y misoedd diwethaf, dysgasai Arthur syrffedu'n llwyr ar y pethau nad ydynt byth yn newid.

"Wyddoch chi am Ogof y Santes Helen?" gofynnodd Doris yn ddirybudd, gan geisio rhoi cyfeiriad mwy ymarferol i'r ymgom. "Mae hi rywle yn ymyl y ffordd sy'n arwain uwchben y clogwyni. Wrth gwrs, dw i ddim yn credu am eiliad fy hun fod unrhyw gysylltiad rhwng y Santes – Helen mam Cystennin – a'r Ogof, ar wahân i'r enw, ond mae rhywbeth swynol dros ben yn yr enw – rwy wedi teimlo fel'na er pan glywais i e gyntaf."

"Fe wn i'n iawn am yr Ogof," meddai Arthur. "Yn union ar ôl dod i'r Coleg yma, fe wnes i ymdrech i weld cynifer o ogofâu ag a allwn, y naill ar ôl y llall. Byddwn yn mynd gyda chyfaill a oedd yn hen gyfarwydd â'r ardal, a chefais lawer o gynghorion call ganddo, chwarae teg iddo – Phil Rhys oedd ei enw. Ond er gwaetha'r cyfan, roedd yn rhaid gwneud ymdrech arbennig i ddod o hyd i Ogof y Santes. Ar ôl ei gael, fodd bynnag, fe fu hi bron â'm torri yn ei breichiau."

"Wel, dyna fel mae pethau, mae'n debyg," meddai Doris.

"Rŷch chi wedi dod yma yn ddyn dierth, ac eto rŷch chi wedi dod i nabod yr ardal yn well o lawer na mi, a dw i wedi byw yma erioed. Wyddoch chi beth," ychwanegodd Doris yn ymddiriedus, "dyw 'nhad a'm mam ddim yn hoff o ddringo creigiau o gwbwl. Mae rhyw fath o glefyd y galon ar 'nhad, ac oherwydd hynny dyw e ddim yn fodlon i mi chwaith i ddringo."

"Druan ohonoch!" meddai Arthur gyda gwên. "Mae hyn bron mor ffôl â bod mam sy'n ddall yn gwahardd ei phlant i edrych ar y byd."

Chwarddodd y ddau ar ben yr ormodiaith anhygoel.

"Ond fe gawn weld," meddai Arthur yn fwy difrifol. "Rwy wedi bod yn ystyried yn ddiweddar y posibilrwydd o ymweld unwaith eto â rhai o'r hen lwybrau cyn imi orfod gadael y dref. Byddai'n bleser mawr gen i ddangos Ogof y Santes i chi, os ŷch chi'n barod i ymddiried ynof fi fel arweinydd."

Nid atebodd Doris ar unwaith, ond cerddodd ymlaen yn araf. Llawenychai yn ei chalon. Onid tynged â'i harweiniodd hi i gyfarfod ag Arthur o gwbl? Ond y peth rhyfeddaf oedd iddi gyfarfod ag ef yn awr, pan oedd eisiau mor fawr arni am gael rhyw le neu ryw un y gallai ffoi ato am ysbaid, pe bai'r gwrthdynnu rhwng ei thad a'i mam yn annioddefol. At hyn, edrychai ymlaen yn eiddgar at gael gweld Ogof y Santes Helen. Bu'n deisyfu cyfle fel hwn ers cryn amser. Meddai Doris ddyfalbarhad eithriadol er dyddiau ei phlentyndod. Pan ddodai ei meddwl ar ddymuniad, anwybyddai bopeth ar wahân i'r peth hwn, ac yn amlach na pheidio, byddai'n ei gael. Ni theimlai'n hollol hapus, er hynny. Un peth oedd yn debyg o fwrw cysgod ar ei rhagolygon golau: dywedasai Arthur mai hwn fyddai ei ymweliad olaf â'r Ogof.

Nid oedd gan Arthur syniad o'r hyn a aeth ymlaen wedyn ym meddwl Doris. Edrychodd ar ei distawrwydd fel arwydd o'r swildod a weddai yn naturiol i ferch a gawsai ei magu'n or-ofalus. Ond roedd ei gwrthsafiad – oherwydd ymddangosai felly iddo – yn help i'w gadarnhau yn ei fwriad. Dymunai gwmni pleserus i fynd i'r Ogof am y tro olaf fel dyn dibriod.

"Ydych chi'n rhydd dydd Sadwrn nesaf," gofynnodd ef yn daer, "erbyn tua dau o'r gloch yn y p'nawn?"

"Efallai y gallaf drefnu," meddai Doris yn betrus. Mewn gwirionedd byddai hi'n brysur yn yr ysbyty ar brynhawn y Sadwrn dilynol, ond nid oedd hyn yn rhwystr difrifol. Gallai gael ffrind i newid â hi.

Yn sydyn daeth ofn rhyfedd drosti. Tybed ai hwn oedd y dyn a ragordeiniwyd iddi gan Dynged, y dyn hwn a gerddai wrth ei hochr?

Efallai mai hi oedd yr un etholedig o blith y can mil, yr un a gâi'r llawenydd o gyfarfod â'r dyn a grewyd erddi. Roedd hi wedi bod yn paratoi ar ei gyfer. A oedd hi'n barod i'w gadw? Rhuthrai afon bywyd ymlaen yn ddiatal, a dibynnai popeth ar yr eiliad nesaf. Pe gwnâi gamgymeriad, byddai cyfle ei bywyd wedi diflannu am byth.

Edrychai arni ei hun fel prif actores ar lwyfan bywyd. Rhaid oedd iddi actio yn ddi-baid, ond ni ddarllenasai ei rhan ymlaen llaw. Tybed a fyddai hi'n deall llais y promptiwr yn iawn? Ni allai hi dynnu'n ôl y geiriau a lefarwyd yn wallus na'r gweithredoedd a wnaethpwyd ar gam. Tybed a fyddai'r gynulleidfa anweledig yn chwibanu'n ddirmygus arni ac yn ei gyrru o'r llwyfan â'u gwawd?

Daeth rhywbeth arall i'w meddwl. Na, nid oedd angen dweud wrth ei rhieni am y peth. Byddai pawb yn cymryd yn ganiataol ei bod yn yr ysbyty. Oedd, roedd hi'n barod i fynd.

"O'r gorau 'te," meddai Doris, a'i llais mor dawel nes peri syndod iddi ei hun. "Mae dydd Sadwrn yn gyfleus i mi. Os bydd y tywydd yn braf, fe af i gyfarfod â'r bws yn yr orsaf. Ond os na ddof mewn pryd, ewch chi 'mlaen hebof."

Nid oedd ansawdd ei llais a chynnwys ei geiriau yn wahanol i'r hyn a glywir gan unrhyw ferch wrth drefnu oed. Ni allai neb fod wedi sylweddoli, ar yr wyneb, beth a olygai'r trefnu yma i Doris mewn gwirionedd.

"Ond yn wir, rwy wedi'ch denu chi'n barod yn rhy bell oddi ar eich ffordd," meddai Doris wedyn yn ysgafn. Roedd yn bendant yn ei phenderfyniad na châi Arthur ddod hyd at ei chartref.

"Dydd Sadwrn nesaf, felly!"

Cododd ei llaw a diflannodd yn gyflym yng nghanol y dyrfa. Edrychodd Arthur arni'n cilio a phetrusodd. Ar ôl cynnau sigarét aeth i'r sinema agosaf. Nid oedd am feddwl am ddim pellach heddiw.

* * *

Diwrnod hyfryd oedd y dydd Sadwrn dilynol. Disgleiriai'r ffurfafen mewn lliw glas tywyll, a'r môr yn adlewyrchu'r lliw. Weithiau gwelid rhuban goleuach yn y môr – afon nad oedd wedi ymgymysgu'n llwyr eto â'r heli – a ddangosai fod dyfnder y môr yn fwy na drych i'r ffurfafen. Safai plygion y clogwyni llwydion fel cofgolofnau o'r amser pellennig pan siglwyd y ddaear i'w dyfnderoedd, amser pan nad oedd dyn eto ar gael, amser pan nad oedd ysgytiadau dyfnder enaid dyn, a elwir yn serch a phoen, ar gael.

Cerddodd Arthur a Doris gyda'i gilydd ar uchelder gwastad uwchben y môr. Gadawsant y tai isel gwynion a'u blodau, a deuent yn agos at lwybrau gwyrddion. Yn sydyn cyrhaeddwyd ymyl yr uchelder. Gwelsant draethau llydain yn ymestyn rhwng clogwyni sythion, ac yn union odanynt dangosai'r trai ffurfiau rhyfedd creigiau bychain miniog ar y gwaelod. Eithin pigog â'u llen o flodau euraid a orchuddiai'r ffordd serth i lawr. Gwelent wylanod sgrechllyd yn hedfan yn gyflym o dan eu traed ac yn eistedd yn llonydd wedyn ar odre dibyn. Yma roedd eu nythod, a gallent aros yma ymhell o afael pobl.

"Ai dyma'n ffordd ni, i lawr fel hyn?" gofynnodd Doris yn amheus.

"Ie, i lawr o'r ucheldir esmwyth i'r dyfnder peryglus." meddai Arthur. Estynnodd ei law i Doris i'w chynorthwyo dros yr anawsterau dechreuol. Aeth yn ei flaen wedyn, a dangosodd iddi y llwybr cul a guddiwyd gan yr eithin. Dilynodd Doris yn ofalus ac yn betrusgar. Crwydrai ei llygaid o'r môr at y clogwyni, o'r clogwyni at yr ucheldir, ac o'r ucheldir at y gwylanod gwynion. Roedd hi'n hanner breuddwydio, a chymerodd popeth a ddigwyddodd ystyr amgenach yn ei meddwl. Daeth y llwybr i ben yn sydyn, ac ymddangosodd math o agen o'u blaen. Roedd yn dirwyn i lawr i waelod y creigiau, ac âi yn gulach, gulach wrth fynd i lawr. Safodd y ddau yn stond. Ni chlywid dim ond mwstwr y tonnau yn taro yn erbyn y creigiau. Dododd Arthur ei fraich am gefn Doris.

"On'd yw hi'n brydferth ryfeddol yma?" gofynnodd ef.

"Ydy, mae mor brydferth nes rhoi'r argraff i mi ei fod yn rhan o fyd arall."

"Peidiwch â dweud hynny, Doris! Ein byd ni yw hyn i gyd. Mae'n byd ni mor hardd â hyn i bawb sydd â llygaid i weld."

"Beth yw harddwch?" gofynnodd Doris, gan ailadrodd geiriau Alban Morris.

"Nid rhywbeth i'w ddadansoddi," atebodd Arthur braidd yn gwta.

Yna dechreuwyd ar ran anhawsaf y ffordd i lawr. Rhaid yn awr oedd defnyddio dwylo a thraed i wneud grisiau o'r creigiau. Roedd angen eu holl sylw i weld pa greigiau oedd yn ddigonol i ddal eu pwysau heb dorri i ffwrdd. O'r diwedd cyraeddasant y cerrig llyfnion a oedd ar waelod yr agen. Arweiniai llwybr cul ar draws cerrig a dŵr at enau'r ogof.

"Rho dy law i mi," meddai Arthur. "Mae'r cerrig yma'n llithrig. Os cwympi di nawr a thorri dy goes, bydd yn rhaid imi nôl help cyn i'r llanw ddod i mewn."

"Mae gen ti ddychymyg melys," meddai Doris yn gellweirus. "Neu wyt ti am yrru ofn arna i?"

Daeth teimlad rhyfedd i'w meddiannu yng nghanol unigrwydd y creigiau. Ar y dechrau nid oedd ganddi enw ar gyfer y teimlad. Roedd popeth o'i chwmpas mor wahanol i unrhyw beth a ddigwyddasai iddi erioed. Dau fur uchel, agos at ei gilydd, a ffurfiai'r agen. Llifai dŵr o dan ei thraed, ac ymestynnai'r môr hyd at y gorwel. Yn wynebu'r môr roedd ogof dywyll, mor uchel â thŵr eglwys ac wedi ei haddurno megis â cherrig cerfiedig anghymesur. Teimlai hi fod yr awyr yma yn drymaidd a di-symud.

"Mae popeth yma'n rhy fawr i mi, rywsut," meddai Doris, "fel pe bai'n perthyn i ryw fyd cyntefig, rhyw fyd heb bobl. Rwy'n credu bod ofn arna i."

Gorweddai gwylan farw yn ymyl genau'r ogof. Gwthiodd Arthur yr aderyn i ffwrdd â'i droed, a chwiliodd am ffordd dros y cerrig mawr. O'r diwedd, ar ôl cymryd un cam arbennig o hir, wele hwy'n sefyll ar y clai llyfn a orchuddiai lawr yr ogof. Amgylchwyd hwy'n sydyn gan awyr oer, a oedd yn bur ddymunol ar ôl yr awyrgylch mwll y tu allan. Clywent dincial isel yn awr ac yn y man pan syrthiai diferyn o ddŵr o'r nenfwd calch i lawr i bwll bychan. Lledodd Arthur ei gôt ar draws carreg fawr yn yr ogof, ac eisteddodd y ddau ar y gôt. Rhoddodd ehangder yr ystafell hanner-tywyll ymdeimlad o dawelwch a heddwch iddynt. Llain gul o fôr yn unig a welent wrth edrych allan, a dail bach gwyrdd golau yn disgleirio yn yr haul yng ngenau'r ogof.

"Beth wyt ti'n feddwl? Onid oedd chwaeth dda gan y Santes?" gofynnodd Arthur yn ddireidus, " – hynny yw, os gwir yw'r stori iddi encilio weithiau i'r ogof yma. Cafodd le sy'n oer yn yr haf ac yn gynnes yn y gaeaf. Does dim eisiau cario dŵr yma; ac mae'n ddigon unig i ddyn fyfyrio'n dawel."

Gwrandawodd Doris yn hapus. Plygodd ei dwylo ar draws ei

phenliniau a syllodd i bellter y môr. Edrychodd Arthur ar Doris o'r ochr. Ymddangosai iddo mai yn awr am y tro cyntaf roedd yn ei gweld hi'n iawn. Yng ngoleuni isel yr ogof roedd golwg hŷn ac aeddfetach arni. Ni roddai mwyach yr argraff o fod yn eneth ysgol ddeallus. Yma, yn ei ymyl, eisteddai merch ifanc hardd, yn llawn o gyfrinachau, yn llawn o ddeall hefyd. Roedd rhywbeth ynddi yn hollol annhebyg i unrhyw ferch a adwaenai.

"Am beth wyt ti'n meddwl, Gantores?" gofynnodd ar ôl ysbaid.

Daliai Doris i syllu ar y pellterau.

"Roeddwn wrthi," meddai, "yn gwneud math o arbraw; ceisio gweld roeddwn pa mor bell y gallwn fynd yn ôl yn fy meddwl."

"Mynd yn ôl i ble?"

"Roeddwn newydd gyrraedd oes yr eliffantod."

"Pam oes yr eliffantod?" gofynnodd Arthur yn styfnig.

"O dyma pam: roedd yr eliffantod yn stampan ar hyd y tir gwastad – dyna lle mae'r môr heddiw – ac yn torri'r canghennau i lawr oddi ar y coed."

"Wyt ti'n breuddwydio am wledydd pell?"

"Na'dw, wir. Clywais yn gyntaf amdanyn nhw yn yr ysgol. Rwy'n cofio'r athro daearyddiaeth un diwrnod yn dangos cil-ddannedd eliffant i ni. Roedden nhw'n perthyn i eliffant a fu'n byw yma tua chan mil o flynyddoedd yn ôl. Daeth ar eu traws yn un o'r ogofâu sy'n agos yma. Dywedodd fod olion pobl i'w cael yma hefyd, a'u bod nhw wedi byw yma tua'r un amser. Ond sut yn y byd y daeth y dannedd eliffantod i fewn i'r ogof?"

"Efallai y gallaf fi dy helpu di, a dychmygu stori am y digwyddiadau hynafol yma," meddai Arthur mewn hwyl.

Gosododd ei ben ar liniau'r ferch, a throi ei lygaid i gyfeiriad y môr.

"Rwy'n edrych yn ôl," meddai, "ac rwy'n gweld dyn a merch yn sefyll y tu allan i'r ogof. Meddai'r dyn wrth y ferch, 'Rwy'n mynd heddiw gyda dynion eraill i hela eliffantod. Rŷn ni am gloddio ffos a dodi canghennau drosti. Wedi i'r eliffant syrthio i mewn, fe'i lladdwn, a phan ddown yn ôl fe wnaf addurnau hyfryd i ti, am dy fod ti mor hardd.' Ac wedi tri diwrnod daeth nifer o ddynion yma, gan lusgo corff eliffant mawr rhwng y creigiau hyd at yr ogof. Dathlwyd gwledd, a chafodd pawb fwyta cymaint ag a fynnai o gig eliffant."

"A beth wnaeth y dyn ifanc?" gofynnodd Doris.

"O, fe gafodd e ddamwain. Sathrodd eliffant ef o dan ei draed cyn iddo syrthio i'r ffos. Daeth dau ddyn ag ef yn ôl i'r ogof, a bu farw yma ym mreichiau'r ferch ifanc."

"Druan ohono!" meddai Doris, gan anwesu gwallt Arthur. Does dim eisiau addurnau o ifori arna i ac mae'n gas gen i flas cig eliffantod."

"Ond o ble cawn i fwyd?" gofynnodd Arthur yn ddifrifol fel plentyn sy'n hoff o ffugio. "Mae cig eliffantod yn iach iawn."

"Wel, mae syniad gen i," atebodd Doris, ar ôl meddwl am ychydig. "Weli di'r brennig yma sy'n glynu wrth y graig? Mae'r rhain yn eitha bwytadwy."

Mewn ymdrech sydyn neidiodd ar ei thraed, a dringodd yn fedrus dros y cerrig miniog ger agoriad yr ogof. Cyrhaeddodd y graig yn ddiogel, ac yn agos at ei llaw glynai nifer o bigynau bychain mewn rhes, fel sioe o hetiau Tsieineaidd. Tynnodd Doris un o'r brennig yn rhydd â'i dal i fyny yn rhodresgar.

"Dyna'r un gyntaf!" galwodd hi yn falch. "Fe gaf fi lond poced yn y man."

Ond er gwaethaf ei hymdrechion, dim ond un arall a ddaeth yn rhydd. Sylweddolodd y lleill y perygl, mae'n debyg, a chadwent yn dynn wrth y graig. Am y tro, beth bynnag, hwy oedd drechaf yn y frwydr anghyfartal rhyngddynt hwy â'r anifail nerthol â dwy goes.

Darllen Dramâu

"Rhaid inni fodloni ar ddwy," meddai Doris ar ôl dychwelyd at Arthur a eisteddai erbyn hyn y tu allan i'r ogof yn yr haul, "un yr un at un pryd o fwyd; a rhaid iti gyfaddef eu bod nhw'n ddanteithion arbennig o dda."

Dechreuodd fwyta'r frenigen fel yr oedd, a gwnaeth Arthur yr un modd.

"Yn wir, maen nhw'n eitha blasus," meddai ef mewn syndod. "Rhyw 'chydig yn rhy hallt, efallai, ddwedwn i."

"Ond maen nhw'n haws eu llyncu a'u treulio na chig eliffantod," hawliodd Doris.

Gwenodd y ddau wedyn am iddynt ddangos cymaint o ffug-ddifrifoldeb. Ysgafn a hapus oedd y chwerthin. Darganfu Arthur gyda pheth syndod na byddai ei feddwl bellach yn symud yn beiriannol, ond bod ei ysbryd yn gallu dawnsio'n heini ac yn llon. Tynnodd Arthur Doris yn agos ato, a gorweddai'r ddau fel plant mawr dedwydd, y naill ym mreichiau'r llall. Taenodd yr haul liain twym drostynt.

Ar y ffordd yn ôl cerddasant law yn llaw.

"Wyddost ti beth?" gofynnodd Arthur.

"Beth ddylwn i wybod?"

"Roeddwn bron wedi anghofio ei bod yn bosib bod mor hapus."

"Pam wyt ti'n dweud 'bron wedi anghofio'?" gofynnodd Doris.

Gwthiodd Arthur droed yn erbyn carreg a oedd o'i flaen, fel pe dymunai wthio rhyw feddwl i ffwrdd. Symudodd y garreg a threiglodd o'r neilltu.

"Beth sy 'ma?" galwodd Doris, gan edrych yn syn ar ryw gasgliad o bethau byw a symudai'n brysur yn y man lle buasai'r garreg.

"Ai pryfed yw'r rhain?" gofynnodd hi.

Edrychodd Arthur i lawr. Edrychai'r pethau symudol fel nifer mawr o gerrig bach gwynion. Ond na, nid oedd y cerrig yn symud wrthynt eu hunain. Caent eu cludo; ac wrth edrych yn fwy gofalus, gwelsant fod byddin o forgrug yn brysur iawn, a phob un yn cario rhywbeth a edrychai'n debyg i wy. Tynnid yr "wy" i ffwrdd o olau dydd i mewn i fath o dwnnel.

"Fe fyddem ni'n arfer casglu 'wyau morgrug' i'w rhoddi i'r pysgod bach aur a gadwem gartref," meddai Arthur.

Plygodd y ddau i edrych yn chwilfrydig ar y prysurdeb odanynt. Gwthiai un morgrugyn "wy" a oedd yn fwy nag ef ei hun i fyny rhyw fath o lechwedd, ond pan oedd ar fin cyrraedd, syrthiodd ei faich i lawr unwaith eto.

"Druan o'r Sisuffws bach!" cwynai Doris.

Mewn ambell fan ceisiodd dau forgrugyn gydweithio, ac mewn man arall beiddiodd un morgrugyn gario dau "wy" wrtho'i hun. Ar y cyfan rhoddent yr argraff fod un ewyllys yn eu rheoli. Gweithient yn galed, a phan symudodd Arthur a Doris ymlaen, roedd y rhan fwyaf o'r "wyau" wedi eu cuddio unwaith eto mewn tywyllwch.

"Mae'n rhaid dweud," meddai Arthur, "fod yma drefnu syfrdanol o effeithiol."

"Oes. Ac mae'n rhyfedd meddwl bod byd cyfrin, trefnus i'w gael o dan ein traed, er na fyddwn ni fel arfer yn sylwi dim arno."

Aethant ymlaen i gyfeiriad rhyw siop, i aros am y bws. Y tu allan i'r siop safai basged wifr yn llawn o dybiau bychain yn dwyn yr enw "Wall's Ice Cream".

"Edrych!" meddai Arthur. "Dyma brawf pendant ein bod wedi dod nôl o Oes yr Iâ i Oes yr Hufen Iâ."

Gerllaw rhedai ceffylau yn rhydd ar y comin. Daeth caseg yn agos at y fasged wifr. Dododd ei thrwyn i mewn yn ofalus.

Chwiliai am felysion yn ôl ei harfer. Dilynwyd hi gan ebol coeshir. Pan sylwodd y gaseg fod llygaid pobl yn ei gwylio, rhedodd ymaith ar drot. Ceisiai'r ebol bach ei dilyn ar unwaith, ond yn yr ymdrech fe'i maglwyd gan y fasged a'i daflu i lawr. Gwasgarwyd y tybiau dros y lle.

"Braf!" galwodd Doris. "Mae'r cythraul bach wedi rhoi cic dda i wareiddiad."

"Paid â siarad mor uchel," rhybuddiodd Arthur. "Mae pobl yn gallu dy glywed.

Synnodd Doris wrth sylwi pa mor gyflym y caiff meddwl dyn ei reoli gan ei amgylchfyd. Ond cyn iddi gael cyfle i ateb daeth y bws â'u cariodd yn ôl i ganol yr ugeinfed ganrif.

* * *

Tawel iawn oedd Amgueddfa'r Dref amser cinio. Safai porthor wrth y drws yn dylyfu gên. Ychydig iawn o bobl a âi yno yr amser hwn. Teimlodd eisiau bwyd arno. Roedd ar fin agor ei fag pan ddaeth dau fachgen ifanc i mewn ac ymwthio heibio iddo. Safent wedyn mewn penbleth. Ychydig iawn cyn hynny buont yn ymladd â'i gilydd ar y ffordd ac yn tynnu capiau ei gilydd oddi ar eu pennau. Ond roedd tawelwch ac urddas y neuadd yn eu drysu, fel pe daethent i mewn i eglwys gadeiriol. Nid oeddent, serch hynny, yn fodlon encilio'n llwfr, ac felly aethant ymlaen gyda greddf i ddilyn trywydd a fyddai'n anrhydedd i gi bach neu i Indiaid Cochion. Parod iawn oeddent i ddarganfod unrhyw fyd dieithr a allai fod gerllaw. Chwilio am ddefnyddiau ar gyfer traethawd roeddent, a dweud y gwir – traethawd ar "Oriel Darluniau". Ni fuont yn hir yn mynd trwy'r ystafell gyntaf. Ni ddenwyd mohonynt gan ddarluniau o olygfeydd rhamantus mewn fframiau euraid, trymion. Syllent yn graff ar ddarlun o ferch heb lawer o ddillad arni a het goch am ei phen. Yn yr ail ystafell gwelsant fwy i ddenu eu diddordeb. Cawsant yma rai o ddarluniau Evan Walters yn ei gyfnod diweddaraf, rhai a beintiodd mewn lliwiau llachar, heulog. Rhoesant sylw arbennig i ddarlun o ystafell gyffredin fel yr ymddangosai trwy gil y drws.

"Edrych ar hwn!" sibrydodd y bachgen ieuengaf yn edmygus. "Rwy'n hoffi'r lliwiau yma. Rhaid imi roi cynnig ar rywbeth fel hyn fy hunan."

"Evan Walters," esboniodd y llall, gan ddarllen yr enw ar waelod y darlun. "On'd hwn yw'r dyn roedd Davies yn clebran amdano am fod 'Double Vision' yn ei ddarluniau?"

"Wel, ie, mae ffrâm y drws yma'n ddwbwl, ond dim ond un bwrdd sydd i'w weld, achos mae'r llygaid yn canolbwyntio ar y bwrdd, ac wedyn mae'r llygad dde yn gweld y drws yn wahanol i'r llygad chwith."

Roedd yn amlwg ei fod yn cofio ei wers yn dda.

"Gad inni weld sut mae'n gweithio," meddai'r llall. "Os awn ni'n ôl yn ddigon pell, tybed a welwn ni'r ddwy ffrâm yn un, a'r bwrdd yn ddwbwl?"

Cymerodd nifer o gamau'n ôl, ac wrth wneud hynny trawodd ei gefn yn erbyn Arthur a Doris, a eisteddai ar y sedd ledr werdd. Hwy oedd yr unig ymwelwyr eraill yn yr Oriel.

"Tyrd yma, was," meddai Arthur yn gyfeillgar. "Pam na eisteddi di yma ar ein gliniau?"

Rhedodd y ddau fachgen i'r ystafell nesaf, heb ddweud yr un gair o ymddiheuriad.

"Glywaist ti, Doris, yr hyn a ddwedodd yr un bach – 'Rhaid i mi roi cynnig ar rywbeth fel hyn fy hunan' – fel pe gallai unrhyw un beintio, ond iddo drio."

"A pham lai?" meddai Doris. "Onid yw'n werth trio?"

"Pam lai? Rwyt yn llygad dy le. Pam lai, os ydyn ni'n teimlo'r ysfa? Pam lai? Tybed a oedd fy meddwl wedi caledu cymaint fel na allwn i wneud dim ond fy nyletswydd?"

Sylwodd Doris fod rhyw acen chwithig, gas yn rhuthr ei eiriau, a chafodd ei hanesmwytho ganddi. Weithiau câi yr ymdeimlad fod Arthur a hithau'n deall ei gilydd bron heb angen geiriau, fel pe baent wedi byw gyda'i gilydd erioed ac wedi meddwl gyda'i gilydd. Ond deuai ysbeidiau pan ymddangosai Arthur iddi fel dieithryn, ysbeidiau pan awgrymai ei eiriau ei fod yn anfodlon arno ef ei hun ac yn anhapus.

"Beth wyt ti'n feddwl, wrth ddweud na elli di wneud dim ond dy ddyletswydd?" gofynnodd hi'n ofnus.

Gwrthododd Arthur ddweud dim rhagor am y peth.

"Mae'n amhosibl," cwynai ef, "imi esbonio popeth i ti yn yr hanner awr fach a gawn gyda'n gilydd amser cinio. Mi ddwedaf wrthyt rywbryd arall."

Rhoesai Arthur lawer am gael dweud wrth Doris yr hyn â'i poenai. Dychrynai wrth feddwl i ba raddau yr oedd eisoes yn dibynnu ar Doris. Teimlai ei fod yn troi o farw'n fyw tra byddai yn ei phresenoldeb. Ond ofnodd y byddai cyfaddefiad yn ei gorfodi i'w adael. Teimlad Doris oedd bod yn rhaid iddi barhau i siarad ag ef ar y funud hon er mwyn ei dynnu'n ôl yn nes ati; a siarad, os oedd eisiau, am unrhyw destun.

"Byddai Mam yn arfer peintio mewn olew, pan oedd hi'n ferch," meddai hi; "mae rhai o'i darluniau hi gyda ni gartref o hyd. Rhaid iti ddod i'w gweld nhw rywbryd. Rwy'n eitha hoff ohonyn nhw fy hunan."

"Beth fyddai dy fam yn ei beintio?"

"O, blodau fel arfer, ac ambell olygfa. Rwy'n teimlo weithiau y byddai hi'n peintio darluniau fel y byddai rhywun arall yn dilyn patrwm gyda gwaith gwnïo. Gallai unrhyw un arall, gredaf fi, beintio yr un math o ddarluniau. Byddai hi'n peintio fel y bydd rhai pobol yn canu – yr un hen gân byth a hefyd."

"Mae dy fam yn un annwyl iawn, yn ôl pob golwg," meddai Arthur yn ddwys. "Bu farw fy mam i yn rhy gynnar imi gofio llawer o fanylion amdani. Fy marn i yw dy fod ti'n gofyn gormod gan dy fam. Edrych ar y rhan fwyaf o'r darluniau yma yn yr Oriel. Maen nhw'n rhoi'r un argraff â barddoniaeth yr eisteddfod – barddoniaeth ar destun gosod.

"Pe bai rhywun wedi gosod testun fel 'Mynyddoedd Cymru' i'r arlunwyr, rhywbeth fel hyn fyddai'r canlyniad, a phob artist yn dilyn gwedd bersonol ar y testun – 'Mynyddoedd a Glöwyr mewn Glaw', 'Mynyddoedd a Defaid', 'Mynyddoedd a Choed mewn Blagur'. Cofia, dŷn nhw ddim yn wael o gwbwl. Pe cawn i un o'r rhain i'w hongian yn fy ystafell, byddai pawb yn ei ganmol am ei fod mor naturiol a thebyg i'r gwir. Ond wrth eu gweld nhw gyda'i gilydd, rwy'n tueddu i flino ar y testun 'Mynyddoedd Cymru a rhywbeth.'"

"Felly, weli di ddim rhinwedd yn un o'r darluniau yma?" gofynnodd Doris.

"Ddwedais i ddim o'r fath beth. Mae rhai darluniau yma sy'n hollol wahanol. Edrych ar 'Y Fenyw a'r Cocos', er enghraifft. Rwy'n cael argraff fod y dyn yma wedi cael rhyw brofiad arbennig a'i fod yn eiddgar i fynegi ei brofiad. Sylwa ar y bronnau mawrion, a'r llygaid craff, a'r siôl goch. Mae rhywbeth yn y llun yma'n dweud wrthyt, 'Dyma un o famau Cymru, dyma heddwch a diogelwch'. A welaist ti erioed Fenws Oes y Cerrig, cerflun o wraig dew, ffrwythlon a gafodd ei lunio, meddan nhw, dros ddeng mil o flynyddoedd yn ôl. Mae rhywbeth yn 'Y Fenyw a'r Cocos' sy'n eitha tebyg i'r hen Fenws yma. Rhyw dalpen fawr, famaidd y gelli ei haddoli. Mae elfen o grefydd yn y darlun."

Ni wyddai Doris beth i'w feddwl am y geiriau rhyfedd hyn. Er pan ddaeth i adnabod Arthur, gwnaethai hi i ffwrdd â llawer rhagfarn hoff; a derbyniasai ar brawf lawer syniad newydd y buasai wedi ei gondemnio'n gyfan gwbl o'r blaen. Yn aml iawn, fodd bynnag, nid oedd yn siŵr ai mewn cellwair y dywedai Arthur y pethau a oedd mor newydd iddi, ai o ddifrif.

"Paid â dweud pethau fel hyn, Arthur," hawliai. "Ddylet ti ddim gwneud sbort am ben crefydd."

Parhaodd Arthur yn ddifrifol ei agwedd.

"Paid â phoeni, 'nghariad. Rwy'n hollol o ddifri. Crefydd yw'r peth sy'n eisiau yn y rhan fwyaf o'r darluniau yma. Does dim ystyr dyfnach ynddynt na'r hyn sydd ar y wyneb. Crefft ddigon parchus, mae'n debyg, ac ychydig o arbrofi â lliwiau. Ond rwy'n methu gweld dim enaid. Mae'n anodd esbonio pethau fel hyn os nad wyt ti'n eu teimlo dy hun. Mae'r gwreiddiau, rywsut, yn methu cyrraedd yn ddigon dwfn, ac felly does dim modd i'r planhigyn dyfu'n gryf."

"Beth fyddet ti'n ddewis i'w beintio, felly, pe bait ti'n artist?" gofynnodd Doris mewn llais llymach.

"Wel, dyna gwestiwn! Efallai y ceisiwn i wneud darlun o'r byd y mae plentyn yn edrych arno o siôl ei fam. Bûm yn meddwl hefyd am wneud darlun o fardd yn tynnu ei ddillad cyffredin ac yn dechrau gwisgo dillad yr Orsedd fel bod sy'n hofran rhwng y ddau fyd. Ond na, y tebygrwydd yw na pheintiwn i ddim o gwbl ond darluniau ohonot ti, ym mhob math o osgo a chyflwr. Rhown yr enw Fenws i'r lluniau noeth, a Madonna i'r rhai mewn dillad."

Gwridodd Doris a gofynnodd yn chwareus, "Oes rhaid i'r Fenws fod mor dew â'r 'Fenyw a'r Cocos' er mwyn cadw dy ddiddordeb?"

Ond roedd Arthur yn rhy brysur yn meddwl am ddarluniau eraill.

"A dyna un darlun a fyddai'n siŵr o'm gwneud yn enwog – 'Mater Dolorosa'r Cwm Glo'. Mam yn dal glöwr marw yn ei breichiau. Roedd y testun yn gyffredin yn yr Oesau Canol; ond mi ddangoswn i'r bobl fel maen nhw i'w gweld heddiw. Darlun arall fyddai 'Madonna'r Cwm Glo'; mam ifanc yn magu ei mab cyntaf-anedig mewn siôl: y tu cefn iddi bydd tipiau glo yn codi, nid yn annhebyg i byramidiau'r Aifft, ond wrth ei thraed bydd oen bach yn gorwedd, un o'r rhai sy wedi dod i lawr o borfa'r mynyddoedd."

Teimlodd Doris fath o ddychryn wrth glywed Arthur yn siarad mor frwd a nwyfus.

"Beth sy'n bod arnat ti heddiw?" gofynnodd hi. "Chlywais i erioed monot ti'n siarad fel yma."

"Ti wnaeth imi siarad fel yma, 'nghariad," meddai Arthur. "Wyddwn i ddim fy hun o'r blaen fod cymaint o awydd arnaf i beintio darluniau."

Syllodd Doris ar ei watsh.

"Mae fy amser i bron wedi dod i ben. Oes gen ti amser i'm hebrwng i'r Ysbyty?"

Ar eu ffordd yn ôl osgôdd y ddau y ffordd fawr a'i siopau moethus a'i chapeli cedyrn, tystion o genhedlaeth weithgar a phenderfynol. Aethant drwy'r heolydd culion lle'r oedd y tai yn isel. Roedd yn amlwg oddi wrth eu golwg fod canrif o brydles bron â gorffen.

Fedra'i ddim deall sut y gall pobol fyw mewn lle mor hyll," meddai Arthur, gan awgrymu ffieidd-dod rhywun a geisiai gadw ci drewllyd i ffwrdd.

"Hoffwn i weld y byd i gyd yn hardd," meddai Doris, "yn hardd ac yn hapus. Hoffwn weld pob tŷ wedi ei beintio mewn lliwiau gwahanol, a llu o flodau wrth y ffenestri. Dyna fy syniad i o'r ffordd i wella'r byd, tra byddi di'n gwneud darluniau o'r Madonna ac o Fenws. Ond rhaid imi fynd nawr."

"Pryd caf fi dy weld di nesaf?" gofynnodd Arthur.

"Beth am nos Fercher?"

"Popeth yn iawn. Fe ddof i'r Ysbyty. Rwy'n gwybod am gaffe da lle y gallwn ni gael swper cysurus."

"A fyddi'n barod wedyn i ddweud beth oedd yn dy boeni di heddiw?"

"Cei wybod rywbryd," meddai Arthur, "ond paid â'm cymell ormod."

Darllen Dramâu

Yn sydyn tynnodd Doris ato a'i chusanu'n frwd am eiliad.

Pan ddychwelai Arthur i'r Coleg, teimlai ei galon yn curo'n drwm ac yn gyflym fel pe bai wedi yfed gormod o goffi cryf. Daeth cynllun ar ôl cynllun i'w feddwl mor chwim fel na châi amser i ystyried a oedd unrhyw werth ynddynt o gwbl: mynd at yr Athro a dweud wrtho ei fod yn barod wedi'r cyfan i fynd dros y môr i Sbaen neu unrhyw wlad arall, a chymryd Doris gydag ef, yn briod neu beidio – oni allai hi gael lle fel nyrs? – a dechrau bywyd newydd; gorchfygu byd newydd gyda'i gilydd; dyfeisio peiriannau newydd, ennill cyfoeth; onid oeddent yn ifanc, onid oedd modd iddynt fynnu bywyd llawnach a serch perffaith, serch a allai ffrwythloni corff ac ysbryd?

Ond wedi cyrraedd y Coleg ni wnaeth ddim o'r fath. Derbyniodd lythyrau addawol yn ateb ei ymdrech i gael swydd cyn y briodas. Penderfynodd gasglu ei eiddo er mwyn bod yn barod ar gyfer amser symud.

Gyda'r nos aeth i weld cyfaill er mwyn cael llyfrau yn ôl a roesai ar fenthyg. Pan gyrhaeddodd, gwelodd nifer o bobl yno'n barod yn eistedd wrth y tân.

"Tyrd ymlaen, Arthur," galwodd ei gyfaill. "Cymer dy le wrth y tân."

"Dim diolch yn fawr," meddai Arthur. "Gwell gen i beidio. Unwaith yr eisteddaf fi wrth y tân, bydda i'n methu symud am oriau."

"Wel, rhaid iti ddod i'r cylch," meddai'r myfyriwr a gawsai'r enw Soc (sef Socrates) gan y lleill. Roedd ganddo lygaid llwyd golau, pell oddi wrth ei gilydd; ac ychydig o wallt oedd ar ei ben.

"Rwy'n siŵr," dadleuai ef, "y teimli di'r gwynt yn fuan iawn yn dod trwy'r drws. Wedyn fe estynni dy ddwylo at y tân, a chyn pen pum munud bydd dy wyneb yn agos ato, tra bydd dy gefn oer yn dy orfodi i ddod yn nes byth."

"Sut wyt ti mor sicir o'r hyn y bydd pobol eraill yn ei deimlo?" gofynnodd Arthur yn egnïol. "Fe wnaf fi beth fynnaf fi, ac nid y peth a orchmynni di. Cofia, mae gen i ewyllys rydd."

"Talp o fater wyt ti, ac rwyt ti'n dilyn rheolau mater," hawliodd Soc. "Rwyt ti fel dyn mewn bws. Os stopia'r bws yn sydyn, fe gwympiff ymlaen. Ac os arhosi di yn yr ystafell, fe ddoi di'n agos at y tân."

"Wyt ti am ddweud bod popeth a wnawn yn ganlyniad amgylchiadau ac yn anochel?" gofynnodd Arthur. "Byddai hynny'n arbed llawer o gur pen i mi."

"Nage, nage, rwyt ti'n mynd yn rhy bell nawr. Rhaid cyfaddef bod y fath beth â moeseg, a gall moeseg, weli-di, ein gorfodi i wneud pethau sy'n groes i natur."

"Os felly, Soc," dadleuodd Arthur, "ateb y cwestiwn yma: pa reswm sy'n fy ngorfodi i ddilyn moeseg?"

"Pa ateb wyt ti'n ddisgwyl?" gofynnodd Soc. "Anffyddiwr wyf fi, fel y gwyddost, ac os wyf yn dilyn moeseg gyffredin, gwnaf hynny'n unig o achos diogi. Does dim cymaint o straen arnaf wedyn i gael atebion boddhaol i broblemau'r byd. Ond rwy'n credu y bydd ein diwinydd swyddogol yn gallu rhoi ateb gwell i ti. Onid yw hynny'n wir, Lewis?"

Ymddangosai Lewis yn ddyn tawel, hapus; roedd yn un o'r dynion anghyffredin sydd mor naturiol o grefyddol fel y gallant gellwair am bethau sanctaidd heb golli dafn o'u duwioldeb; un o'r rheini, mewn ffordd o siarad, a fu'n chwerthin ac yn dawnsio gyda'r Iesu.

"Gwell iti fynd i un o gyrddau'r Genhadaeth Efengylaidd," cynghorodd ef, "os wyt ti am wybod pa ffordd sy'n arwain yn syth i'r nefoedd."

"Mewn geiriau eraill," meddai Soc, "rwyt ti am ddweud bod yn rhaid inni ddilyn ewyllys Duw, a bod yr Iesu'n dangos sut i wneud hynny. Hynny yw, rhaid mynd i'r capel deirgwaith y Sul; ac wrth gwrs, dim cwrw."

Darllen Dramâu

"A beth sy'n mynd i ddigwydd os chwiliaf am sylfaen arall i fywyd moesol, un ar wahân i Gristnogaeth?" gofynnodd Arthur.

"Rho di gynnig arni," meddai Lewis yn gwta, "ac fe gei di weld."

"O'r gorau," meddai Arthur, "fe rof i fyny yr ymdrech i weithredu yn erbyn fy natur. Fe ddilynaf reddf. Dyma fi'n estyn fy nwylo at y tân, am fod y tân mor atyniadol. Does dim rhaid imi bellach geisio dangos nerth moesol drwy wrthwynebu."

"Cymer ofal, Arthur!" sgrechodd Soc yn sydyn, gan ddiffodd gwreichionen a oedd wedi neidio o'r tân i gôt Arthur. "Dyna fe! Rwyt ti wedi llosgi twll yn dy gôt. Ond gallasai fod yn waeth."

PENNOD V

SIÂN

RHAID cofio cynifer o bethau wrth baratoi ar gyfer priodas: y gweinidog a'r cofrestrydd, y gwely newydd a'r gŵn-nos neilon; trefnu bwyd ar gyfer y cinio croeso a'r deisen briodas; argraffu cardiau a galw gyda'r ffotograffydd; a'r dillad priodas a'r dillad mis-mêl a'r tocynnau teithio a ... a ...

Erbyn hyn roedd Siân yn ddigon balch o gael cymorth parod Marged, gwraig brawd Arthur. Wedi gorchwyl o siopa yn y dref galwodd Siân yn ei thŷ i gael sgwrs fach gartrefol. Roedd hi'n llawn o hwyl, yn hapus yn ei pharatoadau ac yn ifanc yn ei sicrwydd newydd.

Nid oedd Marged wedi aros yn segur chwaith. Gwnaeth hi het ar gyfer y mis mêl a phan alwodd Siân nid oedd angen ond mynd o flaen y drych â hi ar un waith. Edrychodd Marged gyda phleser ar yr effaith frwd a wnaed gan waith ei dwylo:

"Wel wir, Siân," meddai hi gan ganmol yn ddiffuant, "mae'r het yn cyd-fynd â'ch costiwm newydd i'r dim. Wyddwn i ddim eich bod yn gallu edrych mor ddel."

Ond roedd enaid Siân yn rhy deimladwy i fedru derbyn yr anwes ganmolus yn hapus. Chwiliodd ar unwaith i weld a oedd ewinedd crafog yn guddiedig yn y meddalwch.

"Rŷch chi'n gwneud imi feddwl fy mod yn arfer edrych fel bwgan brain," meddai hi yn gwynfannus, "os oes rhaid i chi synnu pan wisgaf rywbeth gweddol daclus."

"Wfft i chi! Rŷch chi'n anodd eich plesio, myn asgwrn i! Rŷch chi'n rhy barod i ddisgwyl glaw pan fydd y cwmwl lleiaf yn y golwg. Cloc tywydd y dylech chi fod. Rŷch chi'n temtio ffawd wrth siarad fel hyn." Ceisiodd Marged chwerthin ond yn nwfn ei meddwl codai llawer ofn. Pa fodd y byddai ei brawd-yng-nghyfraith, a oedd mor ddiamynedd, yn gallu byw yn hapus gyda merch mor bruddglwyfus?

"Rŷch chi yn llygad eich lle," meddai Siân, "bydd Arthur yn dweud yr un peth yn hollol. Mae'n fy nghyhuddo o hyd o weld yr ochor dywyll i bopeth. Ac felly mae hi. Wyddoch chi beth, rwy'n dechrau ofni unwaith eto! Ches i ddim llythyr dydd Gwener dwethaf fel arfer, ac rwy'n gofidio ei fod yn sâl."

"Twt lol, peidiwch â phoeni," meddai Marged yn siriol. "Arhoswch nes y byddwch chi'n briod â llond tŷ o blant gyda chi. Fydd dim amser gennych wedyn i ofidio gormod am Arthur."

"Ydych chi'n meddwl?" gofynnodd Siân yn amheus. "Fe fydda' i'n gofidio am y plant wedyn, mae'n debyg. Dyna fel mae pethau. Ond gwrandewch, rwy bron wedi anghofio beth oeddwn am ddweud wrthych. Rwy newydd ddod o *Sale* yn y dref. Fe ges i bâr o flancedi yn rhad iawn – hanner y pris arferol. Rhaid i chi ddod heibio yfory i daflu golwg arnyn nhw. A bydd yn beth caredig, os dewch hefyd i weld yr hen wraig sy'n byw i lawr. Mae'n rhoi'r argraff i mi ei bod yn gwaethygu. Rwy'n gorfod edrych ar ei hôl hi o hyd y dyddiau yma."

Aeth Siân at y drws, yn barod i fynd. Ond troes yn ôl unwaith eto. "Peidiwch â bod yn gas, Marged," meddai hi, "ond rhaid imi ofyn un peth i chi. Gawsoch chi lythyr gan Arthur yn ddiweddar?"

"Naddo. Dim gair ers tua thair wythnos. Ond peidiwch â phryderu o achos hynny. Fe fydden ni'n cael gwybod yn ddigon buan pe bai rhywbeth wedi digwydd iddo. Mae newydd drwg yn teithio'n gyflym. Newydd da yw bod heb newydd. Ond os ydych chi am dawelu eich enaid, gallwch ffonio i'r Coleg i holi amdano."

"Ffonio? Amhosib! Wnâi Arthur byth faddau i mi. Byddai'r

peth yn gwneud iddo edrych yn chwerthinllyd yn llygaid ei ffrindiau, a dyna'r peth olaf y gall Arthur ei ddiodde – bod yn destun sbort, a phobol yn dweud mai fi sy'n gwisgo'r trowsus ac yn y blaen. Mae e fel bachgen ysgol sy am ddangos ei fod yn annibynnol. Wrth gwrs dim ond rhyngoch chi â fi mae hyn."

Cusanodd Siân ei chwaer-yng-nghyfraith yn ysgafn ar ei grudd ac aeth i ffwrdd yn gyflym.

Pan agorodd hi ddrws ei chartref, sylwodd fod aroglau drewllyd yn lledaenu o ystafell yr hen wraig. Roedd hi'n adnabod yr aroglau'n dda, gan eu bod wedi ymgartrefu yn y tŷ fel chwyn mewn tir diarffordd. Ar ôl iddi fod yn cerdded yn gyflym yn yr awyr agored, roedd y drewdod yn fwy atgas iddi nag erioed. Teimlai fel pe bai'n mygu. Safodd yn dawel, gan hanner cau ei llygaid. Ie, dyna'r cymysgedd, aroglau camffor ac aroglau dŵr y corff. Yn ystafell yr hen wraig gwelwyd peli bach camffor ar wasgar dros y lle, bwledi i saethu pob gwyfyn a ddôi'n agos; ac roedd ei dillad yn drewi am ei bod, fel plentyn bach, yn methu â chadw ei hun yn lân.

Golygfa ddieithr iawn a welodd Siân pan aeth i mewn i'r ystafell. Eisteddai'r hen wraig ar y llawr, a'i choesau wedi eu croesi y naill dros y llall. Glynai ei dwylo wrth gadair freichiau. Daeth peth o'i gwallt gwyn yn rhydd ac roedd yn hongian ar ei chefn. Tynnwyd ei blows wen allan o'i sgert, gan ddatguddio'r pin dwbl a'i clymai wrth ei staes. Ond am y llygaid! Ymddangosai fel pe deuent, unrhyw foment, allan o'i phen oherwydd ei bod yn eu gwasgu â rhyw ymdrech fawr, fewnol. Roedd ei hewyllys fel pe bai wedi ymgasglu i gyd yn ei llygaid. Y greadures!

"Miss Jones fach, beth ŷch chi'n wneud yma ar y llawr?"

Roedd dagrau yn llygaid yr hen wraig.

"Siân," meddai hi, "rhowch help i mi godi, wnewch chi? Rwy wedi bod am hanner awr yn ceisio dodi 'nhraed ar y llawr, ac yn methu'n lân. Ellwch chi ddim credu pa mor falch wyf fi eich bod wedi dod. O 'mhen! Fy mhen! Mae'r bai i gyd ar fy mhen! Mae mor drwm. Mae'n fy nhynnu i lawr."

Gosododd Siân ei dwylo dan ei cheseiliau, a'i chodi o'r llawr gydag ymdrech sydyn. Ocheneidiai'r hen wraig, ond o'r diwedd safai yn sigledig ar ei dwy droed.

"O Siân Siân, rwy mor ddiolchgar i chi! Wn i ddim beth wnawn i oni bai am eich help chi o hyd."

Eisteddodd Miss Jones yn y gadair freichiau, a daliai i siarad, hanner wrthi ei hun, a hanner i gyfeiriad Siân, tra oedd Siân yn brysur yn paratoi cwpaned o de i'w helpu i ddod dros y sioc. "Ie siŵr, ie siŵr. 'A friend in need is a friend indeed,' fel y byddai 'nhad yn dweud. Fedrwch chi ddim dychmygu, Siân, y golled ges i wrth golli 'nhad."

Daeth i'r hen wyneb fynegiant plentynnaidd ac ofnus a cholledig. Deuai dagrau unwaith eto i'r llygaid. Bu bron i'r dannedd gosod ddod allan o'i safn, ond fe'u sugnodd hwy'n ôl â chlec.

"Gŵr bonheddig oedd 'nhad. Fe oedd yn gofalu amdanon ni ar ôl marw fy mam. Un llym iawn oedd e, o ie, doedd dim nonsens i fod – dim dawnsio a dim yfed, fel y bydd merched heddiw. Ond dyn neis oedd e. Gallech chi ddibynnu arno, wyddoch chi. Roedd ei air yn sefyll. Pe bai e fyw'n awr, fe fyddai e gyda fi."

Edrychodd Siân ar yr hen wraig yn dosturiol, ac amcangyfrifodd fod mwy na chanrif wedi mynd er pan aned y dyn a achosai'r dagrau.

"Doedd fy nhad ddim yn fodlon o gwbwl fod fy chwaer a minnau yn ennill ein bywoliaeth ein hunain. Ei farn e oedd, dylai merched aros yn y cartre. Ond un styfnig oeddwn i. Gallwn fod wedi priodi – cefais gyfle fwy nag unwaith i briodi, ond doedd gen i ddim amser i feddwl am bethau felna. Roeddwn i, welwch chi, am ennill arian a sefyll ar fy nhraed fy hunan. Rwy wedi gweithio'n galed, cofiwch. Duw'n unig sy'n gwybod pa mor galed y gweithiais. Rwy wedi troi pob ceiniog ddwywaith cyn ei gwario. Byddai 'nhad yn dweud, 'Fe gei di weld, Maggie, fe fydd yn edifar gen ti ryw ddiwrnod. Mae serch yn fwy gwerthfawr na chyfoeth'. Ond doedd gen i ddim diddordeb mewn pobol eraill. Eisiau ennill arian oeddwn i, er mwyn peidio gorfod dibynnu ar bobol eraill pan fyddwn i'n hen."

Edrychodd Miss Jones ar Siân fel pe disgwyliai iddi gytuno, heb sylwi ar eironi'r sefyllfa.

"Nawr, Miss Jones," meddai Siân, gan godi peth o wallt yr hen wraig o'i llygaid, "fe drefnaf eich gwallt yn gyntaf, ac wedyn fe gewch gwpaned o de twym. Fe wnaiff les i chi."

"Mae'n rhyfedd mor wyn y mae fy ngwallt yn edrych," meddai Miss Jones. "Gwallt du fel y frân oedd yn arfer bod gen i, duach na gwallt unrhyw ferch a welais."

Llyncodd Miss Jones ychydig o de, a'i fwynhau. Ond yn sydyn fe gododd mewn osgo gyffrous.

"Ble mae 'mag i?" meddai. "Mae rhywun wedi dwyn fy mag!"

Yn awr, o'r diwedd, collodd hyd yn oed Siân ei thymer, a dywedodd yn llym, "Twt, twt Miss Jones. Pwy sydd am ddwyn eich bag? Rwy wedi dweud wrthych fwy nag unwaith, dodwch y bag bob amser yn yr un lle, ac wedyn byddaf fi, beth bynnag, yn gwybod ble i chwilio amdano. Nawr, ceisiwch feddwl yn dawel, ble rŷch chi'n arfer ei osod?"

"O Siân, rwy'n gwybod mod i wedi gwneud peth drwg. Peidiwch â bod yn gas i fi. Fe gewch chwilio ble fynnoch chi, fe gewch agor pob drôr, mae gen i ffydd ynoch chi, oes, ond rhaid imi gael y bag yn ôl. Mae 'mhethau pwysig i gyd ynddo."

Agorodd Siân yn betrus nifer o ddrorau. Mewn un cadwyd ychydig o dlysau, tocyn bws, papur sgrifennu, hosanau budron. Mewn eraill gorweddai dillad, cordyn, papur brown – ond dim bag.

"Edrychwch yn y cwpwrdd llestri," anogodd Miss Jones. Gwelodd Siân gwpanau, hanner torth o fara, darn o gig a oedd yn dechrau pryfedu, ond dim bag.

"Nawr, byddwch yn ferch dda, a drychwch dan y gwely," awgrymai'r hen wraig. "Ar y gwaelod, o dan y matres, neu fallai mai o dan y wardrob."

Ar ôl chwilio'n hir, darganfu Siân y bag o'r diwedd o dan y glustog roedd Miss Jones yn eistedd arni.

"Mae'r bai i gyd ar fy mhen," cwynodd yr hen wraig. "Fan hyn, yn y canol. Rwy'n teimlo fel pe bai twll yma, fel pe bai mhen am dorri'n ddau. Mae 'nghoesau i'n iawn, ond dyw mhen i ddim yn iawn o gwbwl. Peth trist iawn, 'merch i, yw mynd yn hen. Chredwch chi ddim fel rwyf fi wedi newid yn ddiweddar. Dwyf i ddim yr un ag yr oeddwn."

Cymerodd Miss Jones y cloc a safai ar y silff-ben-tân. Er mai ychydig wedi chwech oedd hi, mewn gwirionedd, roedd yn un-ar-ddeg ar y cloc hwn. Ni faliai Miss Jones o gwbl am nad oedd ei hamser yn cyd-fynd ag amser pobl eraill. Weindiodd y cloc fel y byddai'n arfer gwneud cyn mynd i'r gwely, a'i osod yn ôl yn ei le. Yn sydyn ymddangosodd ei hwyneb yn llym ac yn esgyrnog. Cadwodd ei dwylo yn dynn ar ei sgert, ac yn ddisymwth rhoddodd sgrech uchel, fetelaidd,

"Allan! Rwy am ddod allan ohono! Rwy am ddod yn rhydd!"

Cafodd Siân ei hysgwyd wrth glywed sgrech yr hen greadures arteithiedig. Pwy oedd am ddod yn rhydd? Yn rhydd o beth? Tybed a ddeffrôdd yn yr hen wraig rywbeth o ysbryd y ferch egnïol, benderfynol a fuasai gynt? Tybed a oedd yr ysbryd hwn am gael gwared o'r corff gwan, ond yn methu? Roedd hi ynghlwm yn anochel wrth gorff toredig, a methai gael gwared o'r syniadau cul, cybyddlyd a oedd wedi tyfu fel rhan ohoni. Nid oedd modd, ysywaeth, newid y corff fel hen ddillad.

"Rwy am ddod yn rhydd!" mwmianai'r hen wraig.

Buasai'r awyrgylch afiach a lenwai'r ystafell yn ddigon i lethu meddwl unrhyw un, ond teimlai Siân ei bod yn agos at golli ei phwyll. Gydag ymdrech fawr y cafodd ei hun yn helpu'r hen wraig i dynnu ei dillad a mynd i'r gwely. Wedyn aeth i fyny'r grisiau yn dawel er mwyn peidio ag aflonyddu arni. Ond wedi cyrraedd ei hystafell fe'i taflodd ei hun ar y gwely mewn pwl o anobaith. Teimlai fod popeth yn y byd wedi colli ei liw, a'i bod hi'n hollol unig. Ni allai fyw yn hwy heb glywed unwaith eto y llais hoyw a oedd mor llawn o ffydd mewn bywyd. Cuddiodd ei hwyneb yn y gobennydd ac ocheneidiodd, "Rwy am ddod allan ohono! Rwyf am ddod yn rhydd!"

* * *

Pan ddaeth Arthur i'r labordy y diwrnod dilynol, gwelodd fod darn o bapur gwyn ar y bwrdd lle byddai'n gweithio. Roedd ar fin ei wasgu'n belen a'i daflu i'r fasged, pan sylwodd fod rhywbeth wedi'i sgrifennu arno. Wedi edrych yn fanylach, adnabu ysgrifen anystwyth porthor y Coleg. Darllenodd y neges: daethai galwad ar y ffôn iddo o Fryn Coed am hanner awr wedi naw y bore hwnnw. Galwad o'i gartref, mae'n rhaid. Rhaid ei bod yn arwyddo rhyw newydd drwg. Tybed a oedd rhywbeth wedi digwydd i'w frawd, neu i'w nai, neu i Siân? Teimlodd Arthur ei ddwylo yn crynu. Cafodd deimlad sicr mai Siân oedd wedi galw. Daeth syniad arbennig i'w ymwybyddiaeth, ond ceisiodd ei atal. Roedd yn siŵr, fel plentyn sy'n gwneud drygioni, mai pechod oedd coleddu meddyliau o'r fath. Digon gwir iddo haeru lawer gwaith i'w gyfeillion nad oedd dim ffasiwn beth â phechod mewn gwirionedd, nad oedd yr un athronydd wedi medru profi bod moesoldeb yn ffaith. Er gwaethaf hynny roedd yn siŵr mai meddwl pechadurus oedd hwn. Gwelodd Arthur Siân o'i flaen fel y gwelsai hi y prynhawn hwnnw pan addawodd ei phriodi. Roedd hi'n gorwedd ar y gwely â'i llygaid ynghau ac yn mwmian, "Does dim rhaid iti ofidio rhagor amdanaf fi. Fyddaf fi ddim yn rhwystr i ti'n awr."

'Dim yn rhwystr i ti'n awr': tybed ai hyn a ddywedodd? Ni allai Arthur wahaniaethu, y funud yma, rhwng yr hyn a oedd yn wir a'r hyn a ddymunai. Os oedd Siân wedi marw – os oedd hi wedi gwneud i ffwrdd â'i bywyd ei hun – na, peth ofnadwy ac isel oedd hyd yn oed meddwl am y posibilrwydd... Onid oedd yn ddyledus iddi am gynifer o bethau? Onid oedd hi wedi aberthu blynyddoedd gorau ei hienctid er ei fwyn? Pe na bai Siân yn rhwystr iddo bellach, pe bai ef yn rhydd ...

Roedd yn rhaid i Arthur aros am chwarter awr yn ystafell y porthor cyn dod trwodd ar y ffôn i'w gartref. Yn ystod y pymtheng munud hyn bu'n brysur yn gwneud patrymau pensil ar bapur: patrymau sbeiral yn cysylltu â'i gilydd fel tonnau'n taro yn erbyn creigiau, nifer o sbeiralau bychain yn tyfu allan o wy; wedyn rhoes lygaid a cheg i'r wy a'i wneud fel wyneb merch; âi'r sbeiralau i lan ac i lawr nes edrych fel 'D' fawr. Ond dyma rywun yn siarad ar y ffôn.

"Pwy sy'n siarad?" gofynnodd Arthur. "Siân, ti sy 'na? Wyt ti'n iawn?"

Tynnodd linell drwy'r papur o'r pen i'r gwaelod.

"Ydw, rwy'n berffaith iawn," meddai Siân.

"Pam wyt ti wedi galw? Oes rhywbeth wedi digwydd i 'mrawd?"

"Na, na, mae pawb yn iawn."

"Ond pam yn y byd wyt ti'n fy ngalw oddi wrth fy ngwaith fel hyn yn gynnar yn y bore. Fyddai llythyr ddim wedi gwneud y tro?"

"Roeddwn i'n teimlo mor isel fy ysbryd, Arthur, roedd yn rhaid imi glywed dy lais."

"Ond hawyr bach, rŷn ni'n rhy hen bellach i ramanteiddio fel hyn."

"Dwyt ti ddim yn deall, Arthur. Ches i ddim llythyr yr wythnos dwethaf, ac roeddwn yn ofni dy fod yn sâl ac am gael help."

"Twt lol, aeth y llythyr ar goll, mae'n debyg. Rwy mor iach â chricsyn."

"Ond dyw dy frawd ddim wedi cael llythyr chwaith – ers wythnosau. Dyna wnaeth imi ofidio."

"Felly fe ofynnaist ti i 'mrawd a oeddwn i wedi sgrifennu? Wyt ti ddim yn meddwl dy fod yn gwneud tipyn o ffŵl ohonof i?"

Edrychodd Arthur o'i gwmpas yn ofalus, i wneud yn siŵr nad oedd neb yno. Aeth Siân ymlaen i siarad. Pwysleisiodd na allai aros wrthi ei hun ddim rhagor. Er i Arthur ddweud fod llawer o waith ganddo, trefnwyd yn y diwedd i Siân ddod i'w weld ymhen pythefnos. Cliciodd Arthur y derbynydd yn ôl yn ei le. Torrodd y darn papur yn gyrbibion mân, a thaflodd hwy i'r gwynt.

Roedd yr holl sefyllfa yn anobeithiol. Chwibanai Siân, a rhaid oedd iddo ef ddilyn, fel ci bach. Roedd Siân mewn cariad ag ef. O'r gorau. Ond pe carai hi ef yn wirioneddol, oni byddai hi'n deall nad yr un person oedd ef ag a fuasai saith mlynedd yn ôl? Roedd wedi datblygu, wedi newid yn gyfan gwbl. Na, nid trwy eu serch y clymwyd ef wrthi hi. Nid oedd rhuban ei serch ef yn rhy gryf iddo ei dorri. A oedd Siân yn ei garu o hyd? Ni wyddai Arthur. A oedd ef yn caru Siân? Gofynnodd Arthur y cwestiwn iddo'i hun, ond methai ateb.

Y funud arbennig hon, collasai'r gair "caru" bob ystyr iddo. Ni olygai fwy na phe ceisiai rhywun ddisgrifio lliw coch i ddyn dall.

'Mae coch fel tân, ddyn dall!' Ond tybed a all lliw fod yn boeth?

'Mae coch fel gwaed sy'n dod allan o glwyf': ond a yw lliw yn rhoi poen?

'Mae coch fel rhosyn ym mis Mehefin': ond a fydd dyn yn clywed aroglau mewn lliw?

'Mae coch fel ffrwyth aeddfed, ddyn dall': ond pa flas sydd gan liw?

'Mae coch yn cynhyrfu'r synhwyrau' ...

Gallai enwi'r elfennau cemegol a oedd yn ofynnol i gynhyrchu lliw coch; gallai enwi gwrthrychau coch: ond beth yw coch? Beth yw caru? A oedd ef yn caru Siân? Methai ateb hynny.

Na, nid serch a'i clymai ef wrth Siân. Pe bai serch yn gryf ynddo o hyd, byddai'n hiraethu amdani fel mae plentyn yn hiraethu am y bore sydd yn deffro'r lliwiau. Ac eto, mewn un ystyr, roedd Siân yn drech nag ef. Roedd hi wedi aberthu ei hun. Hi a'i gwnaeth yr hyn ydoedd yn awr. Hi oedd yn aros amdano. Roedd hi wedi ei brynu â'i hunanaberth. Dyna'r rhaff yr oedd Siân yn ei defnyddio i'w glymu, fel ci bach wrth gordyn. 'Paid â thynnu cymaint, gi bach! Rhof fîsgedyn i ti, os doi di yn ufudd. Fy nghi bach da wyt ti.'

Ysgytiwyd ef yn drwyadl gan ei ymddiddan â Siân. Darganfu'n bendant nad oedd ei fywyd wedi dod o hyd i'w gyfeiriad iawn eto. Yn sydyn, gwyddai hyd sicrwydd fod Doris yn golygu rhywbeth pwysig yn ei fywyd, rhywbeth nad oedd wedi ei ddisgwyl. Roedd fel un o'r gwesteion yn y briodas yng Nghana, Galilea. Gollyngwyd y gwin da iddo yn rhy hwyr. Ac eto, nid oedd yn hollol siŵr ohono'i hun. Efallai iddo gael ei dwyllo gan deimladau diflannol. Amser yn unig a allai benderfynu hynny. Dim ond iddo gael digon o amser, hwyrach y dychwelai at yr hen lwybr fel mater o arfer. Ond ni roddwyd amser iddo. Gorfododd Siân iddo weithredu. Roedd yn rhaid penderfynu yn awr ar unwaith. Ac roedd yn siŵr eisoes, beth bynnag a wnâi, y byddai drwg a dioddefaint yn dilyn na fyddai dichon eu dad-wneud.

Ceisiodd Arthur gyfarfod â Doris yn yr Ysbyty. Ond

dywedwyd wrtho iddi orffen gweithio awr yn gynt nag arfer. Fel canlyniad sgrifennodd lythyr ati gan ddweud y byddai'n well iddynt beidio â chyfarfod byth eto. Pan ddechreuodd nosi, aeth i'w chartref er mwyn postio'r llythyr yno ei hun.

Mor braf yw noswaith dawel yn yr hydref pan fydd y sêr yn uchel a'r awyr ysgafn oeraidd yn hawdd ei hanadlu. Mae'n rhagori o bell ffordd ar lymdra digysgod y gwanwyn, a thrymder golau'r haf. Tybiai Arthur na welodd erioed gynifer o gyplau ifainc ar yr heol. Aeth bachgen a merch heibio iddo, law yn llaw, yn swil ac yn hapus gyda'i gilydd. Carwr brwd diamynedd oedd un arall yn dodi ei fraich dros ysgwyddau rhyw eneth ifanc betrusgar heb hidio dim am neb. Ymglymodd merch sychedig am anwyldeb yn dynn wrth fraich ei chydymaith a roddodd yr argraff ei fod yn symud yn hunanymwybodol gan lusgo'r ferch ar ei ôl. Roedd arwyddocâd ym mhob osgo fel ym mherfformiad dawnswyr o'r India. Mynegodd pob ystum radd o deimlad a chysylltiad yr oedd yn amhosibl eu mynegi mewn geiriau'n unig.

Roedd Arthur ar fin croesi'r stryd a âi heibio i dŷ Doris pan sylwodd ar ddwy fenyw yn agosáu at glwyd y tŷ. Gwisgai'r hynaf ohonynt gôt lwydaidd a het lwyd. Côt werdd olau oedd gan yr iengaf, a chap brown meddal. Siaradent yn fywiog â'i gilydd. Yn sydyn troes yr un iengaf ei hwyneb ato a sylwodd Arthur gyda ias mai Doris oedd hi. Yng nghwmni'r fenyw arall ymddangosai Doris braidd yn ddieithr iddo, allan o'i gyrraedd. Cyfarchodd y ddwy ac aeth ymlaen. Teimlodd ryw ysfa i groesi'r heol a siarad â Doris, ond cyn iddo benderfynu aeth y ddwy i mewn i'r tŷ. Dychwelodd Arthur adref, ac ni phostiwyd y llythyr.

Ar ôl cyrraedd adref tynnodd Doris ei chôt a wisgai dros ei gwisg nyrs. Ond yn lle mynd i'w hystafell i newjd ei dillad dilynodd ei mam yn gyntaf i'r gegin gefn ac wedyn i'r gegin fel y byddai'n arfer gwneud pan fwriadai gyffesu rhywbeth i'w mam. Hoffai ei mam weld ei merch hynaf mor dyner tuag ati. Roedd rhywbeth yn natur Doris a oedd yn hollol ddieithr iddi. Credai ar adegau hyd yn oed fod Doris yn edrych arni gyda rhyw gymaint o ddirmyg. Oherwydd hynny teimlai foddhad pan fyddai Doris yn ymddiried ynddi. Eisteddodd wrth y bwrdd a dododd y fasged wnïo o'i blaen. Eisteddodd Doris gyda hi i gyweirio hosanau.

"Gwnaeth y cerdded les i mi," meddai Mrs. Davies. "Roeddet ti'n hollol iawn."

"Rwy'n methu'n lân a deall," meddai Doris, gydag awgrym o gyhuddiad yn ei llais, "pam nad ewch chi am dro yn amlach."

"Dwed i mi, Doris, pwy oedd y dyn ifanc a oedd yn dy gyfarch y tu allan i'r tŷ? Un o'th ffrindiau newydd yw hwn?"

Gwridodd Doris, ond mewn gwirionedd roedd hi'n falch i gael cyfle i siarad am yr un a oedd yn llanw ei meddwl yn ddi-baid.

"Ydw, rwy'n ei 'nabod yn weddol dda," meddai hi, gan ffugio difaterwch. "Gwelais ef am y tro cyntaf ar noson y darllen dramâu yn nhŷ'r Athro Williams. Ydych chi'n cofio? Fe gawsoch ddigon o drafferth, beth bynnag, i wneud imi fynd yno."

"Ond pam nad wyt ti wedi sôn amdano o'r blaen?"

Ar unrhyw adeg arall y mae'n debyg y buasai Doris wedi rhoi ateb negyddol, gan guddio'i theimladau yn llwyr. Ond wedi gweld Arthur mor agos at ei chartref, teimlai'n anesmwyth o'i herwydd. Nid oedd, wrth gwrs, yn barod i ddweud wrth ei mam yn uniongyrchol fod Arthur wedi dod i gyffiniau'r tŷ er mwyn ei gweld hi, er iddi deimlo mai dyna oedd y gwir reswm. Beth bynnag, gwnaeth ymdrech i siarad â'i mam am bethau fel caru a phriodi mewn ffordd gwmpasog.

"Dwedwch, Mam, beth oedd eich oed pan ddaethoch chi i adnabod Dada?" gofynnodd.

Roedd Mrs. Davies yn ddigon parod i dderbyn yr awgrym.

"Wyddost ti ddim? Roedd Dada a minnau yn 'nabod ein gilydd er yn blant. Roedd ein rhieni yn gymdogion, ac os oedd dy fam-gu yn dweud y gwir, bu dy dad yn gwthio'r pram y gorweddwn i ynddo. Daeth amser yn nes ymlaen, wrth gwrs, pan ddywedwn fy mod yn barod i briodi unrhyw un ond Trebor Davies. Ond mor ofer oedd hynny. Cawsom ein dyweddïo yn ifanc, ifanc iawn – yn wir, yn union wedi i'th dad glywed bod rhywun arall yn fy nghanlyn."

Gwridodd Mrs. Davies fel merch ifanc.

"Ond Mam, beth oeddech chi am ei wneud?" gofynnodd Doris.

"Beth oeddwn i am ei wneud? Beth wyt ti'n feddwl?"

"Dyw hi ddim mor hawdd egluro hynny mewn ychydig o eiriau. Fe ddwetsoch chi ar y cyntaf nad oeddech chi ddim am briodi Dada, ac wedyn bod rhywun arall am eich cael.

"Enillodd Dada wedi'r cyfan? Tybed ai Dada oedd yn penderfynu'r mater?"

"O, rwy'n gweld nawr," meddai Mrs. Davies. Dododd y pethau gwnïo o'r neilltu, a gwasgodd bennau ei bysedd yn erbyn ei gilydd yn fyfyrgar.

"Wyddost ti beth?" meddai hi. "Elli di ddim bod mor sicr am bethau fel hyn. Taswn i'n dweud nad oeddwn i ddim yn hoff o'th dad, fyddai hynny ddim yn wir."

"Ydych chi'n meddwl i chi fod mewn gwirionedd yn hoff o Dada, ac mai dim ond ffugio neu hunan-dwyll oedd dweud y gwrthwyneb?" gofynnodd Doris.

"Efallai."

"Ond Mam." Roedd Doris yn eiddgar i ddod at y pwynt pwysig. "Tybed a fuasech chi wedi priodi'r dyn arall pe buasai ef wedi gofyn yn gyntaf?"

"Wel, Doris fach, dyna gwestiynau rhyfedd rwyt ti'n eu gofyn," protestiodd Mrs. Davies. "Choeliaf i ddim am funud y buaswn i wedi gwneud hynny."

Meddyliodd am eiliad pa gysylltiad a allai fod rhwng yr holiadau hyn â'r dyn ifanc y tu allan. Nid oedd am ddodi syniadau ffôl ym mhen ei merch.

"Wrth gwrs," meddai hi, "mae llawer o amser wedi mynd ers hynny. Byddaf fi'n meddwl o hyd fod pethau'n dod yn y diwedd fel y dylen nhw ddod. A ph'run bynnag, mae popeth yn wahanol heddiw."

"Gallwn i feddwl, Mam," meddai Doris, "fod bechgyn yn llawer mwy eiddgar i briodi pan oeddech chi'n ifanc."

"Onid yw bechgyn yr un fath heddiw?" gofynnodd Mrs. Davies yn slei.

"Wyddoch chi beth? Fe fydd merched heddiw yn ystyried bachgen yn ofalus er mwyn gweld a ydyn nhw'n siwtio'i gilydd. Rŷn ni, cofiwch, yn ennill arian ein hunain, a wnawn ni ddim derbyn unrhyw Dom Dic sy'n digwydd dod heibio. Fynnwn ni ddim priodi ond pan fyddwn ni'n siŵr fod y dyn iawn wedi dod."

"Wyt ti'n meddwl dy fod ti wedi cyfarfod â'r dyn iawn?" Dododd Doris ei breichiau o gylch ei mam. Teimlai'n ddiolchgar am iddi ddangos cymaint o ddeall. Rhoddodd gusan iddi gan sibrwd: "Wn i ddim ... wel, hwyrach."

PENNOD VI

ARGYFWNG

YN ARAF y symudodd y car bach ar y briffordd uwchben y traeth. Nid car newydd mohono, ond edrychai'n eithaf parchus. Nid oedd yn hir er pan gafodd ei beintio'n llwyd, llwyd fel niwl yr hwyr a godai o'r môr. Ymledai'r niwl ymhell dros y gwastatir. Fel rhyw anghenfil o'r môr, llyncodd bopeth a ddeuai i'w ffordd. Roedd y car yn ffyddlon a chyson, un y gellid dibynnu arno a theilwng o driniaeth orofalus ei berchennog, Nyrs Rhiannon Huws.

Byddai Rhiannon yn dweud amdano, "Mae'n edrych arnaf fel pe bai am siglo'i gynffon. Yn wir, dim ond un bai rwy'n ei weld ynddo – does dim cynffon ganddo; ac wedi'r cyfan mae'r bai yma'n gyffredin iddo ef a'r ddynoliaeth." Mewn cysylltiad â'r gosodiad hwn, byddai hi'n barod i siarad yn ddiderfyn am ei hoff ddamcaniaeth: bod y ddynoliaeth wedi dioddef cam difrifol trwy golli eu cynffonnau yn y cyfnod pan geid y newid o ffurf epa i ffurf dyn. Y cynffon, meddai hi, yw'r cyfrwng i fynegi teimladau. Bydd hynny'n amlwg i bawb a welodd erioed gi yn croesawu ei feistr drwy fynych siglo'i gynffon neu ynteu gath yn meddwl am ddal gwybedyn. Collodd bywyd teimladol y ddynolryw ei gydbwysedd pan amddifadwyd dyn o'i gynffon. Diflannai llawer camddealltwriaeth o fywyd pobl pe byddai modd iddynt fynegi eu teimladau trwy siglo cynffon. Yn lle hynny gorfodir hwy i ferwi eu teimladau yn sosban yr ymennydd hyd nes dônt allan – wedi newid yn llwyr – yn ffurf geiriau. Dechreuodd cwymp y ddynoliaeth, byddai Rhiannon yn haeru, drwy inni golli ein cynffonnau.

Yn y car gyda Rhiannon eisteddai Doris. Wrth edrych allan,

sylwodd mai pur anodd, oherwydd y niwl, oedd gwahaniaethu rhwng adeiladau a lleoedd.

"Mae'r niwl yma," meddai Doris â llais melancolaidd, "yn gorwedd fel amdo dros y wlad."

"Neu fel blanced," atebodd Rhiannon yn slic.

"Blanced? Rhag cywilydd iti! Does dim smotyn o farddoniaeth ynot ti?" meddai Doris. "Byddai'n well gen i ddweud bod y niwl yn cuddio'r wlad fel y llen ar ben priodferch."

"Wel, on'd yw blanced a llen priodferch yn perthyn i'r un dosbarth?"

"Nawr, Rhiannon, dim o'r awgrymiadau isel yma, os gweli di'n dda, neu bydd yn ddrwg gennyf fy mod wedi ymddiried ynot."

"Ond Doris fach, does dim byd brwnt mewn natur, fel y dwedodd ffrind i mi pan gerddodd i ganol pwll o dail."

Nid oedd Rhiannon byth heb ateb. Chwarddodd Doris braidd yn erbyn ei hewyllys.

"Fy merch annwyl i, wn i ddim sut y gallwn i fyw heb dy dafod ffraeth. A wnei di stopio'r car nawr? Gwell i ti beidio mynd hyd at y drws – gallaf gael hyd i'r ffordd yn iawn fy hunan."

"Fel y mynni."

Safodd y car yn sydyn. Roedd Doris yn barod, a chas yn ei llaw, ond cyn disgyn cydiodd yn llaw Rhiannon, gan edrych arni â llygaid erfyniol.

"Rhiannon fach," meddai hi, "gallaf ddibynnu arnat ti, oni allaf? Wnei di ddim bradychu fy nghyfrinach? Cofia, os bydd rhywun yn gofyn, dwed mai gyda thi rwy'n aros dros y Sul. Rwy am iti ddeall pam rwy'n gofyn iti wneud hyn. Rwy'n methu mynd ymlaen fel yma. Mae'n rhaid imi gael amser i siarad ag Arthur mewn man lle bydd neb arall yn torri ar ein traws. Mae e wedi cael rhyw newydd drwg oddi cartref, ac rwy wedi methu cael gair ag e drwy'r wythnos – ar wahân i bum munud y tu allan i'r ysbyty – ac roedd wedi cynhyrfu cymaint fel na fedrwn i ddim deall yn iawn beth oedd ganddo yn ei feddwl. Nawr bydd yn garedig, da ti, a phaid â gofyn dim cwestiynau."

"Paid â gwneud dim byd ffôl, 'y ngeneth i!"

"Rhiannon, sut y gelli di ddweud peth o'r fath?" Roedd digon o ddicter moesol yn llais Doris i achosi hyd yn oed i Riannon dawelu.

"Wel cymer ofal, beth bynnag," meddai Rhiannon.

Disgynnodd Doris o'r car a chyn bo hir aeth y car bach yn ôl, gan duchan a grwgnach. Cerddodd Doris i gyfeiriad Gwesty Ael-y-cwm. Rhan oedd y gwesty hwn o bentref a fyddai'n llawn o ymwelwyr yn ystod yr haf. Yr atyniad mwyaf oedd cwm coediog, dwfn a oedd yn dirwyn o'r pentref am ddwy filltir hyd at lan y môr. Roedd y cwm yn enwog am ei brydferthwch gwyllt, cyntefig. Mewn cwmpas cyfyngedig ffurfiai afon a choed deiliog a rhaeadr ac ogofâu ryw undod rhamantus. Ond hydref oedd hi'n awr, a'r gwesty'n gymharol dawel. Byddai'r ychydig ymwelwyr a ddeuai yn y tymor hwn yn cael triniaeth arbennig o dda.

Trefnwyd ystafell iddi dros y Sul, a derbyniwyd Doris gan berchennog y gwesty yn dra chwrtais.

"Mae'r ystafell yn barod i chi, Miss Davies," meddai ef. "Rwy'n siŵr y byddwch yn hoff ohoni."

Cymerodd gas Doris a'i harwain i fyny'r grisiau. Agorodd y drws i ystafell lydan a gynheswyd gan dân coed siriol.

"Dyna drueni bod niwl dros y wlad heddiw," meddai'n bruddaidd. "O'r ystafell yma y mae golygfa orau'r tŷ. Ar ddiwrnod clir byddwn ni'n gallu gweld dros y cwm i'r môr."

"Oes 'na lawer o bobol yn aros gyda chi ar hyn o bryd?"

"Nac oes, ddim yr adeg yma o'r flwyddyn," meddai'r perchennog. "Dim ond un gwestai sy'n aros yn gyson yma,

Argyfwng

merch o arlunydd sy'n treulio'r amser allan bron drwy'r dydd. Mae un ymwelydd arall wedi dod dros y Sul. Gellwch gael yr ystafell eistedd i chi'ch hunan bron i gyd. Canwch y gloch os bydd eisiau rhywbeth arnoch."

Aeth y perchennog allan. Caeodd Doris y drws ar ei ôl, ac eisteddodd wrth y ffenestr gan syllu allan, ond heb weld dim ond y niwl.

Un ymwelydd arall oedd yno dros y Sul. Felly roedd Arthur wedi dod, ac roedd yn aros amdani. Daethai iddynt yr awr i benderfynu. Roedd hi'n hiraethu am ei weld, ond nid aeth ar unwaith. Fe'i llethid hi gan deimlad o anallu. Cenfigennodd wrth ei mam am iddi gael ei hethol gan ei thad mewn ffordd mor syml ac mor ddiamheuol. Ni fu'n rhaid iddi hi wneud dim ond cytuno. Mor wahanol oedd ei sefyllfa ei hun! Roedd yn rhaid iddi hi orchfygu gelynion anweledig, anawsterau cudd na ddeallai hi mo'u harwyddocâd. Ac fel cam cyntaf, roedd yn rhaid iddi ddweud celwydd. Anghenraid oedd y celwydd; oherwydd ni feiddiai ddychmygu'r stormydd a fygythiai ysgwyd bywyd ei theulu pe clywsai ei thad am y cynllun i fwrw Sul mewn gwesty gyda dyn ifanc. Hyd yn hyn, buasai fyw yng nghylch cyfareddol moesoldeb ei theulu. Roedd hi'n gwybod da a drwg, megis duwiau. Yn awr am y tro cyntaf fe dorrodd yn ymwybodol drwy'r cylch yma. O hyn ymlaen rhaid oedd iddi benderfynu drosti ei hun beth oedd da a drwg.

Arhosai Arthur amdani, fodd bynnag, ac nid oedd hi am golli amser gwerthfawr. Pinciodd ychydig arni ei hun o flaen y drych, ac aeth i lawr i'r Lounge. Yno roedd Arthur yn aros amdani. Daethai ef i'r gwesty erbyn amser cinio ganol dydd. Roedd wedi smocio nifer mawr o sigarennau yn y cyfamser, tra ystyriai beth oedd y ffordd orau i ddweud ei wir hanes wrth Doris. Am beth amser cafodd ei demtio i gredu mai'r peth gorau fyddai gadael y gwesty heb ei gweld o gwbl, a ffarwelio â hi felly. Ond ni allai ddioddef y syniad bod Doris yn meddwl amdano fel dyn gwamal digydwybod. Felly, beth bynnag, y teimlai yn awr, roedd am gadw'r cof am eu hapusrwydd byr fel trysor trwy gydol ei fywyd. Pe digwyddai iddynt gyfarfod eto ar ôl llawer o flynyddoedd, byddai'r cof am serch rhamantus eu hienctid yn parhau'n rhywbeth amheuthun.

Ond bellach nid oedd modd oedi. Disgwyliai Siân i ymweld ag ef ymhen wythnos, ac roedd am osgoi, ar bob cyfrif, roddi cyfle i Siân ailactio o flaen pobl ddieithr ddrama ei hunanladdiad. Onid oedd Doris yn rhagwybod bod rhywbeth yn llyffetheirio'i symudiadau? Felly dylai fod yn hawdd dweud y gwir wrthi mewn ffordd na fyddai'n ormod o boen iddi. Bwriadai ddweud wrth Doris fod eu serch wedi peri iddynt ddarganfod byd newydd heb ei ail. Bwriadodd ddweud wrthi pa mor hapus fu pob munud a dreuliasent gyda'i gilydd. Ond ni allai serch o'r fath yma barhau am amser hir heb golli nerth ac ysblander ei newydd-deb. Y peth gorau o lawer fyddai i'r ddau ohonynt ffarwelio'n awr cyn i fywyd bob dydd gael cyfle i daflu cysgodion duon dros hyfrydwch eu serch. Yn unig ar ôl dweud hyn y byddai'n sôn wrthi am Siân. Byddai'n honni mai rhywbeth hollol wahanol oedd ei deimladau tuag ati hi – rhywbeth diogel, tawel, rhywbeth a arhosai yr un fath am byth, rhywbeth a oedd yn dda i sefydlu bywyd teuluol hapus arno, ond nid rhywbeth a allai gynhyrfu dyn a'i newid yn gyfan gwbl. Bwriadai dreulio gweddill yr amser gyda Doris yn dawel ac yn gyfeillgar. Byddai'n gallu cyfarfod â Siân wedyn mewn ysbryd gweddus a diragrith. Ar ôl cael swydd barhaol a phriodi, byddai diwedd ar ei hiraeth am fêl gwyllt – roedd hynny'n bur debyg, oherwydd oni welsai yr un peth yn digwydd byth a hefyd ymysg ei gyfeillion?

Pan ddaeth Doris i'r ystafell eistedd, mewn gwisg goch a gwregys euraid, syrthiodd adeilad ei gynlluniau rhesymol ar unwaith yn deilchion. Na, nid oedd yn deg iddi wisgo fel hyn. Beth a wnâi iddi ymddangos yn fwy atyniadol heddiw nag erioed? Pam y dewisodd hi'r wisg bryfoclyd? Na, ni allai dorri ar draws y lledrith yn union. Os nad oedd y breuddwyd i barhau'n hir, byddai rhai munudau'n well na dim. Dim mwy nag awr!

"Rwyt ti wedi dod, felly, Doris?" meddai Arthur yn chwithig, gan chwilio am eiriau. "Pryd y cyrhaeddaist ti yma? A gymeraist ti fws o flaen yr un chwech?"

"Mae lle braf yma, on'd oes? Wyt ti wedi bod yn aros yn hir?"

"Rwyt ti'n edrych yn dlws iawn heddiw, 'nghariad. Gad i mi gael golwg agosach arnat."

Daliodd yn llaw Doris. Tynnwyd y ddau at ei gilydd trwy ryw rym a oedd yn drech na'u hewyllys a'u meddwl. Roeddent gyda'i gilydd. Dyna'r cyfan y gallai Arthur ei deimlo y funud hon. Roeddent yn perthyn i'w gilydd. Dyna'r cyfan a wyddai Doris y funud hon. Nid oeddent am aros yn hir yn y Lounge.

"On'd yw hi'n boeth yma?" meddai Arthur yn gryg.

"Ydy mae, fel petai'r muriau yn pwyso arnon ni."

"Hoffet ti ddod allan am sbel?"

Nodiodd Doris yn unig.

"Ble mae dy gôt? Gaf i fynd ar ei hôl?"

"Mae yn No. 5, yr ystafell ffrynt i lan. Wrth y drws, ond..."

Brysiodd Arthur i ffwrdd cyn i Doris gael gorffen y frawddeg ac fe ddaeth yn ôl wedi gwisgo ei hun yn barod a chôt Doris dros ei fraich. Daliodd y gôt o'i flaen iddi allu llithro i mewn. Teimlodd wasgiad ysgafn corff Doris gyda ias. Gadawsant y tŷ gyda'i gilydd.

Erbyn hyn roedd yn dechrau nosi. Ni chaniatâi y niwl trwchus iddynt weld ymhellach na llathen neu ddwy. Ymddangosai'r niwl iddynt hwy fel gorchudd caredig a'u caeodd ymaith o afael unrhyw ymyriad y gallai'r byd ei wneud.

Ar ôl ysbaid daethant yn ôl i'r gwesty a'u hwynebau'n boeth gan gusanau. Ond gan fod eu traed yn oer, roedd tân cynnes y Lounge yn dderbyniol iawn. Eisteddent gyda'i gilydd ar y soffa o flaen y tân. Yn sydyn digwyddodd i Doris gofio rhywbeth, a chyn iddi gael hamdden i ystyried ai hwn oedd yr amser iawn i sôn amdano, cododd y cwestiwn.

"Dwed i mi, Arthur, beth oedd y newydd drwg a gefaist ti o gartref?"

Torrwyd y lledrith am eiliad.

"Fe gei di glywed y newyddion i gyd yn nes ymlaen; fedra'i ddim eu dweud ar unwaith."

Cymerodd Arthur gysgod y tu ôl i garn o eiriau.

"Wyddost ti, mae rhai storïau fel planhigion mewn tŷ gwydr. Mae'n rhaid iddyn nhw gael yr awyrgylch iawn i ddatblygu – ddim yn rhy boeth a ddim yn rhy oer; ddim yn rhy wlyb a ddim yn rhy sych. At hynny rhaid cael garddwr â llaw ffrwythlon. Mae'n amhosib adrodd y storïau yma ar adeg anaddas. Pe bai rhywun yn cael ei orfodi i wneud peth felly, byddai pob sug a bywyd ac ystyr yn eu gadael. Fyddai dim mwy o ystyr ynddyn nhw nag mewn orchid wedi gwywo."

"Tybed a yw dy stori di mor llawn o deimlad?" gofynnodd Doris.

"Ydy, mae; ac mae hynny'n wir am bob stori sy'n troi o'n cwmpas ni ein hunain. Efallai y credi di mod i'n blentynnaidd. Rwy'n teimlo fel pe bawn yn lle fy nai bach pan fydd ei dad yn gofyn iddo, 'Nawrte, Huw, dwed wrth Wncwl Arthur, beth fuost ti'n wneud ddoe?' 'Dim byd,' fydd ei ateb, a thâl hi ddim i'w dad bwyso arno – 'chaiff e ddim gwasgu dim allan ohono."

"Druan o Huw!"

"Ond mor wired â'r dydd," meddai Arthur, "cyn gynted ag y caf fi gyfle i chwarae ag ef a rhoi help iddo adeiladu Melin Wynt â'i 'Fecano', bydd y storïau'n byrlymu allan ohono heb unrhyw orfodaeth."

Argyfwng

Ocheneidiodd Doris. "Os felly, bydd yn well i ni ddechrau chwarae â 'Mecano' neu rywbeth. O na," meddai hi, ar ôl petruso ychydig, "mae syniad arall gen i: gad i ni ddweud storïau amdanon ni'n hunain. Fe ddwedaf fi un yn gyntaf, a chei di ddweud un wedyn."

Teimlai Doris yn hoyw ac yn llawn o ysbryd anturus. Bellach nid ofnai'r bygwth am y newyddion drwg. Roedd yn barod i ddangos y ffordd ei hun, yn lle aros i weld beth a wnâi Arthur. Braidd yn flinedig roedd Arthur, a'i dymer yn bruddglwyfus. Cafodd ymdeimlad byw o'r hyn a olygai colli Doris iddo. Fe'i beiodd ei hun am ennyn gobaith newydd yn Doris, a hynny ar adeg pan ddylai wneud yn hollol fel arall. Am y foment gadawodd i bethau gymryd eu cwrs naturiol heb ymdrech i'w newid.

"Rwy'n edrych ymlaen at dy glywed," meddai. "Dwed ryw stori i mi amdanat dy hun. Dwed stori dy gusan cyntaf!" Cytunodd Doris yn fodlon. Roedd yn eiddgar iawn i gael ei hadnabod yn llwyr gan y dyn a garai. Ymhellach, roedd ei phrofiadau hyd yn hyn yn gyfryw fel y gellid sôn amdanynt yn ddigywilydd ar noson oer o flaen y tân. Myfyriodd am ennyd, a dechreuodd.

"Yn yr Ysgol Ramadeg lle roeddwn i, roedd merched a bechgyn yn gymysg. Ym mhob dosbarth, wrth reswm, roedd y merched a'r bechgyn bron o'r un oed, a dyna pam roedden ni'r merched yn aeddfetach, mewn gwirionedd, na'r bechgyn. Daeth hyn yn amlwg yn arbennig yn ein traethodau – hynny yw, gydag un eithriad y dof ato'n union. A dweud y gwir, roedd gan ein hathro mewn llenyddiaeth ffordd od o feirniadu traethodau. Os na byddai un syniad newydd mewn traethawd, marc isel a roddai iddo, hyd yn oed os byddai'r arddull yn dda. Os byddai un syniad gwreiddiol ynddo, fe roddai farc mwy parchus. Ond os byddai mwy nag un syniad felly ynddo, caem glod uchel ganddo. Fel rheol byddwn i ymysg y goreuon – os caf fi frolio ychydig – a byddai'n darllen rhannau o'm gwaith yn reit amal i'r dosbarth.

"Newidiodd y sefyllfa'n llwyr, fodd bynnag, pan ddaeth disgybl newydd i'r dosbarth. Mab i weinidog oedd e, a'i dad newydd ddod i eglwys yn y dre. Ifor oedd ei enw."

"O felly! Ifor oedd ei enw," meddai Arthur, gyda theimlad bach o anghysur. "A oedd Ifor yn fachgen golygus?"

"Golygus?" meddai Doris. "Dw i ddim yn siŵr ai hwn yw'r gair iawn. Bachgen tal oedd e, â gwallt du. Roedd ei aeliau'n cyfarfod â'i gilydd uwchben ei lygaid. Roedd Ifor wedi darllen llawer yn llyfrgell ei dad, ac roedd yn aeddfetach na neb ohonom. A'r hyn oedd yn bwysicach na dim oedd y ffaith fod ganddo'r gallu i feddwl, i feddwl drosto'i hun ac yn annibynnol. Byddai'n tueddu i siarad rywsut uwch ein pennau, a byddai'n sgrifennu'n finiog ac yn loyw.

"Un adeg digwyddodd i'r ddau ohonom fod yn cystadlu am y lle blaenaf. Byddwn i'n rhagori mewn disgrifiadau, ond roedd gan Ifor lawer mwy o syniadau gwreiddiol. Creodd argraff ddofn arnaf ag un sylw a wnaeth, yn neilltuol felly am nad oeddwn wedi clywed am y peth erioed. Ryw ddiwrnod, wrth siarad yn gyffredinol, hawliodd Ifor ei fod yn anarchydd. Gofynnais iddo beth oedd yn feddwl. Atebodd nad oedd yn cydnabod unrhyw rwymau a osodid arno o'r tu allan. Er nad oedd yn hawlio bod yn anffyddiwr, roedd yn ddrwg ganddo nad oedd ei wlad ei hun wedi datblygu crefydd wreiddiol arbennig iddi ei hun, a symbolau crefyddol gwreiddiol. Fe aeth mor bell â haeru mai'r peth gorau i'r byd fyddai llosgi pob llyfr ym mhobman. Dim ond felly, meddai, y bydd gobaith i'r ddynoliaeth greu cyfraith a meddwl sy'n addas i'n hamser ni.

"Byddwn i'n dadlau'n ffyrnig yn ei erbyn, ac yn ceisio amddiffyn y drefn bresennol ar bethau. Byddai gwrthdaro rhyngom yn amal, ond roeddem yn parchu ein gilydd hefyd.

Un diwrnod, fodd bynnag, aeth yn elyniaeth agored rhyngom. Ar y diwrnod hwn eglurodd Ifor i mi ei gynllun diweddaraf: beth am i ni'n dau dynnu lluniau o'n gilydd heb ddillad? Fy marn i oedd bod y syniad yn un aflan a ffïaidd, a gwrthodais yn bendant. Cefais yr argraff iddo gael ei siomi ynof. Bu'n eitha cas wrthyf hyd at ein diwrnod olaf yn yr ysgol. Y noson honno cafodd ein dosbarth ni barti ffarwelio a dawns. Er fy mawr syndod daeth Ifor ataf yn ystod y noson. Ymddiheurodd wrthyf am iddo frifo 'nheimladau. Gwnaeth hyn, medde fe, am ei fod yn hoff ohonof. Buon ni'n dawnsio llawer gyda'n gilydd y noson honno. Buon ni'n cusanu hefyd. A dyna oedd y tro cyntaf imi gusanu dyn o ddifri. Dw i ddim wedi dweud gair am y peth, cyn hyn, wrth un person byw. Mae'n rhyfedd mod i'n teimlo y gallaf fi ddweud popeth wrthyt ti, a bod yn siŵr, yr un pryd, dy fod ti'n deall beth sydd yn fy meddwl."

"A beth ddigwyddodd wedyn?" gofynnodd Arthur, gyda theimlad sydyn o gasineb yn erbyn y bachgen o anarchydd.

"Dim byd. Ddigwyddodd dim o gwbwl wedyn," meddai Doris gyda phwyslais, fel pe bai am ei hamddiffyn ei hun yn erbyn unrhyw gerydd cudd.

"Sut hynny? On'd yw e'n byw o hyd gyda'i rieni?"

Cwestiwn haerllug oedd hwn yn nhyb Doris. Teimlai bron yn ddarostyngedig am nad oedd dim wedi digwydd.

"Dyw e' ddim gyda'i rieni ers amser mawr," meddai hi. "Aeth i fyw at ei ewyrth yn Awstralia. A dyna stori fy nghusan cyntaf."

Tynnodd Arthur Doris ato a'i chusanu sawl gwaith yn frwd.

"Mi roddaf fi wers i ti, mewn cyfrif cusanau. Sawl un gest ti'n awr?"

"Digon! Digon yn awr! Rhag cywilydd i ti. Fe ddaw pobol i mewn i'r stafell yma yn y man."

"Wyt ti'n cofio'r noson y cyfarfuon ni â'n gilydd am y tro cyntaf?" meddai Doris ymhen ysbaid.

"Sut y medra'i anghofio? Dyna noson y ddrama am Helen o Gaer Droea."

"Wyt ti'n cofio'r diwrnod y buom yn cusanu am y tro cyntaf?" gofynnodd Doris.

"Ydw, wrth gwrs. Digwyddodd hynny yn ymyl Ogof y Santes Helen."

"Helen a Helen o hyd," meddai Doris gan ffugio ei bod yn digio. "Mi fyddaf fi'n eiddigeddus o'th Helen di yn fuan iawn."

"Does dim angen i ti fod yn eiddigeddus o neb," meddai Arthur. "Rwyt ti mor dlws â Helen ei hun. Ti yw fy Helen i. Ac o sôn am Helen, mi ddwedaf stori wrthyt am un Helen arall eto."

"A fydd cusan yn y stori yma hefyd?" gofynnodd Doris.

"Bydd, bydd – siŵr o fod. Fe roddaf gusan i mewn yn y stori hyd yn oed os bydd rhaid imi ddyfeisio un.

"Rwy wedi sôn wrthyt o'r blaen, onid wyf, am fy hen gyfaill Phil Rhys a ddangosodd yr ogofâu i mi am y tro cyntaf? Clasurwr oedd e, a diddordeb ganddo yng Ngroeg a Rhufain. Roedd ganddo gar hefyd, a rhai blynyddoedd yn ôl aeth yn ei gar i Roeg am ei wyliau. Gofynnodd i mi fynd gydag ef – yn rhad – er mwyn cael peiriannydd yn agos pe bai rhywbeth yn digwydd i'r car ar ganol y siwrnai.

"Mae golygfeydd natur yng ngwlad Groeg yn debyg i raddau i olygfeydd Cymru, yn enwedig yn y De. Llawer o fynyddoedd llwm, llawer o ddefaid, a'r môr heb fod byth ymhell o unrhyw le. Ond mae eu ffordd o fyw yn fwy cyntefig o dipyn. Un diwrnod wrth agosáu at bentre bach, gwelson ni fugail, a gofyn iddo y ffordd i'r gwesty agosaf. Edrychai'r bugail yma fel cyfuniad o Siôn Corn a Ioan Fedyddiwr. Roedd ganddo farf hir, ac amdano roedd côt o groen dafad a'r rhan wlanog wedi ei throi i mewn. Yn ei law roedd ffon heb fod yn annhebyg i ffon y Bugail Da mewn darluniau ar furiau'r Ysgol

Sul. Dangosodd y ffordd i ni heibio i ryw adfeilion, ac aeth â ni wedyn i'r gwesty. Enw'r gwesty oedd Tŷ Helen o Droea."

"Na, mae hyn yn amhosibl," meddai Doris.

"Ond mae'n wir. Roedd yr adfeilion y cyfeiriais atyn nhw yn perthyn i blasty a safai yno dair mil o flynyddoedd yn ôl. Gallai Helen o Droea fod wedi byw yn y plasty yma, pan oedd hi'n ifanc. A phan ddaeth y cloddwyr i chwilio'r adfeilion, rhoddwyd yr enw pert yma i'r gwesty hefyd. Cawsom ein derbyn yno gan hen wraig a safai wrth y drws. Edrychais arni gyda syndod. Rhoddai hi'r argraff, yn fwy hyd yn oed na'r bugail, ei bod yn ddrychiolaeth o'r hen fyd. O dan ei chesail chwith gwasgodd ffon a gwlân wedi'i glymu o'i chylch. Roedd hi'n ffurfio edau o'r gwlân â'i dwylo, ac o dan ei llaw dde roedd gwerthyd yn troi ac yn troi. Roedd hi'n edrych fel un o'r tair duwies sy'n nyddu edau ffawd.

"Fe fuon ni'n aros am dair noswaith o dan nenfwd Helen o Droea, gan deimlo ein bod wedi cerdded allan o fyd yr ugeinfed ganrif i fyd heb amser. Ac nid Duwies Ffawd oedd yr unig fenyw yn y tŷ. Gyda hi roedd merch ifanc hardd, â gwallt tywyll a llygaid mawrion, tuag un ar bymtheg oed. Fe fyddai hi'n dod i'n hystafell ni â phadell haearn yn llawn o lo yn llosgi. Rhoddodd fy nghyfaill yr enw 'Elene' iddi; a chyn mynd i ffwrdd ces i gusan gan 'Elene.' A phwy ŵyr, efallai imi gael mwy nag un. Dim ond ti, cofia, sy'n cael clywed y stori yma. Ddwedais i ddim gair am y peth wrth Siân, neu wnâi hi byth faddau i mi."

"A ble mae Siân yn awr?" gofynnodd Doris, gyda'i greddf sicr am yr hyn oedd yn bwysig iddi hi yn y stori.

"Mae Siân yn byw ym Mryn Coed. A dyna lle mae nghartre' i, hefyd."

Roedd cyfle'n awr i ddweud rhagor am Siân. Petrusodd am eiliad. Ond ar y foment hon yn union, digwyddodd i berchennog y gwesty ddod i mewn i'r ystafell er mwyn cyhoeddi y byddai swper yn barod iddyn nhw yn yr ystafell fwyta ymhen deng munud.

"Rwy am ddathlu heddiw," meddai Doris wrth Arthur, "ac am wisgo gŵn hir. Wnei di aros imi gael newid? Byddaf yn ôl mewn hanner munud."

Aeth i fyny'r grisiau gan fwmian tiwn o gân ddawnsio a oedd yn ffasiynol yr adeg honno. Tra oedd hi'n gwisgo ac yn lliwio ei gwefusau, cafodd Doris deimlad hyfryd o ymryddhâd. Rhaid mai fel hyn, meddyliodd hi, y bydd gwylan yn teimlo pan gaiff ei chario gan y gwynt am y tro cyntaf yn ei bywyd. Mae Arthur yn aros amdana'i. Rwy'n edrych yn brydferth heddiw. Rwy'n hapus. Rwy'n un a gafodd fraint o flaen can mil.

Wedi dod i lawr, cafodd Doris fwynhâd o drefnu'r swper mor debyg ag y gallai i ddathliad ffurfiol. Mynnodd i Arthur gymryd ei braich a'i harwain at ei sedd. Ar ben y bwrdd safai clwstwr o flodau. Roedd eu dail melyn cyrliog yn disgleirio fel aur yng ngolau'r lamp fach drydan a oedd yng nghanol y bwrdd. Clywid sŵn miwsig oddi wrth radiogram yng nghornel yr ystafell. 'Y swper olaf,' fflachiodd dros feddwl Arthur, a minnau'n bradychu'r ddwy. Hiraethodd am gael aros gyda'r ferch dlos â'i hwynebai. Gwyddai ar yr un pryd na allai byth ei hennill, a chryfhawyd ei ddyhead gan ei ymdeimlad o anobaith.

Roedd Doris erbyn hyn mewn tymer oruchafiaethus. Oherwydd roedd llygaid y dyn a garai yn gorffwyso arni. Deallodd Doris y dyhead yn ei drem, a theimlodd yn ddwfn y boddhad o wybod bod ganddi'r gallu i'w hudo.

Mewn congl arall o'r ystafell eisteddai'r arlunydd, yr unig ymwelydd arall. Roedd hi'n gorfforol anffodus am fod iddi gefn crwca; a'i hagrwch ei hun, efallai, â'i gwnaeth yn fwy synhwyrus i ymateb i'r harddwch o'i chwmpas. Roedd ei hwyneb wedi'i galedu gan y tywydd, ac roedd ei gwallt byr wedi'i fritho. Gwisgai sgert frown a jersi gwyrdd tywyll. Yng ngolau meddal y lamp edrychai'n debyg i hen wrach a oedd newydd ddod o'r goedwig. Bwytâi hi yn gyflym ac yn ddiofal. Aeth i'r bar wedyn a gofyn am lased o seidr.

"Rydych wedi llwyddo i ddal dwy glomen fach bert," meddai hi wrth y perchennog. "Ar eu mis mêl, mae'n debyg?"

"Dim eto. Efallai y daw hynny'r tro nesaf."

"Hwyrach ei bod yn well fel yma. Mae rhyw awyrgylch o densiwn yn yr ystafell fwyta, awgrym bod taranau'n siŵr o ddod rywbryd heddiw. Ond chware teg iddyn nhw, maen nhw'n actio'u rhannau'n dda iawn."

"Wel ar f'enaid," meddai'r perchennog heb ddeall, "wyddwn i ddim mai actorion yw'r ddau yma."

"Actorion ŷn ni i gyd, er na fedrwn ni ddim cael rhannau pwysig i gyd, gwaetha'r modd. O'm rhan i, byddai'n well gen i edrych ar y ddrama."

Hyd yn oed wedi i'r arlunydd adael yr ystafell, parhaodd Arthur a Doris i fod braidd yn dawel. Ac efallai mai hwn yw'r prawf caletaf i ddau wrthynt eu hunain, a allant fod yn dawel gyda'i gilydd heb i'r distawrwydd droi'n faich arnynt. Ar ôl gorffen bwyta, gofynnodd Doris yn sydyn i Arthur,

"Wyddost ti beth hoffwn i wneud? Hoffwn i ddawnsio." Roedd ei llygaid yn pefrio wrth iddi ddweud hyn ac ni allai Arthur wrthod. Gwrandawodd y ddau yn ymwybodol am eiliad ar y miwsig. Record o gân ddawns boblogaidd a oedd ar waith yn awr. Dododd Arthur rai o'r cadeiriau o'r neilltu. Dechreusant symud yn yr un rhythm. Caeodd Doris ei llygaid. Nid oedd am i olwg rad yr ystafell ddod rhyngddi a'i hapusrwydd. Ildiodd ei hun yn llwyr i gymhelliad y gerddoriaeth ac i'r profiad o agosrwydd ei chariad. Daeth y miwsig i ben yn annisgwyl. Deffrôdd Doris o'i breuddwyd. Heb fiwsig roedd yr ystafell yn oer ac yn hyll.

"Gad inni gael yr un record unwaith eto!" pwysodd hi arno.

Ond roedd Arthur wedi newid yn llwyr.

"Na, nid yr un miwsig yr ail waith," meddai'n flinedig. "Gymeri di sigarét? Gad inni eistedd am funud. Bydd cwmwl o fwg mor ddefnyddiol i ni â chwmwl o fiwsig," ychwanegodd mewn rhyw ddireidi di-hwyl. "Mae'n ein rhyddhau ni o drymder y pethau bydol ac yn gwneud inni freuddwydio ein bod fel duwiau heb ddim rhwymau na chyfrifoldeb o gwbwl."

Eisteddodd Doris, a derbyniodd sigarét.

"Oes gen ti dân?" gofynnodd hi.

Cymerodd Arthur fatsien a'i hestyn ati. Ar ôl iddi danio'r sigarét, cymerodd dân ei hun. Wedyn trodd y fatsien â'i phen i lawr a gadael iddi losgi hyd at ei diwedd rhwng ei fysedd, fel nad oedd dim ar ôl ond pigyn du, brau.

"Tric yw hwn," meddai ef, "a ddysgais yn yr hen amser."

Eisteddodd gyferbyn â Doris.

"A oes gen ti rwymau yr wyt am eu hanghofio?" gofynnodd Doris yn ddewr.

"A oes gen i rwymau? Mae 'nhraed a'm dwylo wedi'u rhwymo'n dynn, a does dim modd imi ddianc. Fedra'i ddim rhoi'r bai, chwaith, ar neb arall. Myfi fy hun a roddodd y rhwymau i ddwylo Siân."

"Wyt ti'n caru Siân?" gofynnodd Doris yn dawel.

Roedd y lle cyfyng rhyngddynt wedi ei lanw â gwifrau pigog, fel nad oedd dichon iddi estyn ei llaw drosto a chyffwrdd â'i chariad.

"Rwyt ti'n gofyn a wyf yn caru Siân," meddai Arthur. "Wn i ddim. Y funud yma, pan wyt ti'n eistedd yn agos ataf, mae'n ymddangos yn amhosibl i mi mod i erioed wedi'i charu. Ond mae'n eitha tebyg mod i wedi'i charu hi flynyddoedd yn ôl pan nad oeddwn fawr fwy na phlentyn – yn iau na thi hyd yn oed. A sut y gallaf fi wybod na fydd yr un peth yn digwydd i ti hefyd? Sut y gallaf fi fod yn siŵr y byddi di yn fy ngharu ar ôl ychydig o flynyddoedd?"

"Ond Arthur, mae popeth rhyngon ni yn hollol wahanol, ac fe wyddost yn iawn mai felly y mae. Mwyaf y down ni i nabod ein gilydd, mwyaf i gyd y bydd ein serch yn tyfu. Rŷn ni'n dau wedi'n creu ar gyfer ein gilydd. Mi wn i hynny. Rwy'n teimlo hynny. Does gennym ni ddim hawl i daflu i'r llaid y rhodd y mae Ffawd wedi'i hestyn i ni. Dydy hi ddim yn iawn iti aberthu ein Serch Mawr ni er mwyn rhyw ferch nad yw'n golygu dim o gwbwl i ti erbyn hyn – yn unig am dy fod ti wedi bod yn hoff ohoni flynyddoedd yn ôl. Cofia, doedden ni ddim yn nabod ein gilydd yr amser hwnnw. On'd yw hi'n bosibl iti gyfadde dy fod wedi twyllo dy hunan?"

"Mae'n bosibl cyfadde mod i wedi twyllo fy hunan. Ond mae Siân wedi adeiladu ei bywyd i gyd ar sail y twyll. A mwy na hynny, hi sy wedi rhoi help ariannol i dalu am fy addysg."

"Does dim modd talu arian yn ôl?" gofynnodd Doris yn chwerw. "A oes rhaid iti fod yn gaethwas am weddill dy fywyd oherwydd hynny?"

Methodd Doris ddal rheolaeth bellach arni ei hun. Ceisiodd guddio'r dagrau a lifai dros ei hwyneb. Aeth allan yn gyflym a rhedodd i'w hystafell heb wybod beth i'w wneud. Arhosodd Arthur am ysbaid, ond gan na ddychwelodd Doris ato, aeth ar ei hôl i'w hystafell. Pan gurodd wrth ei drws, roedd Doris wedi meddiannu digon arni ei hun i fedru agor. Aethant i freichiau ei gilydd ac aros ynghlwm felly fel dau yn ofni boddi. Anwesodd Arthur wallt persawrus y ferch a gadwai yn ei freichiau.

"Ti sy'n iawn. Fe gawson ni'n dau ein harfaethu ar gyfer ein gilydd. Pam nad oedd modd inni ddarganfod ein gilydd yn gynt? Doris, wyt ti'n meddwl y gall ein serch ni fynd dros gorff marw ac aros yr un? Fe rof i 'mywyd yn dy ddwylo di. Os mynni di, fe briodwn ni, a gadael y wlad hon a dechrau bywyd newydd mewn byd arall."

"A beth fydd yn digwydd i Siân?"

"Siân? Mae perygl, wrth gwrs, na fydd Siân yn gallu byw ar ôl i mi ei bradychu. Rwy wedi'i hachub hi unwaith yn barod oddi wrthi ei hun; a'r diwrnod hwnnw yr addewais ei phriodi!"

Doluriwyd Doris i'r byw gan y gair 'bradychu.' Roedd y gair yn taflu sarhad arni a rhoddodd deimlad o gywilydd iddi, yn union fel pe bai rhaid iddi fynd i'w phriodas mewn gwisg garpiog. Teimlodd yn nwfn ei henaid fod Arthur yn gwneud cam â hi. Nid oedd yn deg iddo wthio'r cyfrifoldeb i gyd arni hi. Pe buasai hi wedi caru'n llai, buasai'n gallu amddiffyn ei hun yn well. Ond roedd ei serch yn symlach ac yn ddiogelach, efallai hefyd yn fwy, na'i serch ef; a pharodd hyn ei bod yn anodd iawn iddi ymladd dros ei hawliau ei hun. Nid oedd hi'n hollol siŵr ohoni ei hun chwaith. Hwyrach mai Arthur oedd yn iawn, a'i bod hi heb ddigon o brofiad. Hwyrach iddi gamgymryd nwyd oriog am y serch dwfn, parhaol roedd hi wedi dyheu amdano.

Gwthiodd ddwylo Arthur ymaith oddi wrthi â holl nerth ei hewyllys, a symudodd i ffwrdd o'i ymyl.

"Dos at Siân," meddai hi'n dawel. "Gad imi fod wrthyf fy hun."

Tybed a oedd gronyn o obaith ganddi na fyddai Arthur ddim yn ufuddhau? Pan godod ei llygaid, roedd hi wrthi ei hun yn yr ystafell. Roedd Arthur wedi mynd – wedi mynd am byth – y Profiad Mawr wedi mynd am byth. A oedd hyn yn bosibl? A hithau yn anadlu yn barhaus i fyw; yn cerdded ac yn ymolchi; yn gweithio ac yn meddwl er gwaethaf ei cholled. Pam nad oedd modd iddi ddiffodd fel cannwyll, a chael ei chynnau eto ar ôl ysbaid, neu ddiflannu fel tonnau'r môr a dychwelyd eto?

Y noson ddilynol oedd noson anhapusaf ei bywyd. Roedd mur yn tyfu o'i hamgylch a hithau'n methu ei osgoi, fel glöwr sy'n cael ei gau i ffwrdd oddi wrth y byd gan gwymp o gerrig,

Argyfwng

ac sy'n curo yn erbyn y mur a ffurfiodd o'i gwmpas. Ond nid oedd ganddi hi ddim i guro yn ei erbyn. Anweledig oedd y mur o'i chwmpas a fygythiai ei mygu.

Yn ystod y nos credai Doris ei bod yn clywed sŵn rhywun yn curo'n dawel wrth ei drws. Ond nis agorodd.

PENNOD VII

PRIODI

"MAE'N eitha posib i ferch fwynhau bywyd heb garu."

"Ydy mae, siŵr o fod."

"Nag ydy, dyw hyn ddim yn wir."

"Ydy, mae hi'n wir. Dydy calonnau toredig ddim yn ffasiynol bellach. Maen nhw'n perthyn i'r cyfnod pryd oedd ein mam, neu hwyrach pryd oedd ein mam-gu yn ifanc: yn gymwys i ferched sydd yn aros gartref i helpu yn y tŷ ac yn disgwyl am 'fatsh' da, a llawer iawn o amser ganddyn nhw i wneud brodwaith ar gyfer y 'drôr gwaelod' ac i freuddwydio ac i obeithio ac i fynd yn sâl ac i anobeithio."

"Ond heddiw ... heddiw mae merched fel Doris yn brysur yn eistedd yn y swyddfa wrth y teipiadur, neu ynte maen nhw'n cloddio'u ffordd trwy bentwr o lyfrau wrth baratoi gwersi ar gyfer plant ysgol, neu hwyrach maen nhw'n edrych ar ôl cleifion mewn ysbyty."

"Na! Fydd merched byth yn gallu byw heb garu. Gofyn i ferch fach bum mlwydd oed pwy mae hi'n hoffi'n well, anti neu wncwl ... gofyn i ferch ddeng mlwydd oed, gyda phwy y byddai'n well ganddi chwarae, gyda'i chnither neu gyda'i chefnder ... Gofyn i hen ferch sydd wedi cyrraedd oed yr addewid sut mae ei chariad."

"Gosod caru o'r neilltu am sbel byr, dyna'r peth mwyaf y mae merched ifainc fel Doris neu unrhyw ferch yn gallu'i wneud."

* * *

Ond chwarae teg, roedd Doris yn brysur. Roedd hi'n brysur dros ben, yn dysgu bod yn nyrs.

Hanner awr wedi saith: mesur gwres y cleifion a'u golchi nhw.

Hanner awr wedi wyth: gweddïo ac wedyn rhoi moddion.

Hanner awr wedi naw: cywiro gwelyau a rhoi padell wely i gael popeth yn daclus erbyn hanner awr wedi deg pryd daw doctor a sister i wneud y rownd.

Hanner awr wedi un ar ddeg: paratoi'r cleifion ar gyfer cinio.

Hanner awr wedi deuddeg: glanhau'r ward wedi'r cinio.

Hanner awr wedi un: siecio'r moddion.

Hanner awr wedi dau: tacluso'r gwelyau ar gyfer yr ymwelwyr. Ac ymlaen ac ymlaen: pob awr yn dod â'i dyletswydd arbennig ac ar bob awr ac ymhob man llygaid y nyrs yn ei dillad streip, neu lygaid y sister yn ei dillad glas neu lygaid – croeswch eich bysedd – Matron ei hun.

Mae hi dipyn bach yn dawelach os byddwch chi'n gofalu am y cleifion yn y nos, o hanner wedi wyth yn y nos hyd wyth o'r gloch yn y bore; ac er mai annaturiol rywsut yw cymryd y nos fel eich dydd a'r dydd fel eich nos, mae yma ryw gymaint o gysur os gallwch fynd adref wedyn erbyn naw at eich mam sy'n cadw te a thost yn barod i chi a'r papur newydd a thân cartrefol a gwely twym.

Na, o dan drefn o'r fath doedd dim munud dros ben i goleddu ysbryd isel fel rhyw fath o Juliette.

Dyna sut oedd Doris yn teimlo, beth bynnag, hyd un diwrnod arbennig, ar ôl gweithio trwy'r nos, pan dderbyniwyd hi gan ei mam gyda llythyr wrth ochr ei chwpaned o de twym.

"Dyma lythyr i ti, Doris. Mae'n edrych fel petasai wedi dod oddi wrth fachgen – cariad newydd, sbo? Dw i ddim yn nabod y sgrifen."

"Diolch yn fawr, mam fach." Cydiodd Doris yn y llythyr a'i agor yn ddiofal â'r gyllell oedd wrth ymyl ei phlât. Yn gysglyd dechreuodd ei ddarllen:

Doris fach,

Maddau i mi am dorri unwaith eto, am y tro olaf, ar draws dy heddwch. Ond credaf y byddai'n well gennyt gael y newyddion oddi wrthyf fi. Heddiw bydd Siân a minnau yn priodi. Hwyrach y bydd yn help i ti wybod nad oes dim ffordd yn ôl bellach. Does dim byd arall y gallaf ddweud wrthyt ond: maddau i mi.

Gobeithio y cei di hyd i gydymaith gwell ar dy ffordd trwy dy fywyd. Dymunaf i ti bob hapusrwydd – cymaint ag yr wyt ti yn ei haeddu.

Arthur.

Am eiliad pallodd ei chalon, a'r gwaed yn gadael ei phen yn wag a hithau bron yn llewygu; ond dim ond am eiliad; dim byd arall. Dim tristwch, dim siomedigaeth, dim byd. Felly y mae hi'n gallu digwydd fod bwled yn torri llaw rhywun i ffwrdd ac efe'n teimlo dim byd – i ddechrau.

* * *

Roedd hi'n nosi yn yr ysbyty. Cawsai'r tabledi cysgu eu dosbarthu fesul un, a'r pedyll gwely eu harllwys, a'r dillad gwely eu trefnu'n llyfn. Ni threiddiai ond rhuban o oleuni drwy ddrysau cil-agored y neuaddau. Popeth yn daclus ac yn dawel fel petai "Ysgol Gysgu" yn disgwyl am ei harolygydd. Mewn un ystafell wely'n unig roedd y golau ymlaen o hyd. Yno gosodwyd sgrin o gwmpas gwely mam ifanc a oedd yn marw. Wrth droed y gwely safai ei gŵr gan blygu ei ben a disgwyl ei chyfarchion olaf. Galwasai'r wraig ifanc amdano yng ngwres ei thwymyn ond nid oedd hi'n ei adnabod yn awr; a diystyr oedd y geiriau roedd hi'n eu mwmial o bryd i'w gilydd. Cysgai ei baban gyda babanod eraill, yn dawel, drwy noson gyntaf ei fywyd.

Safai Doris wrth ymyl y gwely, yn barod i gau ei llygaid ar ôl iddi farw, i gofnodi'r amser pan ddigwyddai hyn, ac i alw'r meddyg: yn fyr, i wneud popeth a hawliai'r gofynion swyddogol. Daeth nyrs arall i mewn i'r ystafell i gymryd ei lle dros dro. Troes fawd ei llaw dde i lawr gan edrych ar Doris yn ymholgar. Nodiodd Doris ei phen yn gadarnhaol ac aeth allan ac i gyfeiriad ystafell fechan lle byddai'r nyrsys yn paratoi te yn y nos er mwyn cadw'n effro.

"A welsoch chi'r doctor ifanc, Doris?" gofynnodd nyrs a oedd newydd ddechrau yn yr ysbyty. "Mae'n un annwyl on'd yw e? Mae llygaid hyfryd ganddo. A sylwoch chi arnyn nhw? Lliw brown tywyll – tywyll iawn."

"Ydyn nhw wir?" gofynnodd Doris yn fyr ac yn sychlyd. Roedd yn flin ganddi weld edmygedd naïf y nyrs newydd. Byddai'n well ganddi hi siarad am y fam ifanc a oedd ar fin marw, ond rhoes clebran arwynebol y llall daw arni.

"Ond Doris, beth sy'n bod arnoch chi heno?" Arllwysodd gwpaned o de i Doris a'i hestyn iddi.

"Diolch yn fawr, Ann."

"Dwedwch, yn onest, beth sy'n bod arnoch chi? Ydych chi mewn cariad? Rhywun wedi torri'ch calon?"

"O gadewch lonydd i mi, Ann. Mae gen i bethau i feddwl amdanyn nhw heblaw cariadon."

"Peidiwch â siarad fel'na. Ellwch chi ddim fy nhwyllo i; dewch ymlaen, fe ddarllenaf eich dyfodol o'r dail te yma. Estynnwch eich cwpan i mi."

"Dwyf i ddim yn credu yn y fath lol hanner crac."

Ond er ei gwaethaf teimlodd Doris ryw gymaint o chwilfrydedd yn codi ynddi. Efallai mai yr awr – ganol nos – ac agosrwydd marwolaeth a oedd yn peri bod greddfau yn deffroi ynddi y byddai yn eu dirmygu yng ngolau dydd. Beth bynnag, estynnodd ei chwpan hanner llawn i'w chyfeilles.

Trodd Ann y cwpan mewn cylch yn gyflym, a thywalltodd

y te allan. Syllodd wedyn yn fyfyrgar ar weddillion y dail a lynai y tu mewn i'r cwpan.

"Rwy'n gallu gweld trên hir," datganodd yn y diwedd. "Mae hyn yn golygu taith, neu fod ymwelydd i ddod i'ch gweld. O, rwy'n gallu sylwi ar garn o arian hefyd. A nawr mae rhywbeth diddorol yn dod i'r golwg. Mae rhyw ffurf yma sy'n debyg iawn i fodrwy, gallwn i feddwl. Bydd engagement yn digwydd cyn i flwyddyn ddod i ben."

"Twt lol, hen gybol wirion yw hyn i gyd. Dyma fy nehongliad i: arian? Hynny yw, bydd dyledion arnaf; modrwy?"... petrusodd am eiliad. Pam yr oedd yn rhaid iddi gofio am Arthur y funud hon?

"Ydych chi'n siŵr mai modrwy yw hi, Ann?"

"Mor siŵr â mod i'n eistedd yma. Peidiwch â mynd i ffwrdd eto, – fe gawn wybod yn union pa fis y bydd yr engagement. Cymerwch ddeilen o'r te ar fys cyntaf eich llaw dde fel hyn! Da iawn. A nawr rhaid i chi daro'r bys i ganol eich llaw chwith tra bydda' i'n cyfrif: un, Ionawr; dau, Chwefror; tri, Mawrth; pedwar, Ebrill; pump, Mai. Dyna fe, mae'r ddeilen wedi sticio yn eich llaw. Ym mis Mai y bydd y diwrnod pwysig. Gwell i chi roi'ch llaw i mi'n awr, er mwyn inni ddarllen y llinellau."

Estynnodd Doris ei llaw chwith fel pe syrthiasai i gwsg hypnotig. Amlygodd Ann ddiddordeb arbennig wrth edrych ar y llaw.

"Dyna, mae dwy linell dew yn rhedeg drwy'r canol, heb groesi ei gilydd. Bydd dau ddyn yn bwysig yn eich bywyd. Mae'r llinell fywyd yn gryf gyda chi. Nawrte, gadewch i mi droi'ch bawd yn ôl. Wel wir, mae'n troi yn eitha pell. Mae'ch bysedd yn awgrymu cymeriad terfysglyd. Ŷch chi am wybod faint o blant fydd gennych? Sylwch ar y llinellau tenau o dan fys bach eich llaw dde! Mae digon o'r rhain i gael yma: un, dwy, tair ..."

"Diolch yn fawr, dyna ddigon i mi!"

Tynnodd Doris ei llaw yn ôl yn benderfynol. Roedd yn edifar ganddi am wneud pethau gwirion o'r fath. Teimlai'n gas hefyd tuag at Ann am iddi ei thynnu i lawr i lefel isel ei meddwl hi.

"Rwy'n mynd unwaith eto at y fam," meddai hi, "efallai y bydd angen fy help yno."

Na, nid oedd yn hoff o glywed am bobl yn priodi. Nid oedd hi'n hoffi derbyn llythyr oddi wrth bobl oedd ar fin priodi chwaith. Tybed beth a fyddai wedi digwydd pe buasai hi wedi dangos ei pharodrwydd i fynd "dros gorff marw" er mwyn y dyn a'i carai, fel y gallai fod yn etholedig o flaen can mil? Yn sydyn trodd yn chwithig ar ei migwrn. Ceisiodd ymgadw'n union, ond wrth wneud hyn, syrthiodd. Pan wnaeth ymgais i godi teimlodd boen treiddiol yn ei throed chwith. Gallasai sgrechian yn uchel, ond rheolodd ei theimlad er mwyn peidio â dihuno'r cleifion a rhag ofn aflonyddu ar yr un a oedd yn marw.

Ymhen rhyw bum munud daeth Ann ar ei thraws yn eistedd ar y llawr ac yn magu ei throed chwyddedig.

"Nyrs Davies, Doris, beth ŷch chi'n wneud fan 'na?"

"Wn i ddim. Wedi troi ar fy nhroed. Dim byd difrifol, gobeithio."

Ocheneidiodd: "Byddwch yn ferch dda a rhoi eich llaw i mi, i godi. Mae'r poen yn uffernol."

"A yw'r asgwrn wedi torri? Mae hyn yn gallu bod yn beryglus iawn. Hwyrach y byddwch chi'n gloff drwy eich bywyd."

Cydiodd Ann ym mraich Doris a'i harwain yn ôl i'r stafell fach.

"Gwell i chi mofyn Sister Smith, i edrych arno, Ann."

"Ond mae Sister Smith yn cael ei hanner awr o gwsg!"

"Ewch nawr a deffrowch y sarff, da chi. Rhaid gwneud rhywbeth. Mae'n chwyddo ..."

Daeth Sister Smith, newydd ddeffro o'i chwsg gwerthfawr. Gwisgodd ei chap yn gam ar ei phen ac roedd ei hwyneb mor goch ag wyneb baban newydd-anedig.

"Nawrte, Nyrs Davies, beth ŷch chi wedi'i wneud?"

"Wedi torri asgwrn fy nhroed, rwy'n ofni, Sister Smith. Mae wedi chwyddo ac yn poeni."

"Dangoswch i mi!"

Cyffyrddodd y droed â llaw brofiadol. Rhoddodd Doris sgrech fach.

"Peidiwch babanu, Nyrs Davies. Does dim byd wedi torri. Gwnaf rwymyn a gobeithio y byddwch yn gallu gorffen eich gwaith trwy'r nos. Ewch i gael X-ray yfory," ac heb edrych ar Ann: "Dŵr oer a rhwymyn yn gyflym!"

Wedi i Ann fynd ar ôl y pethau y gofynnwyd amdanynt gwnaeth Sister Smith rwymyn â'i medr profiadol. Wedyn mewn llais mwy caredig dywedodd wrth Doris:

"Peidiwch â cherdded heno fwy na'r hyn sy'n hollol angenrheidiol, Nyrs Davies!"

Na, nid oedd Sister Smith yn hoff o wybod bod un o'r nyrsys wedi cael anap. Edrychai ar unrhyw anhwylder a gâi un ohonynt fel sarhad personol arni hi. Felly fe aeth Doris ymlaen â'i gwaith gan obeithio am y bore, yn ddewr nid yn gymaint o ffyddlondeb i'w dyletswydd ond oherwydd ei bod yn ofni'r awdurdodau, ac yn erbyn ei hewyllys ei hun.

Beth bynnag, gwaethygodd y droed a gorfodwyd Doris i aros yn y gwely am fis. Roedd rhaid i'r nyrs gael ei nyrsio. Ond nid yw hyd yn oed salwch yn ddrwg i gyd os bydd gennych fam sy'n edrych ar eich ôl. Rhyfedd sut mae mamau'n gallu nyrsio heb ddysgu. Efallai nad yw mam ddim yn medru gwneud rhwymyn cystal â nyrs broffesedig, ond y mae ganddi un fantais fawr. Mae ganddi amser, ac amser nid yn unig ar gyfer eich corff ond ar gyfer eich calon hefyd.

Byddai mam Doris yn dechrau gyda chwestiwn diniwed fel: "Atebaist ti'r llythyr oddi wrth y bachgen 'na? Wyt ti'n cofio? Fe af i nôl papur a sgrifbin i ti."

A chyn gwybod sut, dywedodd Doris bopeth a oedd yn pwyso ar ei meddwl.

"Does dim eisiau sgrifennu llythyr ato."

"Wel, hwyrach y gwnaiff cerdyn y tro."

"Dyw hi ddim yn werth i mi sgrifennu cerdyn chwaith."

"Wel pam te, beth sy'n bod?"

"Dw i ddim yn gwybod ei gyfeiriad newydd. Mae wedi priodi."

Gwthiodd Doris ei hansier i fewn i'w cheg i atal ei dagrau.

"Mae fy nghoes wedi dechrau poeni eto, mam. A wnewch chi edrych ar y rhwymyn ?"

Y diwrnod nesaf:

"Wyt ti'n teimlo'n well, Doris?"

"Ydw, Mam, lawer yn well."

"Neu efallai y byddai'n well gennyt gael y doctor? Buost ti mewn dagrau ddoe gan y poen."

"Dim o gwbwl, mae'r poenau bron wedi mynd. Ond eisteddwch am funud fach, mam. Dywedwch. Ydych chi'n cofio'r dyn a oedd yn eich cyfarch o flaen y tŷ? Dyna'r bachgen a sgrifennodd ataf."

"Yr un sy newydd briodi?"

"Ie, ond doedd e ddim wedi priodi eto yr amser yna."

"Nawrte, Doris fach, beth yw'r stori?"

"Wel dim llawer o stori, Mam. Roedd e ... rwyf i ... wedi bod yn hoff ohono. Ond roedd yna ferch arall a oedd yn ei garu cyn i fi ddod i'w nabod. Ac roedd e wedi addo priodi ... a dyna'r cyfan."

Llwyddodd Doris i lyncu ei dagrau y tro hwn.

"Ond pam na ddwedaist ti ddim am y pethau yma o'r blaen? Gallai Dada fod wedi siarad ag ef. Ac wedi'r cyfan os oedd e'n dy garu di ... Rwy'n gwybod pa fath o ferch sy wedi'i briodi. Merch ddrwg sy wedi cael rhyw afael arno."

Pendronodd Doris gryn dipyn uwch yr hyn a ddywedodd ei mam am y ferch arall. Roedd hi wedi bod yn meddwl iddi weithredu'n foesol ac yn dda wrth aberthu ei hapusrwydd ei hun er mwyn y ferch arall. Ond ni chafodd y cadarnhad hwn o gwbl oddi wrth ei theulu. Er ei mawr syndod roedd nid yn unig ei mam ond hefyd ei thad yn ymosod ar y fenyw ddieithr a gymerodd Arthur oddi wrth eu merch hwy, gan ei galw'n hunanol ac yn un a oedd yn "cwrso dynion". I'w mam, beth bynnag, nid oedd y mater yn fater o dda a drwg o gwbl; yr unig beth o bwys iddi oedd balchder y teulu: nid iawn oedd i'w merch hwy gael ei gwrthod er mwyn unrhyw un arall.

Mewn rhyw ffordd fe ddaeth y clefyd corfforol yn help i Doris dynnu ei meddwl oddi wrth ei chalon glwyfedig. Ac fe ddaeth newid trosti. Canys pan ddychwelodd hi at ei gwaith – wedi tua mis o salwch – roedd hi yn ôl pob golwg yn barod i fwynhau bywyd, i fynd i ddawnsfeydd ac i gyfarfod â dynion ifainc.

Tuag amser Nadolig, bob blwyddyn, fe gynhaliwyd dawns arbennig ar gyfer nyrsys mewn Neuadd Gyhoeddus: gyda choeden Nadolig ac addurniadau; gyda band a ffrogiau sidan isel; gydag anrhegion a rhubanau papur a chraceri; gyda swper twrci, digon o dwrci; a gwin, gormod o win. Ac wrth gwrs, dynion ifainc, llawer o ddynion ifainc yn frodyr ac yn gefndyr i'r nyrsys; ac yn ffrindiau i'r brodyr ac i'r cefndyr. Roedd pob un ohonynt yn edrych ymlaen at gael amser da gyda llu o ferched ifainc iachus; a'r merched ifainc a dreuliasai gymaint o'u hamser ynghanol dioddefaint a marwolaeth, i gyd yn sychedig am fywyd.

Yno y digwyddodd i John Richards gyfarfod â Doris am y tro cyntaf. Gwelodd hi'n eistedd wrthi ei hun tra oedd pawb arall yn dawnsio. Aeth ati a gofyn iddi am ganiatâd i fod yn gwmni iddi.

"Merch mor smart â chithau yn eistedd wrth ei hunan. Sut mae hyn yn gallu digwydd?"

"O, dim ond achos fy nhroed. Cefais ddamwain rai wythnosau yn ôl, ac yn awr mae'n dechrau poeni eto."

"Wel dyna lwc i fi! Achos rwy'n ddawnsiwr gwael ofnadwy. Fuasech chi ddim yn credu wrth edrych arnaf. Onid e? Bachgen ifanc cryf fel finnau! Nawrte, dwedwch y gwir, beth ŷch chi'n feddwl amdanaf: bron chwe troedfedd o faint, gwallt du, yn hoffi sbort. O, peidiwch ag edrych ar fy nhrwyn! Nid yr hollalluog sydd i'w feio am ei siâp. Fe gnociodd cyfaill bêl griced yn ei erbyn a fe arhosodd yn gam byth wedyn.

"Nawrte, beth allaf mofyn i chi: sgotsh, cwrw, sieri, lemonêd, jin? Ond byddwch yn siŵr o gadw'r sêt i mi, wnewch chi?"

Wedi ysbaid byr daeth yn ôl gyda dau lased o stowt a phlatiad o frechdanau. Bachgen annwyl, syml, siriol, llawn o edmygedd o Doris a digon bodlon arno ef ei hun hefyd. Roedd yn gwmni hawddgar i Doris. Nid oedd eisiau dim byd ond gwrando arno, dim angen iddi wneud unrhyw ymdrech ei hun.

"Nawrte, dwedwch, tybed a glywsoch chi'r stori hon o'r blaen: Fe aeth menyw i siop bapur; eisiau prynu anrheg i'r mab; diwcs, roedd hi'n anodd ei boddhau! Bocs paent madam? – Na dim diolch. Does dim diddordeb ganddo fe. Neu bêl droed, efallai? – Na, mae'n rhy ddrud. Wel beth am brynu llyfr? – O na, mae ganddo lyfr yn barod! Ha, ha. Neu'r stori am Jona a'r morfil? ..."

Syrthiodd John mewn cariad â Doris. Sut y digwyddodd hyn? Pwy sy'n gallu dweud sut a pham? Ni ddangosodd Doris lawer o ddiddordeb ynddo yn y dechrau. Ond ni wnaeth ei hagwedd oeraidd hi ond ei gryfhau yn ei ymdrechion. Yn ôl ei feddwl ef nid oedd ond un anhawster ar ffordd eu huniad:

hyn oedd y ffaith ei fod ef yn Gatholigwr tra oedd Doris a'i theulu yn Anghydffurfwyr. Ond i Doris roedd rhywbeth atyniadol iawn yn ei Gatholigiaeth. Tra gorfodid hi i aros yn y gwely, meddiannwyd ei meddwl gan broblemau crefyddol. Roedd hi'n feirniadol o grefydd ei theulu gan iddynt osgoi rhoi cyfeiriad moesol uniongyrchol. Roeddent, wrth gwrs, yn mynychu'r Capel. Ond pan ddeuent adref o'r gwasanaeth byddent yn siarad am nifer y bobl a oedd yn bresennol, am eu dillad, am arddull y pregethwr, am ei hwyl a'i storïau, am bopeth ond y neges a fynegai'r bregeth iddynt. Ac fel canlyniad roedd Doris yn rhyfeddol o hapus am nad oedd John yn anghofio'i ddyletswyddau crefyddol er gwaethaf ei serch tuag ati. Rhoddodd hyn ryw sicrwydd iddi ei bod yn gallu dibynnu arno.

Ac roedd yn ddyn y gallai merch fod yn falch o gael ei gweld gydag ef. Deallodd Doris hyn o'r ffordd yr oedd rhai o'r nyrsys yn cenfigennu wrthi. Mewn tymer hwyliog un diwrnod, gofynnodd hi i John a gâi hi ddangos Ogof y Santes Helen iddo, fel lle a fyddai o arwyddocâd crefyddol iddo. Cytunodd John ar unwaith, ond gwnaeth un amod: nid oedd am gerdded yn hir iawn. Canys gwaith yw pob cerdded ac roedd eisiau mwynhau hefyd. Ar y ffordd soniodd wrth Doris am ei fam. Un hynod grefyddol oedd hi, meddai. Fe'i gorfodid ef ganddi i fynd yn rheolaidd i'r gyffes. Pan oedd yn fachgen, byddai ei fam yn cuddio darluniau o saint yng nghefn ei feic er mwyn diogelu ei fywyd. Tra oedd yn siarad, cydiodd John ym mraich Doris, a chadwodd ei afael yn dynn ynddi. Aeth ymlaen wedyn i adrodd rhes hir o hanesion bychain.

Ond nid oedd Doris yn gwrando'n astud iawn ar ei hanesion. Gyda phob cam a'u dygai yn nes at yr ogof cyffrowyd ei meddwl yn fwy o hyd. Credai ei bod yn cydio yn llaw Arthur, ond gwelai wedyn mai llaw John ydoedd. Daeth sicrwydd anhygoel drosti am eiliad ei bod yn amhosibl ail-fyw unrhyw brofiad, dim ond unwaith roedd popeth yn digwydd, ac nid arhosai dim yr un fath ag y bu; ni ellid dysgu dim o'r hyn a ddigwyddodd ddoe ond yr hyn a weddai i ddoe, ac nid yr hyn a weddai i heddiw. Hyd yn oed pe bai modd cael rhyw gymaint o wers ar gyfer heddiw o'r profiad a gawsom ddoe, yr ydym ni ein hunain wedi newid heddiw oherwydd ein profiad ddoe. Nid oedd dillad y baban yn gymwys i'r plentyn ysgol, ac nid oedd tegan y plentyn ysgol yn addas i'r ferch ugain oed. Tybed ai yr un mewn gwirionedd oedd y tair ohonynt?

"A dyna ddiwedd helynt y llygoden," meddai John. "Ha-ha! Pam dwyt ti ddim yn chwerthin? Mae pawb arall yn meddwl ei bod yn hen dro difyr iawn."

"Ydy wir, mae'n gomig iawn," meddai Doris, heb weld o gwbl beth oedd yn haeddu chwerthin yn ei gylch.

Cyraeddasant ymyl yr ucheldir uwchben y môr a'r llethr serth a oedd yn arwain i lawr. Unwaith eto roedd y ffurfafen bron yn ddigwmwl, a'r môr yn las tywyll. Ymsuddodd aderyn o flaen eu llygaid yn union i mewn i'r tonnau a oedd yn agosáu gyda'r llanw. Diflannodd am ysbaid ac ymddangosodd eto mewn man heb fod ymhell i ffwrdd. Gwnaeth yr un peth drachefn a thrachefn. A disgleiriodd yr eithin gyda gwawl mor euraid ag erioed.

"Onid yw'n rhyfedd?" meddai Doris mewn syndod.

Roedd yn hwyr yn yr haf pan oeddwn i yma'r tro diwethaf, ond roedd yr eithin yn blodeuo'r un fath."

"Wyddost ti ddim fod eithin yn blodeuo drwy'r flwyddyn? Neu efallai fod mwy nag un math o eithin. Glywaist ti erioed y stori am y carwr anffyddlon? Doedd e ddim yn fodlon i briodi, a phan erfyniodd ei gariad arno'n daerach, o'r diwedd fe addawodd. 'Fe briodaf fi di,' meddai, 'pan fydd yr eithin heb flodau.' Ac felly doedd dim rhaid iddo ei phriodi o gwbwl."

"Dyna stori fach ramantus!" meddai Doris yn ganmolus.

"Rŷn ni wedi cerdded digon erbyn hyn," meddai John. "Gad inni eistedd yma i gael hoe fach."

"Fynni di ddim dod i lawr yn gyntaf i weld yr Ogof?"

"I lawr ym mhle? I lawr yma? Mae'r llwybyr yma'n mynd yn union i'r môr! Wnaf fi ddim dringo i lawr ar le mor serth â hwn – dim taswn i'n cael cynnig canpunt am wneud. A meddwl wedyn am dy droed, Doris. Dwyt ti ddim mewn cyflwr i fynd i lawr."

"Ond dyna'n union sy'n hyfryd am y llwybyr yma," meddai Doris. "Ychydig iawn sy'n gallu gweld bod yma lwybr yn mynd i Ogof. A llai fyth sy'n gwybod. I mi mae rhywbeth atyniadol iawn yn y syniad bod rhywun yn mynd i ryw gymaint o berygl. Fedri di ddim dychmygu mor ogoneddus yw'r olygfa i lawr! Dim ond môr a chreigiau, a phopeth o gwmpas fel pe bai'n perthyn i fyd arall. Mae rhywun yn cael y syniad yno nad yw mil o flynyddoedd yn golygu dim. Mae rhywun yn teimlo yno fel y teimlodd Duw pan ymddangosodd y sychtir am y tro cyntaf."

Gwnaeth Doris ymdrech arbennig i ddisgrifio gwyrthiau'r dyfnder mewn geiriau addas. Ond chwerthin a wnaeth John yn ysgafn ac yn hunanfodlon.

"Na, dim diolch! Does dim diddordeb o gwbwl gen i mewn mil o flynyddoedd, mwy neu lai. Dim ond unwaith y cawn ni fyw. Gad inni fwynhau bywyd fel y mae heddiw; af fi ddim i berygl heb angen. Yn wir i ti, mae'n ddigon tlws a chysurus i mi i fyny yma yn yr haul, yn y glaswellt – a chyda thi."

"O John!"

"O Doris!"

Daliai John i chwerthin, a thynnodd Doris i lawr i orwedd gydag ef.

"Elli di ddim dianc byth mwy oddi wrthyf!" meddai. Ymdrechodd Doris yn erbyn ei freichiau cryf mewn ias ac ofn, ond fe'i cusanai yn eiddgar er gwaethaf ei gwrthwynebiad.

Yn y diwedd roedd yn rhaid i Doris hithau wenu. Wedyn buont yn eistedd gyda'i gilydd. Dododd John flodau yng ngwallt Doris, a gwnaeth Doris ymdrech chwareus i'w gadw i ffwrdd â changen o'r eithin pigog.

Yn sydyn daeth i wyneb John olwg difrifol. Syllodd yn unionsyth i lygaid Doris, a pharodd iddi ostwng ei hamrannau.

"Fe hoffwn i ofyn un cwestiwn i ti," meddai John mewn llais ansicr a chras.

"Beth ydyw?"

"Wyt ti erioed wedi cusanu dyn arall?"

Nid atebodd Doris ar unwaith, ac ychwanegodd John, fel pe ofnai gael ateb anfoddhaol:

"Wrth gwrs, nid cusanu mewn chwarae rwy'n feddwl, ond cusanu'n iawn."

Cymerodd Doris yn ei freichiau, a gwasgodd ei wefusau ar ei gwefusau hi. 'Fel mewn ffilm', meddyliodd Doris. Ni feiddiodd siomi ei charwr brwd, a thorri ar draws ei dymer hapus a phroblemau'r 'os' neu'r 'oni bai.' Atebodd fel y disgwylid ganddi.

"Naddo. Ti yw'r dyn cyntaf i'm cusanu fel yna."

"A'r unig un a gaiff dy gusanu hefyd?"

"Ie, yr unig un a gaiff fy nghusanu," adroddodd Doris yn ufudd. "Ond ble y dysgaist ti sut i gusanu mor dda?"

"O ... wel ... mae'n wahanol gyda bechgyn ... a beth bynnag ... doedd y merched yn golygu dim byd i mi. Ti yw'r unig ferch rwy erioed wedi ei charu. A thi yw'r unig un y byddaf yn ei charu byth."

Synnodd Doris pa mor rhwydd oedd caru fel hyn. Dim ond iddi ddefnyddio'r geiriau parod, cyffredin a mynegi'r teimladau parod, cyffredin, a pheidio a meddwl gormod, – digwyddai popeth yn foddhaol.

* * *

Er gwaethaf rhyw gymaint o wrthwynebu gan rieni'r ddau, dathlwyd eu dyweddïad ym mis Mai. Cytunwyd i raddau hyd yn oed ar fater dyrys eu crefydd. Dywedwyd bod y ddau, wedi'r cyfan yn credu yn yr un Duw a'r un Gwaredwr.

Yn hwyr ar noson y dathlu y cafodd Gwenda ei chyfle cyntaf i siarad â'i chwaer ar ei phen ei hun. Edmygodd y fodrwy a befriai ar law chwith ei chwaer, a gwnaeth ymgais i roi ei breichiau am ei gwddf. Ond rhwystrodd Doris hi, yn garedig ond yn bendant, rhag rhoi cusan iddi.

"Wn i ddim sut mae'r peth wedi digwydd," cwynodd Gwenda, "ond rwyt ti wedi mynd yn ddieithr iawn i mi er pan ddechreuaist ti ganlyn John. Rŷn ni'n methu'n lân ag ymddiried yn ein gilydd fel y bydden ni yn yr hen amser."

"Dychmygu pethau rwyt ti, Gwenda fach. Wrth gwrs, mae llai o amser gen i'n awr, ond dyw hyn ddim yn rhwystr inni aros yn ffrindiau."

Eisteddodd Doris yn ymyl ei chwaer wrth y ffenestr yn eu hystafell wely. Edrychodd ar y môr tywyll yn y pellter ac ar y goleuadau lliwiog a ymddangosai gerllaw'r dociau.

"Dwed i mi, Doris, a gefaist ti'r Profiad Mawr y soniaist ti amdano o'r blaen?"

Ni chafodd ateb.

"Dwed, Doris, wyt ti'n berffaith hapus nawr?"

"Fe fyddwn ni'n berffaith hapus pan fyddwn ni'n briod a phlant gennym ni," meddai Doris. Ac ar ôl dweud hyn, synnodd ei hun pam y dywedodd hi beth o'r fath, a pham na feiddiai hi feddwl am fywyd priodasol gyda John heb blant.

Ychydig o amser wedi hynny cafodd John swydd fel deintydd cynorthwyol. Pasiodd Doris yr arholiad olaf yn ei chwrs fel nyrs, ac ymhen blwyddyn ar ôl hynny unwyd hwy mewn priodas yn yr Eglwys Gatholig. Roedd popeth wrth fodd Doris. Addurnwyd yr Eglwys â dail ifainc a blodau, a safai canhwyllau cyneuedig o flaen llun Mam Duw. Canodd côr â lleisiau persain. Cytunai pawb fod Doris yn edrych yn dlws dros ben yn ei gwisg o sidan gwyn a'i llen o sider ysgafn. Cytunodd pawb fod ei gŵr a hi yn batrwm o bâr golygus. Daeth cwmwl o sancteiddrwydd gydag aroglau'r thus, a phan gyffyrddodd dwylo'r hen offeiriad â'u pennau, roedd Doris yn wyn ei byd. Teimlodd am unwaith yn ei bywyd fod ei phrofiad yn sylweddoli yr hyn a obeithiai. Cafodd ei sancteiddio ar gyfer ei gwaith yn y byd.

PENNOD VIII

BRWYDR

AR ddymuniad arbennig John y treuliwyd y mis mêl yn Llundain. Pan ddaethant yn ôl adref roedd tŷ yn disgwyl amdanynt wedi ei rentio a'i ddodrefnu ar eu cyfer gan rieni Doris.

"On'd ydyn nhw'n lwcus i gael popeth yn barod iddyn nhw!"

"Eitha gwir. Roeddwn i'n gorfod dechrau mewn 'Furnished Rooms' a gwraig y tŷ yn anfodlon iawn i ni gael baban!"

"A minnau'n dechrau o dan yr un to â'm teulu yng-nghyfraith. A dim lle i eistedd wrthon ni'n hunain ond yn yr ystafell wely."

"Maen nhw'n reit lwcus, dim byd i ofidio amdano."

Felly oedd barn y cymdogion.

Doris yn ei thŷ ei hun gyda'i gŵr ei hun: yn cysgu gydag ef, yn paratoi bwyd iddo, yn golchi ei ddillad, yn glanhau'r ystafelloedd iddo; yn mynd gydag ef ar ddydd Sadwrn i gêm Rygbi neu i Sinema; yn cael cwpaned o de yn y gwely ganddo ar fore dydd Sul: ond roedd hi'n methu ymfodloni ar ei sefyllfa newydd. Roedd rhyw wacter yma a oedd yn sugno ei nerth i ffwrdd. Roedd hi'n dechrau pendroni. Tybed a oedd y tŷ yn rhy fawr i'r ddau ohonynt a hithau heb fod yn gyfarwydd â gwaith tŷ? Neu tybed a oedd hi'n methu cymryd at y tŷ gan fod ei mam wedi ei ddodrefnu i gyd? Neu efallai nad oedd hi ddim wedi cynefino â bod yn unig tra oedd John allan yn gweithio?

Ac eto ... roedd hi'n waith beichus iddi hefyd i gadw cwmni i John wedi iddo ddod adref. Sut y gallai hyn fod ac ef mor alluog i ddifyrru pobol, mor boblogaidd gyda'i ffrindiau? Doedd dim diwedd ar y storïau hwylus a fyrlymai allan ohono o flaen cwmni cydnaws; roedd yn anodd rhoi taw ar ei haelioni tra byddai mewn cylch o gyfeillion edmygus. Ond gofynnai am gynulleidfa i'w ddangos ei hun ar ei orau.

Yn wahanol iawn i'w gŵr, fe gâi Doris gyfeiriad i'w bywyd mewn syniadau: rhai ohonynt yn eiddo iddi ei hun, eraill wedi eu casglu o lyfrau ac eraill wedi eu cymryd, heb eu treulio'n llwyr, oddi wrth ddynion ifainc a oedd yn digwydd bod yn ffrindiau iddi ar rywbryd neu'i gilydd.

Byddai John yn hoffi canu, ond gwell gan Doris fyddai gwrando ar gerddorfa yn perfformio gwaith gan Sibelius. Byddai John yn gallu llunio brasluniau doniol o'i ffrindiau, ond carai Doris siarad am 'Impressionisme' a Renoir.

Roedd John yn hoff o blant ac yn edrych ymlaen at gael mab ei hun, ond y profiad o ddyfod yn fam a gynhyrfai Doris. Tra oedd hi'n disgwyl ei phlentyn cyntaf gwnaeth hi ymdrech i rannu ei theimladau gyda'i gŵr.

"Wyddost ti, John, yn sydyn mae fy mywyd wedi derbyn cyfeiriant pendant, nad oedd gennyf mono o'r blaen. Cyn hynny roedd yno o hyd lu o bosibiliadau i ddewis rhyngddynt, roeddwn yn amau o hyd a oeddwn yn iawn, neu'n hytrach a oeddwn yn colli rhyw gyfle dihafal. Ond yn awr mae hyn i gyd wedi newid. Rwy'n teimlo'n siŵr fy mod mewn cytgord â natur, mewn cytgord â'r greadigaeth i gyd. Rwy'n gwybod sut mae cath yn teimlo tuag at ei chathod bach; rwy'n siŵr bod rhyw deimlad tebyg hefyd, ond yn llawer, llawer mwy distaw, wrth gwrs, gan dderwen tuag at y mes bach. Rwy'n rhan greadigol o'r cyfanfyd. Onid wyt yn deall, John, beth mae hynny'n olygu i mi?"

"Nac ydw'n wir, 'nghariad; rwy'n ofni bod hyn tu hwnt i'm meddwl unplyg. Ond gobeithio y bydd e'n fachgen."

Siaradent ddwy iaith wahanol, fel petai, ac nid oedd yr un ohonynt yn barod i ddysgu iaith y llall. Ar ddyddiau pan oedd pethau'n dda rhyngddynt, byddai John yn mynegi'r farn fod ymddiddan Doris yn rhy ysbrydol iddo, yn rhy bell oddi wrth y ffeithiau. Ar ddyddiau annedwydd dywedai ei bod hi'n oeraidd ac yn wallgof. Pan fyddai'n weddol esmwyth, byddai Doris yn galw John yn fachgen da. Ar ddyddiau croes, siaradai hi amdano fel dyn hollol hunanol a digydymdeimlad.

Alun oedd yr enw a roddwyd i'r mab hynaf. Ni allai hyd yn oed ef helpu i dynnu ei rieni at ei gilydd. Ond rhaid cyfaddef y byddai hyn efallai wedi digwydd yn y diwedd petasai ei fam wedi aros dipyn bach yn hwy hyd nes i'r bachgen fod yn ddigon hen i allu ateb y serch a ddangosai ei dad ym mhen amser. Ond pa fath o ddiddordeb a allai John ei fynegi mewn bwndel o gnawd a hawliai holl amser ei fam?

Nid oedd ond tri mis wedi mynd heibio ar ôl ei enedigaeth pan benderfynodd Doris baratoi ar gyfer arholiad arall a fyddai'n rhoi cyfle iddi gael gwaith arbennig yn ei maes y tu allan i'r ysbyty. Ni chafodd lawer o anhawster i berswadio ei mam i gymryd gofal o Alun bach dros dro.

"Rŷch chi'n gweld, mam, rhaid i mi ennill arian hefyd er mwyn i John gael dod ymlaen yn y byd. Mae'n angenrheidiol cynilo swm go fawr cyn iddo allu ymsefydlu fel deintydd. Mae yma gymaint o gystadleuaeth yn y maes. Ni wnaiff unrhyw beth y tro o gwbwl. Ac rŷch chi mor fedrus gyda babanod! Wn i ddim sut rydych chi'n gallu tawelu Alun bach ar un waith dim ond trwy ei gymryd ef yn eich breichiau. Ac rŷch chi'n edrych mor ifanc â phetasech yn fam iddo eich hun."

Do, fe wnaeth Edna Davies bopeth roedd ei merch yn gofyn amdano, ac yn ddigon bodlon hefyd, tra oedd Mr. Davies yn dechrau magu teimladau beirniadol a chas yn erbyn gŵr ei ferch a oedd wedi priodi heb allu cadw safon y teulu.

Fel arfer gwnaeth Edna Davies ymdrech i gymodi.

"Gei di weld, Trebor, fe fydd hi'n fantais fawr i Doris os bydd hi'n gallu sefyll ar ei thraed ei hun. A beth bynnag, fydd hyn ddim yn para'n hir iawn."

Ond fe barhaodd yn fwy nag oedd Edna Davies yn ei ddisgwyl. Yn wir, roedd hi'n methu deall ei merch. Pam oedd rhaid iddi gael yr ail faban mor fuan ar ôl y llall a hithau yng nghanol ei harholiad pan oedd hi'n disgwyl Gareth? Ond pan ddaeth y trydydd plentyn, Nia fach, ymunodd Mrs. Davies yn bendant gyda'i gŵr yn erbyn ei mab-yng-nghyfraith.

"Ddylai hi ddim fod wedi priodi Catholigwr Rhufeinig. Edrych fel y maen nhw'n gwneud yn Iwerddon. Maen nhw'n cael plant fel cathod bach. Wn i ddim beth sy i ddod ohono i gyd."

Ond roedd Doris yn hoff iawn o'i phlant, a'i phlant yn glynu wrth eu mam yn dra serchus.

Saith mlynedd ar ôl y briodas gwnaeth arlunydd ddarlun du-a-gwyn o'r teulu yn gyfan. Rhoddai'r darlun adlewyrchiad cywir o berthynas aelodau'r teulu â'i gilydd. Eisteddai'r fam ifanc yn y canol a'i phlentyn lleiaf ar ei gliniau. Safai'r bachgen hynaf ar y chwith iddi, yn annibynnol ac yn heriol. Ar y dde iddi roedd y bachgen lleiaf, yn gwasgu ei wyneb yn ymddiriedol yn erbyn sgert ei fam. Y tu ôl i'r fam safai'r tad, a gwên hoffus ar ei wyneb, ond rywsut heb fod o bwys mawr i undeb y teulu.

Aethai saith mlynedd heibio er y briodas wen swynol yn yr eglwys fach. Dywedir bod pob cell yn ein corff yn newid mewn saith mlynedd, ac er i'r ffurf allanol aros i ryw raddau yn debyg, mae'r hen berson wedi ei gludo ymaith gan ddŵr, awyr, a phridd.

* * *

Gorweddai Doris yn y gwely. Roedd yn hoff iawn, erbyn hyn, o aros yn y gwely am awr ar ôl deffro. Hyn oedd ei noddfa olaf rhag y llu o ddyletswyddau croes i'w gilydd a alwai arni bob dydd. Gorweddai heb feddwl bron. Ymwybyddiaeth yn unig o'i bodolaeth a oedd ganddi, wrth deimlo trymder ei chorff. Cyffyrddodd pelydryn o olau â'i hamrannau, a sylwodd Doris ar y golau heb eu hagor. Rhoddodd ei hun yn gyfan gwbl i swyn yr eiliad.

"Mami, mami, mae fy stumog yn poeni!" Daeth y bachgen hynaf at ei gwely, yn grwm gan ei ddolur. Bachgen bach tenau ydoedd, â llygaid llwyd ei dad ganddo. Dilynwyd ef gan ei frawd bach tew, a'i fys ar ei geg. Roedd yr un lleiaf wedi ei gyffroi, ac yn teimlo mewn rhyw ffordd neu'i gilydd nad oedd popeth yn y byd fel y dylai fod. Dyna ddechrau gwaith y dydd.

"Doris, ble mae 'nghrys i? Does dim crys glân i'w weld yn unman."

"John, rwyt ti'n gwybod bod Mrs. Thomas ar ei gwyliau. Ys gwn i a elli di wisgo dy grys am ddiwrnod arall eto? Pan ddaw Mari i lanhau, fe ofynnaf iddi olchi peth o'th ddillad di hefyd."

Ie, fe ddôi Mari i helpu Doris, yr un Mari ag a fyddai'n helpu yn nhŷ ei mam. Ac roedd hi yr un mor helbulus ag erioed. Nid oedd amser ganddi y dydd arbennig hwn i wneud gwaith ychwanegol. Roedd am fynd i'r Swyddfa Lafur, meddai hi, wrth yfed cwpaned o de cyn dechrau ar ei gwaith. Efallai y byddai'n rhaid iddi gymryd gwaith mewn ffatri.

"Mynd i ffatri, Mari?" meddai Doris yn syn. "Oes rhaid i chi wneud hyn?" Roedd Doris yn gofidio cymaint o'i safbwynt ei hun ag o safbwynt y wraig nerfus a eisteddai o'i blaen.

"Rwy'n ofni wir, y bydd rhaid i mi," meddai Mari, "achos does gynnon ni ddim digon o arian ar hyn o bryd i dalu am y telefisiwn.

"Wel, dyma sut y bu hi. Prynodd fy chwaer set deledu. Doedd y set ddim yn ddrud iddi o gwbwl, a chan ei bod yn byw ar ben y bryn, gweithiai'n eitha da. A dyma fy chwaer yn brolio bod ei gŵr yn aros gartref bob nos i weld y rhaglenni gyda hi, a'r cymdogion yn dod hefyd i ymweld â nhw. 'Cred fi, Mari fach,' meddai hi wrthyf, 'mae bywyd yn llawer mwy diddorol i ni wedi prynu T-V.' Wel, nawr roedd hi wedi'i gwneud hi. Wnâi dim byd y tro ond i ni gael set hefyd. Gofynnais i'r gŵr beidio â smocio am rai wythnosau. Ond doedd hyn ddim yn ddigon eto. Chware teg, roedd e'n eitha nobl, a gwnaeth rywfaint o arddio hefyd, gyda'r nos, ar gyfer pobol erill. Wedyn roedd tipyn bach o arian gennyf yn y Post at ddyddiau drwg. Fe gymerais hwnnw hefyd. Ac wrth gyfrif popeth gyda'i gilydd roedd digon gennym i dalu ernes am set deledu. Dim ond dechrau ein trafferth oedd hyn. I gychwyn cawsom set rad, fel yr un a brynodd fy chwaer, ar fenthyg am wythnos. Ond methiant llwyr oedd hon. Nid yn unig gwelem linellau tonnog byth a beunydd ond hefyd smotiau gwynion, arwydd medden nhw nad oedd y set yn ddigon cryf ar gyfer sefyllfa'r tŷ. Ond erbyn hyn roedd yr haint wedi cael gafael ynom; perswadiwyd ni – yn weddol hawdd – i gymryd set ddrud."

"A sut mae'n gweithio'n awr?"

"Wel, mae'r set yn eitha da. Ond does dim lwc i fod i ni. Cafodd y prisiau eu gostwng yn union ar ôl inni brynu. Ac mae fy llygaid i'n dechrau poeni'n awr. Mae'n dipyn o straen, wyddoch chi, i edrych bob nos.

"A pheth arall. Mae llu o ymwelwyr yn dod i edrych gyda ni, a mae eisiau rhoi te a bisgedi iddyn nhw. Mae hynny'n mynd ag arian hefyd. A chofiwch, mae'n rhaid inni dalu punt yr wythnos am y set, ac mae'n ddigon caled arnon ni.

"Wrth gwrs, fyddwn ni ddim yn mynd i'r pictiwrs nawr, ac mae hynny'n arbed ychydig. Fyddwn ni ddim yn mynd am wyliau eleni chwaith. Mae'n amhosib cael teledu a gwyliau.

"Felly, os caf fi gynnig gwaith yn y ffatri, hwyrach y bydd yn well imi ei dderbyn."

"Ond Mari fach, fydd dim amser gennych chi wedyn i wneud eich gwaith tŷ eich hunan!"

"O, bydd y gŵr yn rhoi help llaw i mi ar y Sul, a fe sifftiwn ni felly."

"Ond Mari, ydych chi'n credu bod set deledu yn werth yr holl drafferthion yma?"

"Ydy, mae'n werth y drafferth, does dim dwy waith am hynny," meddai Mari ac ychwanegodd yn betrus, "Fe awn ni 'mlaen am flwyddyn beth bynnag fel yma. Bydd yn werth yr aberth."

Ac yn ei llais roedd acen traddodiad hir o hunanaberth Cristnogol. Ocheneidiodd Doris: "O Mari, Mari, on'd yw bywyd yn anodd i ni!"

* * *

Roedd John yn hwyr i ginio, a chas gan Doris oedd amhrydlondeb. Dehonglai ef fel dirmyg tuag ati ei hun. Pan oedd hi'n blentyn câi fynd heb fwyd os byddai hi'n hwyr i ginio. Byddai ei thad yn edrych ar amser, ac ar gadw amser, fel rhywbeth sanctaidd, rhyw drefn ddwyfol na ellid ei hesgeuluso heb sarhad ar Dduw. Ni allai Doris fyth anghofio'r dôn ddirmygus yn ei lais pan yrrai hi allan o'r ystafell gyda'r geiriau, "Dwyt ti ddim yn haeddu bwyta gyda phobol mewn oed. Fe gei di fwyta rhywbeth ar ôl i ni orffen." Ond nid oedd eisiau bwyta arni wedyn. Difethwyd ei harchwaeth am y tro. Ac fel canlyniad datblygodd yr un culni ynddi ei hun.

Gwahanol iawn oedd John. Roedd yn ddyn a allai ymroi'n llwyr i ofynion y funud. Rhywbeth croes i'w natur ef oedd pob ymdrech i edrych ymlaen i'r dyfodol neu i edrych yn ôl am wreiddiau yn y gorffennol. Iddo ef nid oedd bodolaeth wironeddol i'r pethau na fedrai eu sylweddoli â'i synhwyrau. Roedd hyd yn oed ei watsh yn addasu ei hun i'w gymeriad, gan ddangos amser, yn gyson, a fyddai naill ai ddeng munud yn fuan neu ddeng munud yn araf.

O'r diwedd daeth John ar hyd llwybr yr ardd. Gallai Doris ei weld o'r ffenestr. Sylweddolodd fod rhywbeth gwahanol i arfer yn ei osgo. Cerddai â'i ben i lawr. Agorai a chaeai ei ddwylo fel pe bai'n siarad ag ef ei hun. Ciciodd o'r ffordd y tegan a ddigwyddai orwedd ar y llwybr, yn lle ei godi fel y buasai wedi gwneud ar unrhyw adeg arall. Caeodd y drws â chlec. Cyffrowyd Doris a galwodd ar John pan ddaeth i mewn.

"Oes rhaid iti wneud cymaint o dwrw, John? Mae'r un fach newydd fynd i gysgu. A pham wyt ti mor hwyr eto?"

Yn hollol groes i'w arfer, ni wnaeth John ymdrech i ateb yr un mor llym, ond dywedodd, heb unrhyw gysylltiad amlwg â'r cwestiwn,

"Rwy wedi dweud y drefn wrtho heddiw. Mae'n siŵr o synnu nes ymlaen."

"Ond John, er mwyn dyn, beth sy wedi digwydd?"

"Rho dipyn o ginio i mi'n gyntaf. Mae arna'i archwaeth reibus ar ôl yr holl stŵr."

Daeth Doris â'r bwyd, ond wedi derbyn y bwyd, gwthiodd John y plât i ffwrdd heb fwyta ond ychydig iawn.

"Mae'r bwyd yma'n hollol oer. Pwy all dreulio stwff o'r fath yma?"

"Dyw e ddim yn oer o gwbwl," protestiodd Doris. "Mi gedwais i e yn y ffwrn. A beth y gelli di ddisgwyl? Ŵyr neb pryd wyt ti'n debyg o ddod adre unrhyw ddiwrnod."

"Tyrd yma, Alun," meddai Doris wrth y mab hynaf. "Cymer y plât yma'n ôl i'r gegin fach."

Eisteddai Alun yn gysglyd yn ei gadair, ac ni symudodd.

"Rwy'n credu bod rhywbeth yn bod ar Alun," meddai Doris, gan symud y platiau ei hunan. "Rhaid inni fynd ag ef at y doctor."

"Twt," meddai John. "Does dim byd o'i le arno. Mae'n ddiog, dyna'r cwbwl. Rwyt ti wedi'i ddifetha â'th ofid a'th faldod byth a hefyd. Byddai'n well iddo chwarae mwy allan gyda phlant eraill. Edrych ar ei wyneb! Mae fel y galchen! Ac mae'i goesau fe fel matsus. Rwy'n siŵr dy fod ti wedi'i stwffio â gormod o foddionach eto. Allan â thi i'r ardd, 'ngwas i!"

Edrychodd Alun ar ei dad yn swil, ac ymlusgodd o'r ystafell.

Ond ni hidiai ei frawd bach tew ddim am lid ei dad. Dringodd ar ei liniau a dododd ei freichiau am ei wddf.

"Eisiau Ji ceffyl bach," galwodd Gareth. O dan ei ymosodiad serchus, toddodd hyd yn oed tymer gas ei dad. Gadawodd i'r plentyn farchogaeth ar ei liniau i seiniau'r rhigwm –

'Ji, geffyl bach, yn cario ni'n dau
Dros y mynydd i hela cnau;
Dŵr yn yr afon a'r cerrig yn slic,
Cwympson ni'n dau,
Nawr dyna i chwi dric!'

Wrth seinio'r ddwy linell olaf, gwnaeth i Gareth lithro o'i liniau i'r llawr. Gwaeddodd y bachgen yn uchel mewn llawenydd.

"Dos at dy frawd, Gareth bach," gorchymynnodd Doris. "Rwyf fi am siarad â Dadi nawr."

Ar ôl i Gareth adael yr ystafell, gofynnodd Doris i'w gŵr mewn ffordd bendant.

"Dwed nawr, John, wrth bwy y dwedaist ti'r drefn heddiw, a beth ddigwyddodd mewn gwirionedd?"

"Ces air neu ddau gyda Maclean heddiw," meddai John yn hollol dawel. Roedd bron yn anhygoel i Doris pa mor dawel y siaradai.

"Paid â dweud dy fod ti wedi ffraeo â Mr. Maclean!" meddai hi.

"Yn union felly. Dwedais wrtho fod croeso iddo redeg ei fusnes anniben ei hun, os nad yw'n barod imi gario 'mlaen fel y mynnaf. Rwy'n deall mwy nag ef am y crefftwaith."

Ar ôl cymell ychydig, cafodd Doris glywed am y

digwyddiadau i gyd. Buasai John yn trin un o gleifion preifat Mr. Maclean. I bob golwg roedd y ddynes yn nerfus iawn ac yn feirniadol dros ben. Collodd John ei amynedd o'r diwedd, a dywedodd wrthi braidd yn anghwrtais nad oedd dim rhaid iddi ddod eto os nad oedd hi'n barod iddo ei thrin hi fel y gwelai ef orau. Digiodd y ddynes ac aeth â'i chwynion at Mr. Maclean. Dywedodd nad oedd yn fodlon cael ei thrafod fel plentyn ysgol. Aeth wedyn at ddeintydd arall. Cafodd Mr. Maclean ei gyffroi, fel y gellid disgwyl, a dywedodd wrth John fod ganddo syniad uchel o'i allu technegol, ond os digwyddai peth fel hyn eto, y byddai'n rhaid iddo chwilio am le arall. Gwylltiodd John a dywedodd y byddai'n well ganddo fynd ar unwaith. Gallai Mr. Maclean gario ymlaen gyda chroeso ei hun, a gweld sut y medrai wneud hebddo.

* * *

Canlyniad y ffrae oedd i John ddechrau ei fusnes ei hun mewn tref fechan yng nghanol y wlad. I wneud hynny roedd yn rhaid iddo fenthyca peth arian. Roedd ei dad-yng-nghyfraith yn barod i ddod i'r adwy. Ond ni wnaeth hynny ond ychwanegu at y gwrthdaro yn y teulu. Daeth anawsterau eraill hefyd. Roedd cadw tŷ mewn dau le yn dreth ar eu hadnoddau. Roedd y plant yn teimlo oddi wrth absenoldeb eu tad, ac roedd Doris a John yn ymbellâu mwy oddi wrth ei gilydd. Eto, nid oedd Doris ei hun yn fodlon symud i'r dref fechan lle gweithiai John. Tybiai y byddai'n anodd iddi hi gael gwaith cymwys yno. Yn lle bod pethau'n gwella, felly, cafodd Doris ei llethu gan fwy o bryderon gwir a dychmygol.

Cymhlethwyd y sefyllfa gan un digwyddiad a oedd ynddo'i hun yn ddigon diniwed. Ar ôl i John fynd ymlaen am rai misoedd â'i fusnes ei hun, gofynnodd hen gyfaill iddo o'r dref fechan lle gweithiai:

"Beth am ddod i dreulio'r noson gyda ni, minnau a rhai o'm ffrindiau? A thyrd â'r wraig gyda thi!"

"Ond mi wyddost fod Doris gyda'r plant yn y dref."

"O daro, dyna drueni. Wel tyrd â rhyw ferch arall os medri di. Beth am dy ysgrifennydd? Efallai y byddai hi'n hoffi cael tipyn bach o newid?"

Wel, roedd Mai Lewis, merch ifanc raenus, yn eitha bodlon; ac roedd John hefyd yn ddigon balch i gael mymryn o sbri. Natur gyfeillgar oedd ei natur ef, ac ni chawsai fawr o gyfle yn ystod y misoedd diweddar i dorri ar undonedd ei waith.

Hen lanc oedd ei gyfaill a'i chwaer Non yn cadw tŷ iddo. Roedd gweddill y cwmni hefyd yn ddibriod; ac wedi yfed ychydig o gwrw cafwyd chwaraeon i'r merched ac i'r bechgyn. Roedd John yn ddigon galluog wrth drefnu adloniant o'r fath.

"Nawrte, y merched i gyd i fynd allan," galwodd ef yn uchel, "a chithau'r bechgyn i eistedd mewn rhes mewn cadeiriau; reit. Nawrte, gadewch i ni alw'r teithiwr cyntaf i mewn. Pwy sy'n beiddio? Chi, Non? O'r gorau. Ydych chi eisiau tocyn o Aberystwyth i Lundain ac yn ôl?"

"Ydw – os nad yw hi ddim yn rhy dwym!"

"Peidiwch ofni, dim ond eisiau clymu nisied dros eich llygaid. Wel nawr, eisteddwch yn gysurus yn y trên!"

Fe eisteddodd Non i lawr ar liniau'r dyn cyntaf yn y rhes a chyn iddi gael amser i wneud dim symudwyd hi ymlaen ar liniau'r gweddill hyd ddiwedd y rhes ac yn ôl, gyda llawer o chwerthin a sgrechian.

Wedi i'r merched i gyd gael cyfle i deithio roedd y bechgyn yn teimlo braidd yn wan yn eu gliniau ac roedd y cyfle wedi dod i Mai Lewis drefnu gêm arall.

Enw'r gêm oedd 'Gyda'r Barbwr.' Y tro hwn y bechgyn a safai wrth y drws a galwyd hwy i mewn y naill ar ôl y llall. John oedd yr un olaf. Gwnaed iddo eistedd, i ddechrau, mewn cadair, a safai tair o ferched o'i amgylch: Mai, Non a Rhiannon.

Meddai Rhiannon: "Wel Syr, a hoffech chi gael eich eillio?"

"Hoffwn, gyda phleser!"

Meddai Non: "Caniatewch inni eillio'r ochor dde i gychwyn!" ac fe roddodd hi gusan iddo ar y foch dde.

Meddai Mai: "Caniatewch inni eillio'r ochor chwith!" Ac fe roddodd gusan i John ar y foch chwith.

"Ac yn nesaf," meddai Rhiannon, "gadewch inni ei eillio uwchben ei wefus!"

Rhoddwyd cadach dros ei lygaid a phan eisteddodd John yn ôl mewn disgwyliad melys o gael cusan arall gwasgwyd lliain gwlyb dros ei wyneb, a chododd taranau o chwerthin o'i gwmpas gan y rhai a gawsai'r un profiad o'i flaen.

* * *

Rywsut neu'i gilydd daeth sôn am y parti hwn, wedi ei wyrdroi yn llwyr, i glustiau tad Doris. Parodd iddo ofidio'n fawr am ddedwyddwch ei ferch. A phan ddaeth Doris y tro nesaf i ymweled â'i rhieni, cafodd Mr. Davies sgwrs ddifrifol â hi.

"Ydy John yn hoffi'r carped, Doris?" dechreuodd yn ddigon diniwed.

"Pa garped ŷch chi'n meddwl amdano, 'nhad?"

"Wyddost ti ddim? Y carped a roeson iddo ar gyfer yr ystafell aros yn ei le newydd."

"O hwnna. Wel, i ddweud y gwir, roedd yn well gan John gael leino, mae'n meddwl ei fod yn lanach ac yn haws i'w lanhau."

Edrychodd Trebor Davies yn debyg i gath sy'n aros yn ddisymud wrth wylio llygoden.

"Wyt ti ddim yn meddwl fod John braidd yn hael gyda'r arian? Wedi'r cyfan, mae ganddo deulu a fe ddylai gadw pob swllt sy dros ben ar eich cyfer chi!"

"Wel, 'nhad, fe alla i ddefnyddio'r carped yn y tŷ neu fe gewch y carped yn ôl os mynnwch."

Daeth i wyneb Trebor Davies fynegiant o gydymdeimlad. "Dwed y gwir wrtho i, Doris fach. Wyt ti'n credu nad yw John ddim yn ffyddlon iti?"

"Yn ffyddlon, beth ... beth rŷch chi'n feddwl. Dwedwch yr holl wir wrtho i!"

"Wrth gwrs, dw i ddim yn gallu bod yn hollol siŵr, ond dywedodd rhywun y gallaf ddibynnu ar ei farn fod John yn mynd i bartïoedd gyda'r Mai Lewis yna. Gwelwyd hwy'n yfed cwrw gyda'i gilydd ac yn cusanu'i gilydd. Ac rwy'n credu y dylet ti wybod amdano fel ei wraig."

"Ond 'nhad, mae hyn yn amhosib. Hwyrach na allaf gydfynd a John ym mhopeth, ond rwy'n siŵr, yn hollol siŵr, o un peth. Myfi yw'r unig ferch a garodd John erioed. Yn hollol siŵr."

Trodd Trebor Davies ei lygaid tuag at y llawr fel petai yn chwilio yno am eiriau sut i esbonio'r sefyllfa anodd.

"Wyt yn siŵr na fyddai John byth yn mynd allan gyda merch arall, yn arbennig pan yw ei wraig yn byw mewn tref arall? Dwed!"

Petrusodd Doris cyn ateb: "Nac ydw."

"Wyt ti'n gweld?"

Ni ddywedodd Trebor Davies ddim byd pellach wrth ei ferch. Gadawodd hi mewn penbleth. Ond fe benderfynodd ei helpu hi heb iddi wybod. Sgrifennodd lythyr at rieni Mai Lewis yn eu rhybuddio o'r perygl yr oedd eu merch yn ei wynebu, a gofynnodd iddynt geisio dylanwadu ar Mai i chwilio am swydd arall er mwyn peidio a bygwth hapusrwydd teulu Doris.

Pan glywodd John am y llythyr hwn roedd yn wenfflam. Llanwyd ef gan ddicter diffuant yn erbyn yr ymyrraeth a fu y tu ôl i'w gefn. Ac yn sicr ni ddangosai unrhyw arwydd o edifeirwch. Ychwanegai hyn at deimladau cas ei dad-yng-nghyfraith yn ei erbyn.

Dioddefai Doris o'r ddwy ochr. Doluriwyd ei balchder yn ddwfn gan y geiriau dirmygus a lefarai ei thad am John. Ond pan ddechreuai John gyhuddo ei thad, ymosodai Doris wedyn arno yntau. Beirniadai Doris ef am roi mor ychydig tuag at gadw ei deulu.

"Rwyt ti'n cael amser digon cysurus. Fyddwn ni ddim yn dy weld o fore Llun tan bnawn Sadwrn. Ac mae'n rhaid i mi edrych ar ôl y teulu ac ar yr un pryd ennill arian i'w cadw. Tybed a oedd yn rhaid iti brynu'r leino tywyll yna yn yr amgylchiadau!"

"Ond fe wyddost gystal â minnau fod yn rhaid i mi gadw lle glân ac atyniadol er mwyn llwyddiant fy ngwaith," atebodd John yn sarrug. "Os caf i anawsterau gyda'r gwaith nawr a methu ennill digon i gadw 'nheulu, ar dy dad y bydd y bai – fe â'i lythyrau gwallgof!"

Yn y diwedd daeth y leino tywyll i fod yn symbol y gwrthdaro rhwng y ddau. Pa beth bynnag a godai ddadl rhyngddynt, roedd y leino tywyll yn siŵr o ddod i'r golwg yn ei chanol. Ond arhosodd Mai Lewis gyda John i'w gynorthwyo.

Buasai'r anghytuno yn ei chylch wedi cymryd ffurf waeth oni bai i ofid mwy dynnu sylw pawb o'r teulu. Alun oedd achos y gofid hwn. Ers peth amser dangosodd Alun arwyddion o wendid corfforol nad oedd mynych driniaeth drwy foddion y meddyg yn gwella dim arno. Bwytâi yn weddol dda, ac roedd o hyd yn sychedig, ond er gwaethaf hyn âi yn deneuach beunydd ac yn fwy nerfus.

"Mae popeth yn siŵr o ddod yn iawn," meddai Mrs. Davies. "Fydd plentyn sâl ddim yn arfer bwyta fel hyn."

Ond ni wireddwyd ei doethineb cartrefol y tro hwn. O'r diwedd gofynnodd Doris i'w meddyg wneud archwiliad trwyadl i gyflwr y bachgen.

Wedi'r archwiliad gofynnodd y Doctor i Doris ddod i'w ystafell breifat.

Edrychodd arni gyda chydymdeimlad.

"Dwedwch wrthyf, Mrs. Richards, a oes unrhyw un yn eich teulu wedi dioddef oherwydd diabetes?"

Dychrynwyd Doris i ddyfnder ei henaid, ond eto gwrthodai dderbyn yr awgrym ar un waith. Eisteddodd i lawr rhag ofn llewygu.

"Mor bell ag y gwn i bu farw mam fy mam o diabetes, ond roedd hi mewn oed yn barod."

"A beth am deulu eich gŵr?"

"Ydy, mae hi'n wir; mae mam fy ngŵr yn dioddef o'r clefyd."

Edrychodd y doctor yn syth i'w llygaid.

"Mae'n ddrwg gennyf ddweud, ond mae eich bachgen bach yn dioddef oddi wrth diabetes."

"Plentyn yn dioddef oddi wrth diabetes!"

"Felly'n wir. Yn anaml y bydd hyn yn digwydd mewn plant. Ac fel y gwyddoch fel Nyrs, os caiff ddigon o ofal mae gobaith ganddo i fyw ... pa mor hir, wyddon ni ddim eto."

"Ydych chi'n meddwl bod y plant eraill hefyd mewn perygl?" sibrydodd Doris.

"Dyw hi ddim yn anochel wrth gwrs, ond rhaid cyfaddef, mae yna ryw gymaint o berygl. Ond os caiff y plant fywyd tawel a normal heb fod arnynt straen arbennig, hwyrach y bydd popeth yn iawn."

* * *

Roedd hyn yn ddechrau cyfnod gofidus ym mywyd Doris. Rhaid oedd iddi roi pigiad o inswlin i'r plentyn ddwywaith y dydd. Golygai hyn ryw fath o frwydr bob dydd. Daeth Alun bach fel plentyn nerfus i ofni'r pigiadau yn fwy o hyd. Byddai'n rhedeg i ffwrdd; a byddai'n rhaid ei ddal, ac wedyn ei berswadio â rhybuddion a phresantau i ddioddef y pigiadau. O hyn allan cryfhaodd ei iechyd, ond ni allai Doris fyw yn hollol heb ofn. Roedd seiliau ei byd yn dechrau ymddatod. Gŵr hunanol a oedd efallai yn anffyddlon, plant a oedd yn sâl neu mewn perygl bywyd yn barhaol, dyna unig ffrwyth ei huchelgais a'i breuddwydion a'i hymdrechion.

PENNOD IX

O'R DYFNDER

PETH rhyfeddol a dirgelaidd yw'r ffaith fod clwyfau'n medru gwella. Ni fydd clwyf agored yn dal i rythu am byth. Trwy ryw rin mewnol daw yn llai a llai. Ceir sianeli eraill i gludo'r gwaed yn lle'r gwythiennau a dorrwyd, ac er bod craith yn aros, bydd y corff yn anelu o hyd ac o hyd, â'i holl egni, at gyrraedd uchafbwynt ei iechyd. Mae'r un peth yn wir am glwyfau'r enaid.

Ar ôl wythnosau a misoedd o gynyrfiadau hunllefus, daeth tawelwch yn ôl unwaith eto i fywyd Doris. Ar ryw nos Sadwrn, y tro cyntaf ers amser hir, bwriadodd fynd i'r theatr. Wrthi ei hun yr aeth. Roedd John gartref dros y Sul, ond bu'n gwylio gêm pêl-droed gydwladol yn ystod y prynhawn, ac oherwydd hynny teimlai'n rhy flinedig gyda'r nos i fynd allan eto.

Pan fyddai Doris yn paratoi i fynd i'r theatr, golygai hyn lawer mwy iddi na gwisgo côt a het a gadael y tŷ. Golygai ymdrech nid annhebyg i ymdrech sarff pan fydd yn diosg ei hen groen nes iddi ymddangos yn y diwedd yn hollol newydd. I Doris roedd arwyddocâd arbennig yn y gwaith o wisgo gŵn hir a dewis addurnau a chael y coch iawn ar gyfer ei gwefusau. Golygai hyn yr un peth iddi ag y bydd creu telyneg yn ei olygu i fardd, neu sgrifennu llyfr i lenor, neu gyfansoddi cân i gerddor: rhoddai drefn i dryblith ei bywyd, dygai ffurf a realaeth i'w breuddwydion.

Aeth i'r theatr mewn car bach a brynasai yn ddiweddar ar gyfer ei gwaith. Ond roedd hi'n hwyr er gwaethaf hynny. Pan gyrhaeddodd, roedd y ddrama eisoes wedi dechrau.

Aeth i mewn yng nghanol y perfformiad gan ymwthio yn

y tywyllwch heibio i nifer o bobl anfoddog nes cyrraedd ei sedd yn rhes flaen y llofft ganol. Yn y tywyllwch methai ddarllen y rhaglen; gan hynny gwnaeth ymdrech i ddyfalu beth a ddigwyddodd ar y llwyfan cyn iddi ddod.

Drama ddirgelwch a gyflwynid ac âi popeth yn groes i'r hyn a ddisgwyliai dyn. Creaduriaid ffiaidd oedd y bobol neis mewn gwirionedd ac angylion yn rhith pobl oedd y cnafon. Gallai'r forwyn fach swil fod yn llofrudd, a'r athro hollwybodus yn lleidr, a'r gwas fferm hanner-call yn dditectif treiddgar.

Drama agos at fywyd felly, gyda'r eithriad nad yw bywyd ddim yn arfer bod mor gyson o anghyson. Ar unrhyw amser arall buasai Doris wedi mwynhau y fath yma o chwarae mig. Ond heno am ryw reswm na ddeallai mohono ar y pryd, methodd ganolbwyntio ei sylw o gwbl ar y llwyfan. Yn lle gwylio'r perfformiad teithiodd ei meddwl yn ôl ymhell. Clywodd atsain dau lais:

"Ti sy'n iawn," meddai un, "fe gawson ni'n dau ein harfaethu ar gyfer ein gilydd. Os mynni di, fe briodwn, a gadael y wlad hon."

Gofynnodd y llais arall:

"A beth fydd yn digwydd i Siân?"

Terfynodd yr act gyntaf. Disgleiriodd y goleuadau. Dechreuodd pawb bron symud. Ymchwalodd y gynulleidfa unedig ac mewn ysfa sydyn brysiodd cannoedd o unigolion i ymborthi ar hufen iâ a siocled neu i yfed coffi a chwrw.

"A gaf fi basio, os gwelwch yn dda?" gofynnodd dyn yn ymyl Doris.

Ai breuddwyd oedd hyn? Dyna yn union y llais a glywsai yn ei meddwl yn dweud, 'Ti sy'n iawn. Fe gawson ni'n dau ein harfaethu ar gyfer ein gilydd.'

Cododd o'i sedd yn syn, a dyna'r dyn yn sefyll hefyd o'i blaen hi ac yn syllu arni er bod y bobol y tu cefn iddo yn anesmwytho ac yn pwyso arno ac yn galw:

"Ewch ymlaen!"

"Beth sy'n bod?"

"Rhywbeth wedi digwydd?"

Oedd, roedd rhywbeth wedi digwydd.

"Doris, chi sydd yma!"

"Mr. Evans!"

Cydiodd Arthur yn ei braich a'i harwain allan gan ddilyn y dorf, ac fe ufuddhaodd ei chorff i'w gyffyrddiad er gwaethaf gwrthwynebiad ei balchder.

"Rwy am fynd yn ôl at fy sedd," meddai Doris.

"Rwy'n mynd yn ôl gyda chi."

"Nage, mae'n well gennyf aros yma."

"Fe arhosaf gyda chi yma, Doris. Rhaid i ni gael gair gyda'n gilydd. Rhaid esbonio ..."

"Rydych yn anghofio: rwy'n wraig briod bellach a thri o blant gen i."

"Rwy'n gwybod, Doris."

"Rwyt yn gwybod? Sut?"

"Nid anodd oedd cael dy hanes gan bobol y Coleg. Chredais i erioed y byddwn i mor falch o'th weld di eto. Rwyt yn fwy prydferth nag erioed ..."

Gwridodd Doris.

"Rwyt ti mor falch, rwy'n siŵr, a phe bait ti wedi cyfarfod â'th hen athro Lladin a fu'n dy boeni di 'slawer dydd."

"Nage'n wir. Y math o deimlad a gaiff dyn wrth ddod adre ar ôl llawer o flynyddoedd, a gweld bod popeth rywsut yn gyfarwydd iddo. Ac yng nghanol y tŷ mae bachgen yn dod i gwrdd ag ef... y bachgen a fu pan oedd yn ifanc ... ond ei fod wedi'i anghofio'n awr ers tro."

Cafodd y ddau ohonynt eu syfrdanu'n llwyr gan y cyfarfyddiad damweiniol, a wynebent ei gilydd yn ddi-amddiffyn ac yn ddibaratoad.

"Ond oes gen ti gartre'n awr?" gofynnodd Doris o'r diwedd.

"Oes, rwyt yn iawn. Mae gen i gartref a gwraig dda. Beth arall mae dyn yn gallu dymuno amdano?"

"Wyt ti'n hapus?"

"Nac wyf."

"Ond mae gennyt wraig ymroddgar a thŷ dy hun."

"Oes, siŵr. Mae gennym ni dŷ mewn tref fach dawel. Mae'n debyg i gastell hud. Pwy bynnag ddaw i mewn, fe gaiff ei droi yn ddol bren."

Gwasgodd Doris ei dwylo at ei gilydd mewn ymdrech i ddeall beth oedd ystyr ei eiriau. Aeth Arthur ymlaen â'i hanes ac roedd yn amlwg iddo gael mwynhâd o ryw fath wrth ei adrodd; ac eto, nid yn gymaint oherwydd yr hanes ei hun ag oherwydd y ffaith iddo allu mynegi mewn geiriau am y tro cyntaf y profiad a fu'n gwasgu ar ei feddwl ers amser hir.

"Mae Siân yn byw mewn tŷ bach twt," meddai ef, "a llenni gwynion ar y ffenestri. Mae'r tŷ bach twt yn sefyll mewn gardd fach dwt sy'n llawn o flodau o bob math – eirlysiau a chrocws a chennin Pedr a rhosynnau a blodau mam-gu a blodau Mihangel. Wrth fynd i mewn, fe gerddaf ar risiau sy'n sgleinio'n wyn. Mae 'na garped meddal, melyn ar lawr y gegin a'r tegell yn canu ar y tân. Wrth ddrws y gegin bydd Siân yn cyfarfod â mi a bydd ganddi fy sliperi'n barod i mi."

"Sliperi'n wir!" meddai Doris gan chwerthin. "Wyt ti'n dad-cu yn barod? Wel, rhaid dweud dy fod ti'n cael amser cysurus dros ben."

Ar ôl dweud hyn, meddyliodd am yr aflonyddwch a'r pryderon a'r ddrwgdybiaeth yn ei chartref ei hun. Onid oedd y ddau ohonynt fel dau anifail mewn syrcas, pob un yn ei gell ei hun a heb allu dod yn agos at ei gilydd? Tybed a ddeuai swyddog a gadael iddynt ddod allan fel y caent ddangos eu triciau gyda'i gilydd yng ngŵydd y byd?

"Wel, wn i ddim ai 'cysurus' yw'r gair iawn," meddai

Arthur. "Mae'r tŷ i gyd yn llawn o aroglau lafant – yn llythrennol ac yn symbolaidd. Edrych arnat dy hun nawr: rwyt ti'n perthyn i genhedlaeth newydd; rwyt ti'n fywiog ac yn feiddgar; rwyt ti'n meddwl drosot dy hun; rwyt ti'n nwydus ac yn ewyllysio bywyd fel y mae, gyda phopeth y mae'n ei gynnig i ti. Ond mae cael fy meddiannu i yn unig yn ddigon i Siân. Ei heiddo hi wyf fi hefyd yn ôl yr hawl a gafodd gan yr Eglwys a chan Gymdeithas, yn ôl yr hawl a gafodd trwy ei ffyddlondeb hi ei hun a thrwy f'addewid i."

"Ond oes bosib nad wyt ti'n ddigon o ddyn i siarad am dy hawliau di hefyd?"

"Dyna'n union yw'r peth anghredadwy yn fy mywyd. Doeddwn i ddim yn ymwybodol tan heddiw fod pob nerth yn cael ei sugno allan o'm henaid. Rwy'n byw bron yn llwyr ar gyfer fy ngwaith. Byddaf yn dod yma rai troeon bob blwyddyn i wneud gwaith ymchwil ac i ddarllen y cylchgronau technegol sy'n bwysig i mi. Pan af yn ôl, byddaf yn agos at fod yn ŵr delfrydol i'm gwraig. Byddaf yn siarad â hi, yn bwyta gyda hi, yn cysgu gyda hi. Wrth gwrs, fyddwn ni byth yn dweud dim byd annisgwyl wrth ein gilydd. Gwnaiff y fformwla arferol dro bob amser. Mae hi'n fy nhrafod fel y bydd llawer o bobl yn trafod eu Beibl. Rwy'n cael fy anrhydeddu, rwy'n cael y lle gorau. Ond fy narllen, does dim eisiau gwneud hynny bellach."

"A dwyt ti ddim wedi darganfod hyn i gyd tan heno?" gofynnodd Doris.

Dechreuodd y dyrfa ddychwelyd i'w seddau ar gyfer ail act y ddrama.

"On'd wyt ti am ddod i mewn?" gofynnodd Arthur.

Ond roedd Doris wedi penderfynu mynd adref.

"Nac ydw," meddai hi. "Mae pwl o gur pen wedi dod trosof i. Gwell i mi fynd adre." Ac ychwanegodd wrth weld siom Arthur, "Rwy'n ofni y gallwn i hefyd ddechrau darganfod pethau. Un cwestiwn eto cyn i mi fynd. Soniaist ti ddim am blant. Onid yw Siân yn fodlon i gael plant?"

"Ydy, mae'n rhy fodlon. Rhaid i mi gymryd lle yr hanner dwsin y buasai hi wedi dymuno eu cael. Rŷn ni heb blant er gwaethaf hynny. Ac mae Siân yn gwrthod credu mai arni hi mae'r bai. Ond dyna ni, yn siarad eto amdanaf fi, a thi heb ddweud gair amdanat dy hun."

"Does dim angen iti fod yn gwrtais, Arthur. Pan ddaw'r amser fe gei di wybod popeth amdanaf i. Roedd hi mor rhyfedd heno i'r ddau ohonon ni gyfarfod fel yma, fel pe bai rhywun wedi cynllunio droson ni – un posibilrwydd mewn can mil."

"Un mewn can mil? Mae fel yr oedd hi flynyddoedd yn ôl, pan goll'son ni ein cyfle," meddai Arthur.

"Fedrwn ni ddim aros yn gyfeillion, a gweld ein gilydd eto?" ymbiliodd Doris.

"Ni yn gyfeillion?" Edrychodd Arthur ar Doris gyda gwên hunanfeddiannol. "Rhaid i ni gael popeth neu beidio a chael dim."

Dychwelodd Arthur i weld yr ail act ac aeth Doris yn ôl adref mewn ysbryd rhyfeddol o hapus. "Fe ddylwn i deimlo'n drist," meddai hi wrthi ei hun. "Pam ydw i'n methu teimlo'n drist? Heddiw, y mae'n bur debyg, gwelais Arthur am y tro olaf yn fy mywyd."

Ond ni theimlai hi'n drist. Ac roedd rhyw sicrwydd ynddi y byddai hi'n cyfarfod ag Arthur eto.

* * *

Nodwedd arbennig o gymeriad Doris oedd rhyw hyder ynddi ei hun, rhyw ffydd gref fod y cyfan a wnâi yn iawn a thu hwnt i feirniadaeth. Bydd y byd yn disgwyl hyder o'r fath yma gan Dduw a gwleidyddion a meddygon. Bydd cleifion yn hiraethu am ei weld mewn pobl eraill ac yn sugno ohono nerth newydd iddynt eu hunain; ac roedd y cleifion y byddai Doris yn ymweled â hwy fel rhan o'i gwaith, yn hoff iawn ohoni. Ond nid oedd gan Doris ond ychydig o ffrindiau. Wedi diwrnod o waith caled ni fyddai ganddi lawer o amynedd ar ôl i ymddiddori ym mywyd personol pobl eraill. Nid oedd ganddi chwaith ddigon o hamdden i rannu ei diddordebau. Ond fe fyddai Gwenda yn ymweld â'i chwaer o bryd i bryd ac fe lwyddodd yn aml i dynnu Doris i ffwrdd oddi wrth y gofidiau beunyddiol mewn sgwrs hanner-athronyddol yn union fel y digwyddai mor gyson pan oedd Doris gartref yn ferch ddibriod.

Felly, ar un diwrnod o haf eisteddai Doris a Gwenda gyda'i gilydd wrth fwrdd yn ymyl y ffenestr agored gan wylio yr un pryd Alun a Gareth a Nia a oedd yn chwarae yn y berllan. Roedd Alun, bachgen tenau saith mlwydd oed yn ymdrechu i ddringo i ben hen bren afalau ceinciog a ffugio cadw tŷ yng nghanol y canghennau, allan o afael pobl mewn oed. Casglu blodau oedd gwaith Gareth, a oedd yn bump erbyn hyn. Buasai'r plentyn siriol, llawn ei groen yn bleser llygaid i unrhyw fam, ac ef yn ddiamau oedd yn 'gariad i gyd' ei dad. Rhedai Nia fach oddi wrth un brawd at y llall gan geisio, heb lawer o lwyddiant eto, efelychu'r ddau.

Deuai golau'r haul i mewn i'r ystafell a llewyrchai dros y bwrdd a'r llestri ar Gwenda, a adawodd i'r gwres gynhesu ei hwyneb.

"Fedra i ddim dy ddeall di, Gwenda," meddai Doris, "yn dewis blows o liw sgarlad fel yma. Dyw'r lliw ddim yn cyd-fynd â'th wyneb coch di o gwbwl."

Syllodd ar Gwenda'n feirniadol.

"Byddai gwyrdd yn dy siwtio di'n well, neu liw hufen, hytrach."

Chwaraeodd Gwenda â'r llwy wrth ymyl ei chwpan.

"Efallai dy fod ti'n iawn, Doris. Ond rwy'n gwrthod derbyn

dy gyngor. Rwy'n bendant na chei di ddim rheoli 'mywyd i. Rwy wedi penderfynu hynny ers amser."

"Ond rwy'n methu deall, Gwenda, sut y gall merch wrthod edrych ar ei gorau. Mae'r peth yn hollol annaturiol."

"Gwrando, nawr, Doris. Efallai nad ydw i ddim yn deall y peth fy hun, ond mae rhywbeth ynof sy'n gwrthryfela yn dy erbyn. Ac rwy'n gwybod bod y reddf yma'n un iach. Dyw dy ffordd di o fyw ddim 'run fath â'm ffordd i. A phryd bynnag yr wyt ti wedi 'ngorfodi i dderbyn dy gyngor, mae pethau wedi mynd o chwith."

"Dychmygu rwyt ti, Gwenda. Allwn i ddim bod mor wahanol i bobol eraill."

Cymerodd Gwenda ddarn arall o'r deisen.

"Fe rof un enghraifft i ti," meddai hi. "Wyt ti'n cofio'r amser pan benderfynaist ti golli pwysau a chael gwared o saith pwys? Fe wnest ti argraff ddofn arnaf. Dechreuais i gyfrif caloriau fel roeddet ti'n gwneud, a 'mhwyso fy hun bob dydd. Fel canlyniad es i fwyta'n fwy gofalus a rheolaidd nag arfer, ac roedd hyn, mae'n debyg, yn cytuno'n iawn â'm cyfansoddiad. Beth bynnag, ar ôl mis o'r drefn yma, yn lle colli pwysau roeddwn i wedi ennill saith pwys."

"Ond fe gollais i bwysau!" protestiodd Doris.

"Yn hollol," meddai Gwenda. "A rhof enghreifftiau eraill i ti. Yn y dyddiau pan oedd dy air yn oracl i mi, dwedaist wrthyf unwaith am beidio â gadael i neb roi cusan i mi ond y dyn y bwriadwn ei briodi. Rwy'n cofio un noswaith hyfryd, pan oeddwn i'n ddwy ar bymtheg. Des i adref ar ôl dawns gyda bachgen nad oedd yn fawr hynach na mi. Buon ni'n cerdded dros y traeth. Roedd popeth yno y gallai dyn ei ddymuno er mwyn caru: unigrwydd, a'r sêr, a'r môr a'i donnau, a'r tywod disglair. Ond pan oedd y bachgen am fy nghusanu, dechreuais resymegu. 'Mae'n llawer rhy ifanc i mhriodi.' Gwrthodais felly; a chollais brofiad hyfryd a diniwed."

Daeth sŵn y plant atynt o'r ardd.

"Ydy hi'n iawn i'r plant chware wrthynt eu hunain fel yma?" gofynnodd Gwenda. "Gallai rhywbeth ddigwydd i'r un fach tase hi'n ceisio dringo i'r goeden."

Tywalltodd Doris gwpaned o de i'w chwaer.

"Mae anifeiliaid ifainc yn gallu chware wrthynt eu hunain," meddai hi, "yn union y dôn nhw i gerdded. Rwy am i'r plant dyfu'n annibynnol. Dyna'r peth gorau iddyn nhw, cofia."

Ni allai Gwenda ateb ei chwaer ar y pwynt, gan nad oedd ganddi hi ddim profiad o godi plant. Ac nid oedd chwaith am ei chynhyrfu.

"Rhaid imi dynnu'n ôl, i raddau, un peth a ddwedais gynnau fach," meddai hi. "Rwy'n barod i ystyried dy gynghorion ond iti beidio ag ymyrryd â 'mywyd i. Mewn gwirionedd, dyna pam rwy wedi dod – i ofyn dy gyngor ar fater arbennig. Yr wythnos nesaf mae gennym ddadl yn ein Cymdeithas Pobl Ieuainc, a gofynnwyd i mi, o bawb, siarad yn erbyn Meurig."

"A beth yw'r testun?"

"Y testun yw: 'Nid oes enaid gan ferch'. Rwyf fi'n siarad yn erbyn, a Meurig o blaid. Elli di awgrymu unrhyw syniad eithafol inni gael ychydig o sbri? Byddai'n well gen i yn bersonol ddweud nad oes enaid gan ferch. Mae'n llawer mwy diddorol dweud pethau negyddol, sioclyd, nag amddiffyn ochor yr angylion."

"Wel, mae'r testun yn un braidd yn rhyfedd," meddai Doris. "Gad inni ystyried beth y gallai Meurig ei ddweud. Rhywbeth fel hyn: atebwyd y cwestiwn yma'n barod fil o flynyddoedd yn ôl, a hynny'n nacaol, mewn cynhadledd o'r Mahometaniaid; iddyn nhw, gwerth merch yw 'O' a gwerth ei gŵr yw'r rhif o flaen yr 'O'. Os yw'r gŵr yn werth llawer, bydd y ddau gyda'i gilydd yn werth dengwaith hynny. Os nad yw'r gŵr yn werth dim, dyna'r ddau heb fod yn werth dim.

Ac felly 'mlaen, rhyw glebran mân.

"Y peth rwy'n ei gynghori iti wneud yw dweud yn groes i bopeth y bydd pobol yn arfer ei ddweud. Maen nhw'n arfer dweud mai'r dyn sy'n dewis y ferch. Dwed ti mai'r ferch yw'r un sy'n gweithredu mewn cariad, ac mai'r dyn yw'r un goddefgar – prawf amlwg fod mwy o enaid gan y ferch na'r dyn. Maen nhw'n arfer dweud bod merched yn fwy crefyddol o ran eu natur na dynion. Dwed ti fod merched yn anfoesol ac yn anfodlon i gael eu clymu gan orchmynion. Dwed fod merched yn dod yn rhydd yn hawdd o rwymau deddfau moesol."

Siaradai Doris yn frwdfrydig, ac edrychodd Gwenda yn syn ar ei chwaer.

"Wyt ti'n credu hynny dy hun o ddifri? Neu wyt ti'n cellwair?"

Gwenodd Doris wên enigmatig, sffincsaidd.

"Pwy ŵyr?" meddai hi.

Torrodd sgrech o'r ardd ar draws ymddiddan y chwiorydd.

Ond y tro hwn ni chafwyd sŵn naturiol plant yn chwarae ac yn ymladd â'i gilydd, a'u lleisiau'n chwyddo ac yn treio. Sgrech uchel, finiog ydoedd, fel y rhydd anifail wedi ei glwyfo. Rhedodd Gwenda o flaen Doris at y plant, a galwodd yn uchel ar ei chwaer.

"Tyrd yma ar unwaith â lliain. Mae Gareth wedi brifo'i goes â chyllell."

Rhwymwyd y goes, a oedd yn gwaedu'n helaeth, ac aed â'r bachgen i'r tŷ. Ar ôl eu holi'n hir, dywedodd y ddau blentyn arall fod Gareth wedi dwyn cyllell o'r gegin i'r ardd, heb wybod i'w fam, er mwyn torri blodau. Gadawodd y gyllell ar y llawr, a syrthiodd arni. Felly y cafodd y clwyf dwfn yn ei goes.

* * *

Yn y dechrau ymddangosai bod y clwyf yn gwella'n iawn. Ni ddaeth John adref dros y Sul dilynol, ac ni sgrifennodd Doris ato am y ddamwain. Hoffai John y bachgen siriol hwn yn fwy nag un o'r plant, a byddai'n debyg o'i cheryddu'n llym am yr hyn a ddigwyddodd. Ar y degfed diwrnod wedi'r digwyddiad, cafodd Gareth anawsterau i lyncu ei fwyd. Tybiai Doris iddo gael gwddf tost cyffredin, ac ni alwodd y meddyg tan y diwrnod wedyn. Gwelodd y meddyg ar unwaith yr hyn a allasai Doris ei weld ei hun, ond yr hyn na welsai hi oherwydd ei serch tuag at y plentyn. Roedd yn amlwg i'r clwyf ddod i gysylltiad â phridd o'r ardd, ac fel canlyniad fod tetanws wedi datblygu. Rhoddwyd triniaeth i'r plentyn ar unwaith. Ond roedd yn rhy hwyr.

Roedd yn rhaid i Doris wylio yn ei phlentyn ei hun arwyddion dychrynllyd y clefyd hwn. Gwelodd gorff y plentyn yn cael ei ddirdynnu a'i blygu'n ôl hyd nes y cyffyrddai ei ben â'i sodlau. Gwnaed popeth posibl er lleddfu ei boen. Rhoddwyd cyffuriau iddo, a'r canlyniad oedd i Gareth dreulio dyddiau olaf ei fywyd mewn trymgwsg di-boen. Eisteddai Doris wrth erchwyn ei wely am oriau diderfyn, a chraffodd ar y corff bychan a oedd yn faes brwydro i elynion anweledig. Gwyddai hi beth fyddai diwedd y frwydr. Yn ystod yr oriau meithion pan arhosai am y diwedd, gwelodd yn ei meddwl fanylion yr ychydig funudau cyn i'r ddamwain ddigwydd; ac yn ei hanobaith condemniodd bawb a oedd yno neu a ddylasai fod yno. Condemniodd y wraig a gadwai dŷ drosti am adael i'r gyllell gael ei symud o'r gegin. Condemniodd ei chwaer Gwenda am ei chadw oddi wrth y plant drwy siarad mor hir â hi. Condemniodd ei gŵr am osod y cyfrifoldeb am y plant yn llwyr arni hi. A chondemniodd Dduw am ganiatáu i beth fel hyn ddigwydd i blentyn diniwed.

Yn y diwedd bu raid i fam Doris sgrifennu at John er mwyn

rhoi'r newydd trist iddo ef, a rhoi cyfle iddo i weld ei hoff blentyn am y tro olaf yn fyw.

Mynnodd John gael yr offeiriad i weld y plentyn cyn iddo farw, yr un hen ddyn urddasol ag a roddasai ei fendith i'r briodas. Wedi'r angladd daeth ef un waith eto i siarad â'r rhieni yn eu trallod.

"Colled ofnadwy i rieni yw colli plentyn ifanc," meddai ef, "ond cofiwch, fe alwyd y bachgen bach i'r nefoedd am fod Duw yn ei garu ef gymaint yn fwy nag y mae rhieni meidrol yn gallu caru eu plant meidrol. Efallai bod yr Arglwydd yn mynnu i'r plentyn ddangos y ffordd i chwi tuag ato.

"Ni fyddaf yn eich gweld chwi, John, yn yr Eglwys ond unwaith y flwyddyn; a chwi, Mrs. Richards, rydych chi yn anfodlon i ddod gyda'ch gŵr i'r Eglwys Gatholig. Felly dydych chi ddim yn rhoi esiampl dda i'ch plant o gwbwl.

"Cofiwch, gall y trallod yma fod yn gyfle i'ch arwain chi yn nes at y Tad sydd yn y nefoedd. Gall eich helpu i fyw bywyd gwell fel gŵr a gwraig, fel tad a mam ..."

* * *

Bydd rhai pobl yn derbyn dioddefaint yn ddigwestiwn fel rhan naturiol o'r dynged ddynol. Cânt gysur o feddwl bod yn rhaid i bethau ddigwydd felly. Bydd pobl eraill yn edrych ar ddioddefaint fel her i frwydro yn erbyn angel Duw fel Jacob, gan ddweud, 'Ni'th ollyngaf oni'm bendithi.'

Ond ni allai Doris a John gymryd y naill agwedd na'r llall. Ni allent chwaith feddu na'r nerth na'r deall sy'n deillio ohonynt. Iddynt hwy nid oedd dioddefaint ond saeth wenwynig a anelwyd at eu bywyd. Arhosai'r gwenwyn ynddynt i'w poeni a'u drygu, ac ni allai na chorff nac enaid gael gwared ohono.

Wedi'r angladd, ni ellid cysuro John yn ei drallod a throes

ef y trallod hwn yn ddicter yn erbyn ei wraig a oedd, yn ei dyb ef, trwy ei hesgeulustod wedi achosi marwolaeth y plentyn.

"Rwyt ti wedi dinistrio fy mywyd yn gyfan gwbl. Dwyt yn caru neb ond ti dy hunan. Rwyt ti erioed wedi edrych i lawr arnaf. Rwyt ti wedi 'nefnyddio i fel cyfleustra. Rwyt ti fel rhyw brycopyn mawr sy'n eistedd yng nghanol ei rwyd ac yn lladd popeth sy'n dod yn agos ato ... nefoedd fawr, tithau yn nyrs ac yn methu deall arwyddion y clefyd. Pe bait wedi galw'r doctor mewn pryd fyddai dim rhaid i'r plentyn farw. Ond wrth gwrs, rwyt yn rhy falch. Rwyt yn meddwl dy fod yn gallu gwneud popeth dy hun ... Llofrudd! dyna beth yr wyt ti. Llofrudd! Dylet gael dy alw o flaen llys. Llofrudd!"

Roedd ei eiriau llym yn cynnwys hefyd yr holl wenwyn a gasglwyd yn ei enaid yn ystod blynyddoedd o siom ac unigrwydd. Teimlai bron fel ymosod ar ei wraig yn gorfforol. Ond ni chyffyrddodd â hi. Buasai grym corfforol yn haws i Doris ei ddioddef na dolur ysig y geiriau a oedd yn ei gwanu i'r byw.

* * *

Tua mis wedi'r angladd fe gafodd Doris freuddwyd erchyll am Gareth. Fe ddaeth ati yn llawn o waed gan grio yn drychinebus "Mami, Mami!" Roedd hi'n ymdrechu i'w gysuro ond fe gwympodd ei gorff yn ddarnau o dan ei dwylo. Fe ddeffrôdd yn wlyb gan chwys ond yn union pan aeth hi yn ôl i gysgu, mi welodd y bachgen eto, ond yn awr wedi troi fel bwa yn ei ing olaf. Fe ddeffrôdd yn y bore yn hollol luddedig. Daeth breuddwyd o'r fath iddi sawl gwaith. Ofnai Doris gysgu wedyn gan mor aml y deuai'r hunllef. A'r diwedd fu iddi ddatblygu cyflwr o anhunedd na allai ei drechu ond trwy gyffuriau.

O'r Dyfnder

Daeth clefyd yn ei sgil a olygai golli gwaed yn aml a gwendid mawr. Gŵyr meddygon mai straen seicolegol sy'n achosi colitis fel arfer, ac mai moddion seicolegol sy'n ei wella. Roedd rhaid i Doris dreulio misoedd mewn ysbyty. Dywedwyd wrthi fod gorffwys yn anhepgor os oedd am wella. Ond po fwyaf yr arhosai yn yr ysbyty, mwyaf oll oedd ei phryderon ariannol a'i gofid ynghylch y plant. Ac effaith y pryder a'r gofid oedd gwaethygu o'i chyflwr. Am beth amser rhoed y gorau i bob gobaith iddi wella.

Yn ystod yr amser hwn dywedodd un o'r nyrsys yn yr ysbyty fod gweinidog wedi dod i gael sgwrs gyda hi.

"Dwedwch wrtho nad yw cysur duwiol yn werth dim byd i mi," meddai Doris yn ystyfnig; ond fe ddaeth y nyrs yn ôl wedi ei chyffroi.

"Ond mae'r gweinidog yn dweud iddo fod yn gyfaill ysgol i chi..."

A felly y bu. Roedd Ifor, yr anffyddiwr, wedi dychwelyd i'r hen fro fel gweinidog yr Efengyl, ac ar ôl clywed am yr anffawd a ddigwyddodd i Doris a'i theulu, credodd mai ei ddyletswydd oedd mynd i'w gweld. Ac fe ddychwelai yn aml.

Effaith ei sgyrsiau oedd ailgodi diddordeb Doris mewn bywyd. Nid oedd ei bresenoldeb yn deffro unrhyw deimladau nwydus ynddi, ond deuai rhyw wrthdaro rhyngddynt fel yn yr amser gynt a rhoddai hyn ddifrifoldeb anghyffredin i'w hymddiddan.

Yr arwydd cyntaf o adferiad Doris oedd ei gwaith yn ceryddu Ifor am wendid ei safbwynt moesol.

"Rwyt ti'n rhagrithio, Ifor," meddai hi. "Sut y gellaist ti ymostwng i fod yn weinidog fel dy dad? Ti oedd y cyntaf i ddangos i mi fod ein crefydd yn llawn o gelwydd a rhodres. Mi rown i unrhyw beth am fedru credu o hyd fod ein plentyn yn ddedwydd yn y nefoedd. Mewn gwirionedd, arnat ti y mae'r bai am na fedraf i gredu bellach mewn dim. Mae popeth wedi mynd yn hollol ddiystyr i mi."

Fel yn yr hen amser, roedd Ifor yn barod i dderbyn yr her ysbrydol yn onest ac yn ddiffuant.

"Mae'n eithaf gwir," meddai, yn ei lais cynnes, "y byddwn i'n arfer ymosod yn llym ar grefydd unwaith. Doedd hyn ond yn arwydd – fel dy ymosodiad di nawr – fod angen mawr am grefydd yn nyfnder ein heneidiau. Roeddwn i'n siomedig y pryd hwnnw am na lwyddais i gael mewn crefydd yr hyn y chwiliwn amdano. Dwi i ddim wedi newid o gwbwl. Drwy'r amser roeddwn i'n dal i chwilio am Dduw."

"Wyt ti wedi ei ddarganfod o'r diwedd?" gofynnodd Doris, gan ddangos ymddiriedaeth y plentyn sy'n disgwyl y bydd pobl mewn oed yn gallu rhoi trefn ar bethau.

"Ydw, rwy wedi darganfod Duw drwy ddilyn arweiniad fy synhwyrau a'm meddwl. Ceisiais ddyfeisio ffordd wyddonol o chwilio am Dduw. Dywedais wrthyf fy hun, 'Os oes Duw, mae'n rhaid iddo fod yn fwy na'r cyfanswm o'n profiadau, rhaid iddo fod ym mhob ymdrech greadigol; rhaid iddo fod yr un fath yn y glöyn byw sy'n cofleidio'i gymhares â'i dentaclau ag yn y dyn sy'n anwesu clun ei gariadferch.' Rhoddais gwestiynau fel yma i mi fy hun: faint o argraffiadau y gallaf fi wahaniaethu rhyngddyn nhw mewn eiliad? Dim mwy na deg, rwy'n meddwl –"

"Ond rwy'n methu gweld pa gysylltiad sy rhwng hynny a Duw."

"Aros am funud. Fe gei di weld yn y man. Gofynnais ymhellach. Faint o ddarluniau y gall camera wahaniaethu rhyngddyn nhw mewn eiliad? O gwmpas mil, rwy'n credu. Felly mae'n rhaid bod Duw yn gallu gweld mwy na mil o bethau mewn un eiliad ac nid mewn un lle yn unig ond ym mhobman. Ceisiais ofyn wedyn, beth yw'r peth mwyaf y gallwn ei weld â thelesgop, a beth yw'r peth lleiaf y gallwn ei weld â meicrosgop? Pa mor bell y gallwn ni weld i'n cyrff â phelydr-X? Os person yw Duw, rhaid ei fod yn sylwi arnon ni nid yn unig fel personau, ond hefyd fel casgliad o feicrobau. Mae'n rhaid ei fod yn gwneud hyn ers miliynau o flynyddoedd, oddi ar y dechrau – ond rŷn ni'n methu dychmygu bod dechrau wedi bod."

"Ifor, rwyt ti'n pregethu," meddai Doris, "a thestun dy bregeth yw'r Salm sy'n dweud, 'I ba le yr af oddi wrth dy ysbryd, ac i ba le y ffoaf o'th ŵydd?'"

Safodd Ifor wrth erchwyn y gwely.

"Mae'n hollol wir," meddai, "fod pobl eraill wedi meddwl am yr un syniad o 'mlaen i, er nad ydw i'n cofio nodyn manwl am y pelydr-X yn y Beibl. Ond yr hyn roeddwn i'n dod ato yw hyn: des yn araf bach i'r casgliad ei bod yn gwbwl ofer inni geisio mesur Duw â mesurau ein synhwyrau."

Gwrandawodd Doris yn astud, ac anghofiodd ei dioddefaint dros dro.

"Pregeth reit dda yw hon," meddai hi, "am Dduw nad yw'n bod. Ond dwed nawr, pam yn y byd yr est ti'n weinidog?"

"Mae'r cwestiwn yma'n ddigon teg, a gwnaf fy ngorau i roi rhyw fath o ateb i ti. Ar ôl cyfarfod â Duw ym mhobman ac eto heb ei weld mewn unrhyw fan arbennig, des yn ôl at ein byd cyfyngedig. Gwelais fod popeth sy'n symud yn fyw, a bod popeth sy heb symud yn farw. Gwelais fod cymdeithas sy'n anelu at bethau tragwyddol yn symud ymhellach na chymdeithas sy'n anelu at bethau materol yn unig. Ac felly fe ddes yn ôl at grefydd – os crefydd yw anelu at y pethau tragwyddol. Os wyt ti'n barod i gydnabod bod y Beibl yn trafod pethau tragwyddol, byddi di'n deall wedyn pam rydw i'n weinidog."

"Ond rwy'n methu deall o hyd," meddai Doris, "o ble y cymeri di hawl ac awdurdod i siarad am ddrwg a da?"

"Cefais fformwla i esbonio hyn hefyd," meddai Ifor. "Mae

popeth yn y byd – planhigion a phobl a chymdeithas – yn anelu at ffurf bendant. Daioni yw'r hyn sy'n eu helpu i ddod yn agos at y ffurf ddelfrydol. Math o arddwr yw gweinidog, a'i waith yw helpu'r ffurfiau i ddatblygu: y blodau yn y gwanwyn a'r ffrwythau yn yr hydref."

"Ond beth am enaid dyn?" gofynnodd Doris. "Sut y gallaf fi wybod ymlaen llaw beth sy'n ei helpu a beth sy'n ei ddinistrio?"

"Dyna'r cwestiwn mwyaf anodd. Mae ffordd ddiogel i'w chael, wrth gwrs. Fe elli dderbyn y cyfarwyddiadau a'r rheolau a gasglwyd gan genedlaethau o bobl, fel y Deg Gorchymyn."

"Ond mae'r rheolau yma'n newid gydag amser, on'd ŷn nhw?"

"Ydyn; a rhaid wrth arloeswyr sy'n darganfod ffurfiau newydd ac yn eu dilyn. Unwaith bûm yn edrych arnaf fi fy hun fel arloeswr. Ond gwell gennyf feddwl na gweithredu. Ac erbyn hyn mae fy meddwl wedi cynefino â'r ffordd Gristnogol, draddodiadol o fyw. Byddai bron yn amhosibl, bellach, imi ddod allan ohoni. Rwy fel coeden yn sefyll yng nghanol y goedwig. Does dim modd imi'n awr i estyn canghennau allan ymhell."

Daeth Ifor i ymweld â Doris yn aml, a threulient lawer awr gyda dadleuon fel hyn. Llwyddodd Ifor yn y diwedd, bron heb yn wybod iddo'i hun, i dorri clefyd y galon. Daeth Doris yn well. Ar ôl treulio rhai wythnosau yng ngofal ei mam, roedd yn barod unwaith eto i ailddechrau gyda'i gwaith. Bu hyd yn oed fath o gymod rhyngddi hi a John. Buasai John wedi hoffi ei gweld yn fwy gostyngedig ac yn fwy tyner yn ei hagwedd tuag ato; a buasai'n well ganddo pe rhoesai hi'r gorau i'w gwaith a bodloni i fyw er mwyn ei gŵr a'i phlant. Ond er gwaethaf popeth a ddigwyddasai iddi, roedd egni bywydol Doris yn gryf. Ni wnaeth agosrwydd marwolaeth ond dyfnhau ei hymdeimlad o'r hyn y mynnai hi ei gael gan fywyd. Ei hewyllys a'i greddfau a oedd yn ei harwain yn awr, yn fwy nag erioed, ac nid ystyriai lawer yr effaith a gâi ei gweithredoedd ar bobl eraill.

Ei greddf gyntaf, naturiol oedd rhoi bywyd i blentyn arall. Ond roedd John wedi oeri tuag at ei wraig. Ofnai stormydd newydd yn ei fywyd teuluol; ofnai afiechyd. Eisiau llonyddwch a gofal oedd arno ef. Rhoddodd addewidion gwag i Doris.

"Rwyt ti'n rhy wan yn awr," meddai wrthi; "gad inni aros hyd nes y byddi di wedi ennill pwysau ac wedi dod yn gryfach," meddai'n blaen.

Fel canlyniad, aeth y ddau ohonynt i'w ffordd eu hun yn fuan eto. Ni ddeuai John adref ond bob pythefnos neu bob tair wythnos. A phan oedd gartref, ni fyddai'n gartrefol. Cwynai ar bawb a phopeth. Yn y diwedd daeth hyd yn oed ei blant i ofni ei lais uchel, cras a'r teimladau croes a ddaeth yn rhan anochel o'i bresenoldeb.

PENNOD X

BARA CUDD

CYFYNGEDIG iawn yw'r dewis a rydd Natur Wyllt i'w chreaduriaid yn eu gweithredoedd. Dim ond un amser ac un ffurf arbennig o garu sydd gan bob glöyn byw; dim ond un ffurf o ganu ac o adeiladu ei nyth sydd gan bob aderyn. Does dim modd i'r unigolyn o anifail wrthryfela yn erbyn y ddeddf osodedig.

Wrth ystyried pa mor bell yw'r ffordd a droediodd dynoliaeth o gyflwr Natur Wyllt hyd at ddiwylliant cymhleth ein hoes ni, mae'n syfrdanol pa mor gul o hyd yw'r cylch lle gall unigolyn weithredu yn ôl ei argyhoeddiadau personol. Mae hyd yn oed coleddu syniadau sy'n wahanol i'r hyn a gymeradwyir gan bobl eraill yn achos o ofn i ddyn. Ac os gweithreda, er gwaethaf hynny, yn groes i arfer ei gyd-ddynion, bydd yn eiddgar, fel rheol, i dwyllo pawb arall, a rhoi'r argraff ei fod yn cydymffurfio ym mhob dim. Llwydda rhai i dwyllo eu hunain hefyd.

* * *

Yn fuan wedi iddi ailddechrau ar ei gwaith, daeth Doris i benderfyniad a fuasai'n ymddangos yn anhygoel iddi ychydig o amser cyn hynny. Neu efallai mai cywirach yw dweud iddi ddod yn ymwybodol o'r penderfyniad. Oherwydd bu ei greddfau yn ei chymell tuag ato ers meitin. Ond rhaid oedd wrth agosrwydd angau i'w gorfodi i gyfiawnhau'r penderfyniad yn ei meddwl ei hun ac i weithredu'n unol ag ef. Hwyrach iddi dderbyn ysgogiad arbennig gan y ffaith fod Rhyfel Byd arall yn cael ei fygwth.

Ymddangosai yn wir fod diwedd y byd yn bosibl, neu o leiaf ddiwedd gwareiddiad.

John a roddodd y proc olaf drwy gynllunio mynd i Baris wrtho'i hun dros ei wyliau, i fwynhau bywyd cyn y byddai'n rhy hwyr.

* * *

Bore o wanwyn oedd hi, fel llawer bore arall o wanwyn. Dim ond ychydig o gymylau a yrrid gan wynt ysgafn ar draws y ffurfafen las. Adwaith pobl i gynhyrfiad y gwanwyn oedd naill ai cyfnod byr o fywiogrwydd a gweithgarwch neu ysbaid o anwydau a syrthni. Paratôdd Doris ei hun i fynd allan am dro gan fod diwrnod rhydd ganddi. Roedd Alun wedi mynd i'w ysgol gynradd, a Nia i'r ysgol feithrin. Roedd Mrs. Jenkins, a gadwai dŷ i Doris, newydd olchi'r dillad. Ymysgydwai'r crysau a'r tywelion ar y lein yn aflonydd fel pe bai ganddynt hwy hefyd ewyllys i fynnu rhyddid ac annibyniaeth. Cafodd Doris air â Mrs. Jenkins yn y gegin cyn mynd allan.

"Mrs. Jenkins, mae'n rhaid imi fynd ar ôl neges bwysig," meddai Doris gan deimlo ei bod yn angenrheidiol iddi roi rheswm digonol am fynd i ffwrdd yng nghanol y gwaith. "Un peth arall. Rwy am i chi olchi llenni ffenestri'r parlwr."

"Ond pam na ddwetsoch chi hyn yn gynt?" ocheneidiodd Mrs. Jenkins. "Rwy newydd daflu'r dŵr sebon i ffwrdd."

"Wel, mae'n rhaid eu golchi heddiw. Mae'n sychu'n dda nawr, a does dim eisiau inni fyw mewn twlc moch."

Gwasgodd yr ymadrodd 'twlc moch' ar gydwybod Mrs. Jenkins, ac ni feiddiodd wrthod ymhellach. Ond parhaodd am ysbaid i deimlo'n ddig oherwydd geirfa drahaus ei meistres. Wedi'r cyfan, oni bai am ewyllys da Mrs. Jenkins, byddai yno 'gythgam o lanast' fel y dywedai hi.

Aeth Doris i barc cyfagos. Gwenai yr haul yn gynnes ar y

llechwedd goediog a ffurfiai'r rhan fwyaf o'r parc, ac ar y cylchoedd lliwgar o flodau a blanesid ar y lawntiau. Pasiodd Doris ryw hen ŵr â digon o hamdden ganddo i edmygu prydferthwch y parc. Un o'r ychydig oedd ef na chaent eu clymu gan rwymau prysurdeb y byd. Ni ddeuai llawer o ymwelwyr i'r parc mor gynnar â hyn yn y dydd. Aeth Doris heibio i lwyn rhododendron hyd at y llwybr uchaf ar ben y llechwedd. Eisteddodd ar sedd lle y gellid gweld y môr. Arhosodd yn dawel am ennyd, gan fwynhau'r ymdeimlad o uchder ac ehangder a chynhesrwydd. Cymerodd bapur sgrifennu o'i bag ac aeth ati i sgrifennu llythyr. Yn sydyn gosododd y sgrifbin i ffwrdd unwaith eto, a thynnodd ddrych allan o'i bag. Edrychodd arni ei hun yn y drych. Nis boddhawyd gan yr wyneb gwynnaidd a syllai arni o'r drych. Pinciodd ei gwefusau ac edrychodd arni ei hun yr eilwaith. Fe'i hoffai ei hun yn well yn awr, ac roedd yn barod i gyfeirio'r amlen. Mewn llythrennau bychain a oedd yn arwydd o'i llygaid byr eu golwg, sgrifennodd yn araf:

Mr. Arthur Evans, M.Sc.
Lleol. c/o Coleg y Brifysgol.

Myfyriodd ar y ffordd orau i ddechrau ei llythyr. Rhaid oedd osgoi cyffredinedd. Rhaid oedd dangos digon o ddifrifoldeb i'w argyhoeddi o ddiffuantrwydd ei theimladau. Ond nid oedd am ddweud gormod chwaith. O'r diwedd, sgrifennodd, heb ei annerch o gwbl.

Rwy'n sgrifennu'r llythyr hwn mewn parc, yn agos i lwyn rhododendron. Byddwn yn arfer ymguddio yn y llwyn yma flynyddoedd yn ôl pan fyddem fel plant yn chwarae mig â'n gilydd. Ac mae'r llythyr yma'n golygu rhyw gymaint o chwarae mig. Pan godaf fy llygaid, rwy'n gallu gweld y môr yn y pellter, a llong yn agosáu i'w phorthladd. Er pan welais i di yn y theatr, rwy wedi bod yn dioddef yn ofnadwy. Ni allaf sgrifennu amdano. Ond rwy am dy weld, rwy am siarad â thi. Y tro nesaf y doi di i'r dref hon, ceisia gael gair â mi ar y ffôn. Os bydd rhywun arall yn dy ateb, dwed dy fod am siarad â mi am drefniadau nyrsio.

Darllenodd Doris y llythyr ddwywaith a theirgwaith cyn ychwanegu'n araf, mewn llythrennau breision, *Doris*.

Ar y ffordd yn ôl, petrusodd am funud wrth y bocs llythyrau. Wedyn gadawodd i'r llythyr lithro'n araf o'i bysedd. Nid oedd dim ar ôl iddi ei wneud bellach ond aros i'w thynged redeg ei chwrs. Buasai Doris yn falch pe gwelsai fod modd i weddïo ar dduw sy'n noddi cariadon, fel y gallai Helen aberthu colomen neu addurn i Affrodite, duwies serch; neu fynd i Landdwyn, fel Cymry'r oesau canol at Ddwynwen, nawddsantes y cariadon, ac erfyn arni i ennill gwrthrych ei serch.

Ar ôl postio'r llythyr teimlai'n ysgafn a hapus. Nid oedd wedi teimlo fel hyn er y dydd pan glywodd am afiechyd ei mab hynaf. Iddi hi roedd y llawenydd hwn yn profi iddi wneud y peth iawn, a'i bod mewn cytgord â ffawd. Canys mewn ysbryd sydd yn arwyddocaol o agwedd pobl yn yr ugeinfed ganrif, byddai hi'n siarad am ffawd yn hytrach nag am Dduw. Roedd ei llawenydd mor fawr fel y dymunai weld pawb o'i chwmpas yn hapus hefyd. Prynodd roddion bach i'r plant, pethau yr oeddent wedi dymuno eu cael rywbryd neu'i gilydd – car bach o glocwaith i Alun, ac i Nia asyn bach a chanddo goesau symudol. Ar ôl dod adref, rhoddodd flows fel anrheg i Mrs. Jenkins, un nad oedd hi wedi gwisgo ond ychydig iawn arni.

Coleddai Doris deimladau cynhyrfus trwy gydol y diwrnod nesaf: yn llawn o ddisgwyliadau hapus, yn siŵr y byddai rhywbeth dymunol yn digwydd cyn bo hir iawn. Parhaodd y teimlad ffyddiog am wythnos gyfan gan helpu i'w hadnewyddu mewn corff ac enaid.

Ond wedi'r wythnos gyntaf hon fe godai amheuon. Tybed a dderbyniwyd y llythyr gan Arthur? Efallai nad oedd ei eiriau yn y chwaraedy ond siarad gwag heb sylfaen arbennig. Tybed a ddylai hi dderbyn y sefyllfa hon fel penderfyniad gan ffawd? Tybed a oedd hi wedi gweithredu yn ffôl ac yn ddiddichell?

Yna, un prynhawn pan oedd Doris newydd ddychwelyd oddi wrth ei gwaith, fe ddaeth yr alwad ddisgwyliedig dros y ffôn. Roedd y peth yn hollol syml.

"Doris Richards sy'n siarad."

"Arthur Evans yn siarad. Cefais dy lythyr y bore 'ma. A gaf i ddod i'th weld ti?"

"Yn fy nhŷ?" petrusodd.

"Pryd gaf i ddod?"

"Tyrd cyn gynted ag y gelli di."

"Fe fyddaf yno mewn hanner awr."

Treuliodd Doris yr hanner awr hon yn gwneud pethau: newid dillad, wrth gwrs, i newid o'r byd swyddogol i'r byd preifat a phersonol. Rhoi golwg hwylus i'r ystafell, gan symud cadair o'r naill le i'r llall ac yn ôl eto ac ymlaen eto. Gwneud ymdrech i fwyta hefyd. A thrwy'r amser roedd syniadau yn byrlymu trwy ei phen: Y Cyfle Mawr! Y plentyn ... Arthur ... Gareth bach! 'Popeth neu ddim byd!' Ond ble? Sut?

Canodd y gloch. Sŵn byr, crynedig. Cododd Doris yn araf a mynd i agor y drws. Dyna Arthur – ei wallt yn dechrau teneuo (mor ffôl ydoedd i sylweddoli peth felna y funud arbennig, y funud dyngedfennol hon). Estynnodd Doris ei llaw mewn croeso:

"Rwy mor falch i'th weld di, Arthur."

"Rwy'n falch dy fod wedi galw amdanaf, Doris."

Mor ddieithr oedd sŵn eu geiriau. Safent y tu allan iddynt fel ysbrydion.

Roedd y ddau yn swil iawn, yn llawer mwy felly nag yn y cyfarfod annisgwyliedig hwnnw yn y theatr.

"Tyrd i fewn!"

Aeth Doris ymlaen i'r ystafell fyw (na, nid i'r parlwr, mae rhywbeth chwerthinllyd o ffurfiol a pharchus yn gysylltiedig ag unrhyw barlwr). Caeodd y drws ar ei hôl. Eisteddent wrth ymyl y ffenestr fawr gyda'r olygfa at yr ardd. Awyr yr haf. Haul yr haf. Tawelwch llon.

Syllodd Arthur ar Doris fel y bydd dyn yn edrych ar ferch. Gwridodd Doris, fel y bydd merch yn gwrido o dan olwg nwydus dyn.

"Pam y daethost ti ataf?" gofynnodd hi braidd yn haerllug.

"Pam y gelwaist ti amdanaf, Doris?"

"Ond pam yr atebaist ti?"

"Atebais am dy fod ti wedi galw."

"A fuaset ti wedi canlyn unrhyw ferch a ddigwyddai ofyn amdanat?"

"A fuaset ti wedi gofyn i unrhyw fachgen dy gysuro?"

"Na fuaswn, Arthur! Sut y gelli di awgrymu peth mor gas?"

"Pam lai?"

"Oherwydd rŷn ni'n dau'n perthyn i'n gilydd trwy dynged, rwy'n siŵr nawr, yn hollol siŵr ..."

Cododd Arthur o'i sedd gan sefyll â'i gefn tuag at yr ardd wrth ymyl Doris.

"Doris fach!"

"Gad inni aros yn dawel nawr, Arthur! Pan elwais amdanat ... nage ... rwy'n methu esbonio pethau a thithau mor agos ataf ... a rhaid i mi ddweud ... rwy am i ti fod yn siŵr hefyd ... wyt ti'n deall?"

Cododd Doris gan symud ymhellach i ffwrdd oddi wrth Arthur tuag at y gadair a adawyd ganddo.

"Dwed, Arthur, yn ddiffuant. Pam y daethost ti ata i?" Syllodd Doris i'r ardd at y goeden afalau. (A ddaeth ef i gysuro mam mewn trallod? O nage, nage! Nid mewn cydymdeimlad!)

"Caethwas ydw i, Doris, sy'n rhedeg i ffwrdd."

"Paid â dweud hynny, Arthur! Mae hyn yn ddychrynllyd. Nid yw pethau fel yma o gwbwl. Fe ddaethost ata i gan ein bod yn perthyn i'n gilydd.

"Mi wyddwn hyn ar unwaith pryd y gwelais di am y tro cyntaf. Wyt ti'n cofio? I feddwl mor ffôl roeddwn, mor blentynnaidd: tithau fel Ganumed a minnau fel Hebe yn dosbarthu bwyd y nefoedd. Ac eto, mi wyddwn trwy reddf: mae rhyw gysylltiad rhyngon ni, rhyw berthynas sydd yn fwy, yn ddyfnach na'r teimlad cyffredin sy'n tynnu bachgen at ferch."

Siaradai Doris yn gyflym gan hanner cau ei llygaid wrth chwilio am eiriau.

"Ond collason ni'r Cyfle Mawr. Bu bron inni ei golli, beth bynnag. Gormod o gyfrif. Gwneud cyfrifon wrth geisio darganfod pwy sy'n perchenogi pwy. Roedd hyn yn gam i gyd.

"Dyna'r rheswm pam rwyt ti'n methu cael plant gyda Siân. A dyna'r rheswm hefyd pam y mae popeth yn mynd o chwith i John a minnau. Beth bynnag a wnawn ni mae'n troi'n anap – does dim bendith hyd yn oed ar ein plant."

Cafodd Doris drafferth i gadw'r dagrau'n ôl a fyddai'n dod o hyd pan feddyliai am Gareth bach.

"Dy blant, Doris?"

"Clyw, Arthur! Nawr rwy'n gwybod. Rwy'n hollol siŵr yn awr. Yn yr hen amser methwn ddeall fy hun. Methais gredu yr hyn a wyddwn trwy reddf. Ond nawr mae popeth wedi newid. Dwi i ddim yn mofyn gŵr i'm cynnal; dim yn mofyn parchusrwydd a diogelwch. Dwi'n mofyn dim byd ond tithau – tithau a phlentyn i berthyn i'r ddau ohonom."

"Doris, Doris fach."

Cymerodd Arthur ei dwylo rhwng ei ddwylo ef. Nid oedd ganddo eiriau gan mor rhyfedd, mor anhygoel oedd y digwyddiad.

Dyn cyffredin ein hoes ni oedd Arthur. Byddai'n gwisgo barnau a rhagfarnau ein hoes ni yr un fath ag y byddai'n gwisgo'r dillad hyll sy'n arferol i ddynion y Gorllewin yn yr ugeinfed ganrif. Er y byddai'n edrych o hyd gyda diddordeb ar goesau merched lluniaidd, arferai ei feddwl deithio ar hyd llwybrau trefnus. Ei waith a gâi ei brif sylw gan mwyaf, ac yn neilltuol rai darganfyddiadau gwyddonol bychain a wnâi o dro i dro. Gobeithiai y dygai'r rhain iddo enw neu gyfoeth. Yn fyr, roedd yn prysur ddatblygu yn beiriant effeithiol.

Ond pan ddatguddiodd Doris ei chalon digwyddodd cyfnewidiad trawiadol, cyfnewidiad diwrthdro: llyn mynyddig yn torri dros ei argaeau a rhaeadr yn brysio i lawr i'r cwm gan greu cyswllt newydd anochel.

Tawodd Doris hefyd. Gallasai ddweud llawer mwy. Gallasai ddweud bod arni eisiau plentyn na fyddai yn yr un perygl iechyd parhaol â'r plant eraill. Gallasai ddweud ei bod am brofi i Siân nad ar Arthur roedd y bai am nad oedd ganddi blant. Bu'n rhesymegu fel yna wrthi ei hun drwy nosweithiau hirion. Ond yn awr wrth eistedd gyferbyn â'r dyn byw, gwelai'n eglur nad oedd y rhesymau i gyd yn ddim ond esgusodion er mwyn iddi feddu'r dyn a greodd tynged ar ei chyfer. Dibwys iddi hi oedd popeth a orweddai y tu allan i'w byd ei hun. Beth am Siân? Nid oedd Siân yn gwybod. Ni fyddai'n rhaid iddi wybod byth. I Doris nid oedd ond y presennol yn bodoli'n awr. Ac roedd ei nwyd yn ddigon cryf i beri i Arthur deimlo'n ddiolchgar ei bod hi'n cymryd y cam na fuasai ef wedi beiddio ei gymryd. Roedd yn ddiolchgar ei bod hi'n drech hyd yn oed na Siân.

Roedd y peth fel dyweddïad. Ac fel mewn dyweddïad roeddent yn ddieithr i'w gilydd yn gorfforol.

Canodd y gloch, unwaith, ddwywaith, yn uchel, yn ddiamynedd.

"Y plant sy'n dod o'r ysgol!"

"Pryd gaf i'th weld di, Doris?"

"Rwy'n methu meddwl nawr. Mae popeth mor rhyfedd. Rhof wybod i ti erbyn yfory."

Am eiliad fe daflodd ei breichiau o amgylch ei wddf gan guddio ei hwyneb.

"Fe fyddwn yn hapus. Rwy mor hapus, Arthur, yn hapus iawn."

Aeth Doris gyda'i hymwelydd rhyfedd at y drws. Agorodd y drws.

"Mami, Mami ..."

Tawodd Alun wrth weld y dyn dieithr.

"Rwyt yn gynnar heddiw, Alun. Cer i ymolch cyn cael te!"

Gwasgu dwylo. Cipdrem grynedig. Caewyd y drws.

* * *

Os un peth yn unig sydd eisiau ar rywun, nid oes prin rwystr na ellir ei goncro. Nid yw pob ymdrech a phob celwydd yn ddim ond arfau i baratoi'r ffordd. Gall yr ewyllys i gyrraedd y nod galedu dyn i drechu popeth a fo'n tyneru ac yn llareiddio, megis arfer a chonfensiwn, ofn pobl eraill, crefydd a'r reddf i warchod yr hunan. Eiddo sant yw ewyllys fel hwn, ac eiddo miliwnydd; eiddo'r gorchfygwr milwrol, ac eiddo'r artist; eiddo'r newynog ac eiddo cariadon.

Mewn rhyw ffordd neu'i gilydd, cafodd Doris amser a chyfle i ymryddhau'n llwyr am nifer o ddyddiau. Dywedodd gelwyddau, a gwadodd ei geiriau ei hun trwy roi mwy nag un esgus. Ond ni faliai hi ddim a oedd y lleill yn credu neu beidio. Nid oedd ei chelwyddau ond llen i led-guddio noethni ei nwyd.

* * *

Ychydig filltiroedd y tu allan i'r dref roedd 'Coed y Dyneddon', coedwig wyllt ddiarffordd uwchben llechwedd a arweiniai i lawr at draeth y môr. Gorchuddid llawr y goedwig gan dywod mân a ymdrechai yn ofer i adennill tiriogaeth a gollwyd gan y môr. Ond cynigiodd y prennau ceinciog gysgod i'r rhain, a flinwyd gan bwerau'r heli a'r haul. Yma, yn wyneb yr haul sy'n creu bywyd, ac nid yn nhywyllwch y nos, y cenhedlwyd plentyn eu traserch.

* * *

Felly y beiddiodd Doris dorri'r cwlwm a'i cysylltai â moesoldeb ei thad a'i heglwys a'i chymdeithas. Gosododd ei hun y tu allan i derfynau ei chymdeithas; ond nid oedd yn ddigon cryf i gyfaddef yr hyn a wnaeth. Torrodd y tabŵ, ac ni allai ddioddef y dirmyg a'r gwawd y bydd cymdeithas yn ei gadw'n barod ar gyfer y rhai sy'n ei herio. Âi Doris ymlaen, i bob golwg, i ddilyn confensiynau'r gymdeithas. Ond drosti ei hun dyfeisiodd esgus rhyfedd i brofi mai yn iawn y gwnaed pa beth bynnag a wnaeth. Argyhoeddodd ei hun ei bod hi'n byw bywyd hollol normal gan mai Arthur oedd ei gŵr mewn gwirionedd; ef oedd y gŵr a wnaed er ei mwyn gan dynged a rhaid oedd iddi aros yn ffyddlon i Arthur drwy ei hoes. Os cafodd blant oddi wrth John, roedd John bellach yn farw iddi hi fel gŵr. Roedd hi fel merch yn priodi'r ail waith.

Pan wyddai Doris yn siŵr ei bod hi'n feichiog, fe roes y newyddion i Arthur mewn llythyr byr – un o lawer o lythyrau a yrrodd ato er y diwrnod tyngedfennol yng 'Nghoed y Dyneddon'. Atebodd Arthur gyda'r troad gan ymbil am gyfle i siarad â hi. Ond oherwydd ysfa ryfedd gwrthodai Doris ei weld trwy gydol y naw mis. Arweiniwyd hi at y penderfyniad hwn, fel at bron bob penderfyniad o bwys yn ei bywyd, trwy reddf yn hytrach na thrwy gynllun. Efallai nad oedd namyn greddf anifail a fynnai amddiffyn y plentyn ynddi yn erbyn pob perygl allanol. Ond fe deimlodd hefyd fodlonrwydd arbennig wrth ddarllen llythyrau Arthur yn crefu arni am ganiatâd i'w gweld hi. Roedd y llythyrau hyn yn gysur mawr iddi yng nghanol y gwrthdaro a'r gofidiau beunyddiol. Cadarnhaodd pob un ohonynt ei theimlad gorfoleddus ei bod hi'n gryfach, yn ddyfnach, yn fwy hapus, yn fwy etholedig nag unrhyw ferch arall roedd yn ei hadnabod.

Daeth oriau o ysbryd isel hefyd, wrth gwrs, oriau pryd y byddai Doris yn cau ei hunan i fewn i'w hystafell gan grïo o dan ing ei hiraeth: hiraeth am gael byw bywyd tawel, diogel gyda thad ei phlentyn, am ei gael i ymhyfrydu gyda hi am fod plentyn eu serch yn tyfu ynddi. Eto fe aeth yr oriau digalon heibio, ond fe arhosodd Doris yn ddisyfl yn ei phenderfyniad i beidio â gweld Arthur.

Pan ddywedodd Doris wrth John ei bod yn disgwyl plentyn arall, cododd rhywfaint o ddrwgdybiaeth ynddo, ond ni allai gofio. Roedd cynifer o bethau wedi digwydd iddo er pan aeth i Baris. Onid yw plant yn dod i'r byd yn aml iawn er gwaethaf eu rhieni? Y ffordd hawsaf oedd peidio â gofyn gormod o gwestiynau. Ac ni ofynnodd neb iddo ef chwaith pa fodd y treuliodd yr amser ym Mharis. Ni synnai chwaith am fod Doris yn cadw draw oddi wrth ei anwesau. Gwnaethai yr un fath lawer tro o'r blaen.

Ganwyd mab yng ngwanwyn y flwyddyn ddilynol a rhoddwyd yr enw Ieuan iddo. Derbyniodd John y plentyn fel mab a fyddai'n cymryd lle'r mab a gollwyd. Rhoes arno ei holl serch. Ac wrth ei weld yn tyfu'n siriol ac yn iach, aeth yn fwy hoff ohono hyd yn oed nag y bu o Gareth bach.

Derbyniodd Arthur y newydd am enedigaeth ei fab mewn llythyr oddi wrth Doris. Arferai hi yrru ei llythyrau ato ef i Swyddfa'r Post, a rhaid oedd i Arthur ofyn amdanynt ei hun. Roedd ei hiraeth am Doris wedi tyfu gyda'r misoedd o ddisgwyl amdani. Llanwodd ei llun hi freuddwydion y nos a meddyliau'r dydd ac yn fwy felly gan ei bod yn amhosibl iddo siarad â neb amdani. Llethwyd ei feddwl gan ofn y gallai'r fam farw yn ystod yr enedigaeth heb iddo gael gwybod, heb iddo gael ei gweld hi eto. Wedi derbyn y llythyr fe grynai ei ddwylo gan mor hir oedd y tragwyddoldeb rhwng cael yr amlen i'w law a'i hagor. Darllenodd wedyn:

> 'Annwyl Dada,
> Ganwyd mab i ni ar y pumed dydd o'r mis yma. Rhoddodd un sgrech wyllt wrth edrych gyntaf ar y byd. Mae hyn yn arwydd ei fod yn holliach. Mae ei fam yn aros am dy weld di.'

Wedi derbyn y newydd roedd Arthur mewn tymer eithriadol o gymhleth. Teimlodd y pleser cyntefig fod ganddo fab ac y byddai rhan ohono yn byw ar ei ôl. Roedd ynddo ysfa gref i rannu'r newydd â phawb neu o leiaf â rhywun. Roedd fel dyn sy wedi cael y newydd ei fod wedi etifeddu ffortiwn a gedwir drosto mewn lle arall, ac nad oes ganddo hawl i sôn am y peth wrth neb arall. Deisyfodd ffordd i allu mynd at Doris ar unwaith a gweld ei blentyn. Oherwydd natur deimladwy oedd gan Arthur, natur a fyddai'n addas i dad teulu hapus, un a fydd yn adrodd storïau i'w ferched ac yn chwarae pêl-droed gyda'i feibion.

Wedyn daeth ofn arno y byddai Doris yn ei gadw i ffwrdd oddi wrthi o hyn allan, ac y byddai'r mab yn cymryd lle ei dad. Gwrthryfelodd yn erbyn y ffawd â'i gwthiodd i gornel mor ansicr, a'i wneud yn analluog i gyfeirio ei fywyd ei hun. Hefyd daeth drosto deimlad o euogrwydd mewn perthynas â Siân. Ar y ffordd adref gwnaeth Arthur rywbeth na wnaethai ers llawer dydd. Prynodd focs o siocled fel anrheg annisgwyl i'w wraig.

Clywodd Siân ei gamau'n dod tra oedd hi'n eistedd yn y gegin, a brysiodd at y drws a'i agor. Wrth ei gweld hi'n aros amdano, cafodd Arthur deimlad anghysurus, fel pe bai hi'n ei wylio'n barhaus.

"Rwyt yn siriol heddiw, Arthur. Diolch am hynny. Roeddwn yn meddwl gofyn i'r doctor roi tonig i ti."

"Dyfala beth sydd gyda fi!"

"Paid â bod yn ffôl nawr. Sut y gallaf i ddyfalu?"

"Presant bach iti!"

"Rwyt ti'n annwyl!"

Gwridodd Siân gan bleser wrth dderbyn y rhodd, a bwriadodd gael sgwrs ag Arthur ar ôl te fel yn yr hen amser. Ond ar ôl te dywedodd Arthur ei bod yn rhaid iddo orffen rhyw waith pwysig. Aeth i'w stydi, ac ni feiddiai hi aflonyddu arno yno. Yn y stydi cymerodd Arthur focs allan o ddrôr cloëdig ei fwrdd sgrifennu. Agorodd y bocs a dododd y llythyr a'r newydd am enedigaeth ei fab gyda'r llythyrau eraill a dderbyniasai'n barod oddi wrth Doris. Gosododd y bocs yn ôl, a chloi'r drôr. Wedyn sgrifennodd lythyr hir a hapus at Doris gan addo dod i'w gweld hi cyn gynted ag y byddai'n gyfleus iddi.

* * *

Er mor fawr oedd ei phleser oherwydd genedigaeth ei mab, ni allai Doris gael heddwch i'w henaid o'r amgylchiad. Nid eiddo iddi hi oedd y ddawn fenywaidd o gadw a gwylio. Roedd hi'n chwilio amdani ei hun yn ddiderfyn, ac ni allai ddod o hyd i'w hun ond yn y gŵr a garai. Ni fyddai'r plentyn byth yn cymryd ei le ef. Ond wrth weld ei mab bychan yn tyfu, roedd hi'n dioddef mwy a mwy am na allai Arthur wylio ei ddatblygiad gyda hi. Yn lle ymdawelu roedd ei chwant am Arthur yn cryfhau.

O hyn ymlaen dechreuodd Doris weld Arthur yn gyson. Fel rheol nid oedd yr amser y gallent ei dreulio gyda'i gilydd ond byr – rhai oriau yn y nos, efallai, ar ôl iddi orffen ei gwaith; awr fer amser cinio mewn caffe neu ambell awr anamlach gyda'i gilydd ar y traeth. Fel arfer nid oedd ganddynt ddigon o amser i ymryddhau'n llwyr oddi wrth eu dyletswyddau beunyddiol.

Ar ôl genedigaeth Ieuan dechreuodd Doris gadw dyddiadur. Rhoddai hyn gyfle iddi i deimlo presenoldeb Arthur hyd yn oed pan nad oedd gyda hi. Darllenent o'r dyddiadur hwn yn fynych pan eisteddent gyda'i gilydd, a chafodd Doris foddhad mawr o'r ffaith fod Arthur yn dod i'w hadnabod hi yn drwyadl. Roedd Arthur yntau yn ddigon bodlon i siarad amdano ei hun tra oedd Doris yn gwrando'n astud ar bopeth a oedd o unrhyw bwys iddo.

Eto, nid yw'r byd yn ffafriol i gariadon hyd yn oed ar y gorau, ac roedd y serch rhwng Doris ac Arthur yn llawer mwy anobeithiol na serch y cyplau ifainc sy'n gwasgu ei gilydd wrth y drysau yng ngolau'r lleuad. Roeddent yn sychedig am serch, ond tynnid y cwpan i ffwrdd bob tro ar ôl gwlychu'r wefus yn unig.

Newidiodd ymddangosiad Doris yn rhyfeddol. Roedd yn teneuo yn awr, a'i hwyneb yn dangos llinellau nerfus. Byddai ei llygaid yn fynych wedi eu cyfeirio i bellter ansicr mewn mynegiant llym, rhythol. I wella ei golwg welw byddai'n gosod mwy o goch ar ei gruddiau, gan greu o flaen y drych y llun a ddymunai ohoni ei hun. Newidiodd ddull ei gwallt yn aml iawn. Gallai edrych yn hardd weithiau, ond ar ysbeidiau byddai hi'n ymddangos yn wael ac yn sâl.

* * *

Roedd Ieuan wedi dathlu ei ben-blwydd cyntaf ac yn dechrau cerdded yn sigledig ar ei draed ei hun, pan lwyddodd Doris ac

Arthur o'r diwedd i dreulio nifer o ddyddiau gyda'i gilydd mewn tref yn Lloegr lle nad oedd neb yn eu hadnabod. Hwn oedd y tro cyntaf yn eu bywyd iddynt fedru byw gyda'i gilydd fel pobl briod. Aethai Arthur yn gyntaf a chymryd ystafell mewn gwesty drud. Aeth i'r orsaf wedyn i gyfarfod "â'r wraig".

Cerddai yn nerfus ymlaen ac yn ôl ar y platfform tra oedd yn aros am y trên. Yn wahanol i Doris ni wnaeth erioed ymdrech i esbonio neu i amddiffyn ei gysylltiad â Doris a'i dwyll yn erbyn John. Ni welodd angen chwaith i gasáu Siân am ei fod yn caru Doris. Mewn ffaith roedd yn fwy tyner tuag ati mewn ffordd arwynebol, er mwyn tawelu pigiadau ei gydwybod. Roedd yn caru Doris yn wirioneddol. Teimlodd yn ddirgel nerth a dyfnder ei phersonoliaeth a allai aberthu popeth, yn wirioneddol bopeth, er mwyn delfryd. Porthwyd ei hunan-barch gan y syniad mai ef oedd gwrthrych ei haddoliad. Ac yn ddiamau fe apeliodd coethder ei hymddangosiad a'i harferion yn gryf at ei synhwyrau.

Safodd y trên yn stond. A dyna, yn y ffenestr, ferch fonheddig mewn costiwm clos a het fel corongylch, y ferch brydferthaf, yn aros amdano.

"Mor hyfryd rwyt ti'n edrych, fy nghariad!"

"A gaf i gusan?"

"Cusan o flaen y bobl!"

"Wyt ti'n anghofio o hyd, Arthur, fod hawl gan ŵr i gusanu ei wraig ar yr orsaf?"

"Cusan ysgafn felly ar y foch ... fel y bydd gŵr yn cusanu ei wraig!"

"Rwyt yn ddrygionus!"

"A sut mae ein mab mawr yn dod ymlaen?"

"Aros am funud, aros am funud! Fe gei di wybod popeth yn y man. Diolch i'r nefoedd fod amser gennym o'r diwedd."

"Does dim llawer o amser gan y trên, beth bynnag. A gaf i gario dy gâs, mae'n drwm i ti."

"O diolch, mi alla i gadw yr un arall, yr un bach."

"Dim ond hyd at y tacsi i fynd i'r gwesty – mae tipyn bach o ffordd i ffwrdd, wrth ymyl llyn, ardal hyfryd iawn i fynd am dro."

Yn y tacsi aethant ymlaen i sgwrsio, y ddau ohonynt wedi eu cynhyrfu.

"Yn y prynhawn fe awn i le del i gael te ac i ddawnsio, ac wedyn fe awn i'r theatr yn y nos."

"Ac yfory, Arthur, am dro hir i'r wlad."

"A thrannoeth fe awn mewn cwch ar yr afon, y ddau ohonon ni gyda'n gilydd."

"Ond os bydd hi'n glawio?"

"Os bydd hi'n bwrw glaw ac eira a chesair fe gawn ddigon o hamdden i ddarllen dy ddyddiadur."

"A'r diwrnod wedyn fe orweddwn mewn deck-chairs yn yr haul a diogi."

"Ac wedyn?"

"Y pumed dydd? Wedyn bydd rhaid inni fynd yn ôl."

"Paid â siarad amdano, 'nghariad. Heddiw rŷn ni'n byw."

Safodd y car. A dyna'r gwesty twt; a gwas y tŷ yn cludo'r bagiau i'r ystafell wely.

Caewyd y drws.

Dododd Arthur ei fraich ar ysgwydd Doris a'r ddau ohonynt yn edrych allan trwy'r ffenestr at yr afon.

"Wyt ti'n hoffi'r lle?"

"O Arthur, dyna ryfedd, yn sydyn rwy'n teimlo'n flinedig iawn – a chymaint i'w wneud yn ystod yr amser byr sydd gyda ni."

"Gorwedd dipyn bach ar y gwely. Fe deimli'n well yn y man."

"Gorwedd, yn awr?"

"Mi orweddaf gyda thi."

* * *

Ychydig fisoedd yn ddiweddarach, dathlwyd priodas Gwenda, chwaer Doris. Mynnai Mr. a Mrs. Davies gael John a Doris yno gyda'i gilydd. Gwyddent, wrth gwrs, nad oedd y ddau yn cyd-fynd yn dda iawn, ond gobeithient y byddai cyfle da ar ddiwrnod felly i helpu i'w cymodi. Ar wahân i hynny, nid oeddent am roi achos pellach i glebran y bobl a oedd yn barod i ddweud pethau cas amdanynt. Tynnwyd llun y parti priodas y tu allan i'r capel yng ngolwg torf o bobl chwilfrydig a oedd wedi ymgasglu o'u cwmpas. Pawb yn sisial glebran!

"Onid yw'r priodfab yn nerfus!"

"Dyna fel y mae hi."

"Mae'r briodferch yn edrych fel ffilm-star"

"Rwy'n dwlu am y plant, y ddau fachgen a'r ferch, i gyd mewn dillad gwyn a blodau yn eu dwylo."

"Plant i bwy ydyn nhw?"

"Plant i Mr. a Mrs. Richards. Wyddost ti? Mae Mrs. Richards yn chwaer i'r briodferch. Mae'r plant yn sefyll o flaen eu rhieni..."

"Eu tad-cu a'u mam-gu sydd wrth eu hymyl".

"Dyna batrwm o deulu."

Ychydig funudau cyn y cinio priodasol bu geiriau llym rhwng Doris a John am ei bod hi wedi gyrru'r plant adref, er bod John wedi dymuno iddynt aros i gael bwyd gyda hwy. Amser cinio eisteddai John yn ymyl chwaer y priodfab, a dangosodd ei hun ar ei orau. Gwnaeth araith fer hynod o ffraeth wrth annerch y pâr ifanc. "Mae hynny o ddawn sy gen i," meddai, "yn tueddu at ochor ysgafn bywyd. Yn wahanol i'm gwraig, ni allaf edrych ar bopeth yn y byd o safbwynt tragwyddoldeb. Prin y byddai'n addas, chwaith, i mi wneud hynny'n awr, gan ddychmygu'r miloedd ar filoedd a fydd yn epil, yn y diwedd, i'r pâr ifanc yma. Wnaf fi ddim sôn, ar y llaw arall, am y dyletswyddau y bydd yn rhaid i chi eu cario gyda'ch gilydd."

Terfynodd yr araith gyda stori am blisman yn ei gartref a fyddai'n osgoi pob man lle'r oedd ffrae neu ymladdfa'n digwydd bod, am fod tipyn o ofn arno y câi ei groen ei hun ryw niwed. "A dyna fy nghyngor i'r pâr ifanc," meddai John. "Dilynwch esiampl y plisman, a rhedwch i ffwrdd yn union pan welwch fod ffrae yn agos. Dyw hynny ddim yn ddewr. Dyw e ddim yn foesol. Ond mae'n ddiogel, ac yn helpu dyn i fwynhau bywyd hir."

Profodd y chwerthin a'r gymeradwyaeth hir fod ei ymdrech yn llwyddiant. A daeth diwedd y wledd gyda hufen iâ a choffi.

Ar ôl cinio ceisiodd tad Doris gael gair â John wrtho'i hun. Roedd Mr. Davies mewn tymer hapus, a gofidiai am ei fod hwyrach wedi beirniadu John yn rhy galed wedi'r cyfan. Cynigodd sigarét i John, ac eisteddodd y ddau mewn cadeiriau dyfnion. Teimlai John braidd yn anghysurus, am fod ganddo wrthwynebiad greddfol i agwedd nawddogol ei dad-yng-nghyfraith.

"Dwedwch John," meddai Mr. Davies, "dých chi ddim yn meddwl ei bod yn hen bryd i chi nawr i wneud cartref gyda'ch gilydd fel teulu? Byddai'n arbed llawer o arian i chi pe baech chi'n cael gwared o'r treuliau dwbwl am ddau gartref, fel y mae hi ar hyn o bryd. A byddai'n dda i'r plant, yn arbennig, i weld mwy o'u tad."

"I ddweud y gwir, Mr. Davies, rwy wedi bwriadu hyn ers meityn, ond mae Doris yn hawlio na all hi roi'r gorau i'w gwaith tra pery'r anawsterau ariannol."

Synnodd Mr. Davies at gymaint o barodrwydd.

"Os hyn yw'r unig reswm," meddai, "dylai fod mwy o ffydd gan y ddau ohonoch yn eich rhieni. Pam nad ŷch chi ddim wedi dod ata i? Gallwn drefnu mewn rhyw ffordd i Doris gael ar hyn o bryd y rhan o'r etifeddiaeth a fyddai'n dod iddi, fel arall, ar ôl imi farw. Wedi'r cyfan, rhaid iddi fwynhau bywyd tra yw hi'n ifanc. Rŷn ni wedi bod yn gofidio eto yn ddiweddar am iechyd Doris. Rwy o'r farn bendant fy hun fod yr holl waith yma'n ormod iddi. Does dim rheswm mewn llosgi'r gannwyll fel hyn ar y ddau ben."

Dim ond hanner gwrando roedd John. Buasai'r bwyd yn dda, a theimlai rywsut yn gysglyd. Nid oedd yn barod, ar y funud hon, i drin problemau difrifol ei fywyd.

Roedd yn sicr fod bwriad ei dad-yng-nghyfraith yn un diffuant, er iddo ddrwgdybio y byddai'n rhaid talu am yr arian â'i annibyniaeth. Ond mewn gwirionedd byddai'n eithaf bodlon gwneud hynny er mwyn gallu byw gyda'i wraig a'i blant fel pawb arall. Yn sydyn ysgytiwyd ef o'i hanner cwsg. Daeth i lais Mr. Davies acen lem.

"Ac fe hoffwn ofyn un peth yn arbennig i chi, John. Tybed a oes modd i chi gymryd mwy o ofal am iechyd Doris? Rwy'n gallu deall pam y mae Doris am ennill arian drosti ei hun o hyd. Ond rŷch chi, John, yn gadael iddi wneud hynny. Fe ddylech chi roi'r gorau nawr i'r arfer o gael plentyn bob yn ail flwyddyn. Mi wn i, wrth gwrs, eich bod chi fel Catholigion yn dilyn syniadau arbennig ar y mater yma. Ond y mae'n rhaid i chi ystyried y canlyniadau rywbryd a rhywsut."

Torrodd John yn ffyrnig ar draws araith Mr. Davies.

"Mr. Davies, os oes rhaid i chi ymyrryd yn ein perthynas fwyaf personol, mae'n dda gen i mod i mewn ffordd i dawelu eich pryderon. Er pan anwyd Ieuan, rŷn ni ein dau wedi bod yn byw fel brawd a chwaer – yn ystyr lythrennol yr ymadrodd."

Wrth glywed yr ateb hwn, cyffrowyd Mr. Davies, a throes ei wyneb yn goch tywyll.

"Edrychwch, John," meddai, "rwy'n siŵr na fynnwch chi ddim gwadu'r ffaith fod Doris yn disgwyl plentyn arall."

Camddeallodd John y sefyllfa yn gyfan gwbl, a chwarddodd yn uchel.

"Doris yn disgwyl baban! Mae hyn yn amhosibl. Wedi'r

cyfan, fi a ddylai wybod orau am hynny. Fe af i nôl Doris ar unwaith. Byddai'n gas ganddi hi ein clywed ni'n siarad amdani fel yma. Y gwir yw bod y sefyllfa i gyd yn chwerthinllyd."

A chyn i Mr. Davies gael nerth i ateb, aeth John i mofyn Doris. Daeth o hyd iddi yng nghwmni ei mam, a nifer o berthnasau'r priodfab.

"Tyrd yma'n gyflym, Doris!" meddai John yn eithaf hwylus. "Mae dy dad eisiau trafod rhai pethau pwysig gyda ni."

Wrth ddweud hyn, dododd ei fraich am ganol Doris. Symudodd Doris i ffwrdd oddi wrth ei gyffyrddiad.

"Er mwyn dyn, paid â rhoi maldod i mi fel hyn o flaen pawb. Dwi ddim yn hoff o sioe fel yma, ac fe ddylet wybod hynny erbyn hyn, John."

Ac felly aethant at Mr. Davies, y naill wrth ochr y llall.

"Am beth buost ti'n siarad â 'nhad?" gofynnodd Doris ar y ffordd. "Wyddwn i ddim eich bod chi'ch dau'n ffrindiau mor fawr."

"Mae dy dad wedi bod yn cynnig rhoi arian i ni, ac wedyn fe gododd rhyw ddadl chwerthinllyd hollol. Dywedodd dy dad dy fod yn disgwyl baban arall a rhoddodd stŵr i mi am beidio gofalu'n well amdanat ti."

Er mawr syndod i John nid atebodd ei wraig ar unwaith. Roedd gan Doris y ddawn neilltuol hon o weld yn union y pethau roedd hi am eu gweld. Llwyddasai hyd at y funud yma i gadw allan o'i hymwybyddiaeth bob meddwl am John ac am yr hyn a ddywedai ef am y plentyn roedd hi'n ei ddisgwyl. A dim ond yn awr y sylweddolodd pa mor fradwrus oedd y tir y cerddai arno.

Pan gyrhaeddodd Doris gyda'i gŵr yr ystafell lle eisteddai ei thad daeth atgof yn ôl iddi am yr amser pan oedd yn blentyn a phan alwai ei thad hi ato. Yr adeg honno roedd yn ddigon iddi aros am eiliad y tu allan i'r drws cyn beiddio mynd i mewn, a byddai ei chydwybod yn ei chyhuddo – hyd yn oed os oedd hi heb wybod beth yn hollol oedd ei phechod. Roedd cynifer o bechodau'n bosibl. Efallai iddi fwyta gerllyg anaeddfed. Efallai na wnaeth ei gwaith cartref. Efallai ei bod wedi taflu'r inc ar y carped, neu wedi bod yn anufudd i'w mam. Ond aethai'r amser hwn heibio, a chydag ef yr ymdeimlad parhaus o euogrwydd.

Wynebodd Doris yn dawel iawn y ddau sydd wedi cynrychioli awdurdod er oesau cynharaf y byd – y tad a'r gŵr. Roedd y ddau ohonynt, y tad a'r gŵr, yn ei charu hi yn eu ffyrdd arbennig eu hunain. Ac ni chyhuddwyd hi oherwydd iddi droseddu yn erbyn eu serch, a brifo eu teimladau. Cyhuddwyd hi oherwydd iddi ddolurio eu balchder a'u hawliau perchenogol.

Am ysbaid byr bu tawelwch gelyniaethus rhwng y tri ohonynt. Eisteddai Doris tra cerddai John yn anesmwyth yn ôl a blaen yn yr ystafell. Crwydrodd llygaid Mr. Davies oddi wrth y naill ar y llall.

"Os gwelwch chi fod yn dda," meddai Mr. Davies, "a wnewch chi ddweud wrthyf sut mae pethau'n sefyll rhyngoch chi'ch dau?"

"Peidiwch â'n trin ni fel plant o hyd, 'nhad," meddai Doris. "Rhaid i chi gofio eich bod yn siarad â phobol mewn oed."

"Ond, Doris fach, paid â chwarae'r ladi fel yma," meddai John. "Er mwyn y nefoedd, dwed yn syth wrth dy dad nad wyt ti ddim yn disgwyl plentyn. Dyna'r mater sydd o bwys nawr."

Arhosodd wyneb Doris yn berffaith ddisymud fel mwgwd.

"Ond mae'n berffaith wir. Rwyf yn disgwyl plentyn, a does dim angen i chi greu helynt a hylabalw yn y teulu, fel y byddwch chi'n arfer wneud os aiff rhywbeth yn groes i'ch disgwyliadau. Fedrwch chi newid dim ar y ffaith. Gwnewch fel y mynnwch. Ond cofiwch fod dau fywyd yn y fantol."

Trodd John yn welw iawn.

"Y butain ag wyt ti!"

Dododd ei fraich dros ei lygaid i guddio'i ddagrau. Am eiliad teimlodd Doris rywbeth fel cydymdeimlad â'r dyn a dorrwyd i lawr mor llwyr gan ei geiriau. Ond mewn ysfa i'w hamddiffyn ei hun gwylltiodd yn ddiatal.

"A beth a wnest ti? Tybed a wyt ti wedi bod yn byw fel mynach drwy'r blynyddoedd diweddar yma? Does fawr o dir dan dy draed di iti fedru condemnio pobol eraill. Dim ond un camgymeriad a wnes i: fe briodes i ti er mod i'n caru rhywun arall."

Yn hollol afresymol, trodd dicter Mr. Davies yn erbyn ei fab-yng-nghyfraith.

"Ac fe briodaist ti ddyn parchus iawn hefyd," meddai ef, "dyn sy'n methu gofalu am ei wraig ei hun, ac yn byw ar yr arian y mae ei wraig yn ei ennill."

Dechreuodd cweryl hyll rhwng John a'i dad-yng-nghyfraith. Cyhuddodd y ddau ei gilydd yn y ffyrdd mwyaf isel a direswm. Roeddent yn methu'n llwyr â derbyn y ffaith fod y ferch hon wedi mynd i'w ffordd ei hun er eu gwaethaf hwy, yn ddigywilydd ac yn ddihidio, fel grym naturiol dilyffethair.

PENNOD XI

SIÂN A DORIS

OER a glawog oedd diwrnod cyntaf mis Hydref. Treiddiodd yr awyr wlyb, drom hyd yn oed drwy'r ffenestri, ac ymledodd ei thrymder blin drwy'r tŷ i gyd. Deffrodd Siân â chur yn ei phen. Gydag ymdrech yn unig y llwyddodd i benderfynu codi a dilyn ei gwaith beunyddiol. Cawsai noson aflonydd iawn. Ni fyddai hi byth yn cysgu'n dda pan oedd Arthur i ffwrdd, a hithau wrthi ei hun yn y tŷ. Ond yn ychwanegol at hyn, buasai'r dydd a aeth heibio yn ddydd o straen arbennig. Roedd Arthur wedi sylwi'n sydyn ddoe fod angen llyfrau o Lyfrgell y Brifysgol arno ar gyfer ei waith, a phenderfynodd yn gyflym mai'r peth gorau fyddai iddo fynd a benthyca'r llyfrau ei hun, gan aros yno am noson neu ddwy.

Fel canlyniad roedd yn rhaid i Siân baratoi ei ddillad ar gyfer y daith. Gwnaeth deisen hefyd iddo ei chymryd gydag ef; a choginiodd ginio da cyn iddo gychwyn. Ar ôl iddo fynd, dechreuodd lanhau'r stydi, am na allai wneud y gwaith hwn pan fyddai Arthur gartref. Roedd hi wedi gohirio'r gwaith hwn dro ar ôl tro, a rhaid oedd dal ar y cyfle yn awr.

Ar ôl gwisgo aeth Siân i'r gegin i gynnau'r tân a rhoi'r tegell arno. Cafodd y gwres a golau'r fflamau ryw ddylanwad esmwytháol arni. Edrychodd ar lun ei gŵr wedi ei beintio mewn olew, a oedd yn hongian uwchben y lle tân. Llun bywiog ydoedd, gwaith artist da. Dyna fel yr edrychai Arthur ar yr adeg pan briododd ef hi, yn ddyn ifanc, talentog, yn llawn o obaith, ac yn hoff o fywyd. Pe gallasai Siân fod yn ddiffuant â hi ei hun, buasai'n rhaid iddi gyfaddef mai'r dyn ifanc yma oedd yr un a garai. Nid oedd yr Arthur yr oedd hi'n byw gydag ef yn awr ond fel dieithryn iddi yn aml iawn, ac ymhell oddi wrthi. Canlyniad oedd hyn, yn ei thyb hi, i'r ffaith fod Arthur yn ymdaflu'n llwyr i'w waith; a'r unig gyfraniad y gallai hi ei wneud i'w waith oedd ei gwneud yn bosibl iddo, yn y dechrau oll, i fynd ymlaen â'i efrydiau. Balchder Siân oedd gweld Arthur yn brysur gyda'r gwaith a ddilynai yn awr. Oherwydd hyn, ni chwynai hi am iddo ei gadael mor fynych wrthi ei hun, er na allai, o ran ei natur, ddioddef unigrwydd yn dda o gwbl.

"Wnei di byth ddod i ben â'r gwaith fel yma, Siân," meddai hi wrthi ei hun, gan lefaru'n hyglyw ond yn isel.

Paratôdd frecwast iddi'i hun yn gyflym, a bwytaodd yn frysiog ac yn ddiarchwaeth. Aeth yn ôl i'r stydi wedyn i dynnu'r llwch oddi ar y llyfrau. Gofynnai'r gwaith hwn am lawer o ofal, gan fod angen gosod pob llyfr yn ôl yn ei le yn yr un rhes. Roedd Siân yn cymryd rhai o'r cylchgronau i lawr, pan sylwodd fod un ohonynt yn y drefn anghywir. Nid oedd yn siŵr a ddylai ei roi'n ôl yn yr un lle, gan fod Arthur mor ffwdanllyd; gallai gwyno'n chwyrn iawn os oedd rhaid iddo chwilio'n hir am lyfr. Yn sydyn fe sylwodd Siân fod llythyr wedi ei osod rhwng y tudalennau. Dangosai'r dyddiad arno iddo gael ei sgrifennu ychydig ddyddiau'n ôl. Roedd y llawsgrifen yn fân. Ymddangosai'n eglur ar y dechrau, ond roedd yn anodd i'w ddarllen. Taflodd Siân olwg drosto gan feddwl y gallai fod yn llythyr o bwys a anghofiwyd gan Arthur yn ei brysurdeb. Troes yn welw, a theimlodd ei bod ar fin llewygu. Eisteddodd ar gadair gyfagos, a darllenodd y llythyr yr ail waith, a'r tro hwn air am air. Llythyr oddi wrth ferch ydoedd.

* * *

Yr un bore roedd Arthur yn nhŷ Doris wrtho ei hun gyda Doris a'i merch Eluned, a oedd yn ddau fis oed. Wrth eistedd yn yr ystafell heulog mewn gwisg ysgafn flodeuog a'r plentyn wrth ei bron, roedd Doris yn llun perffaith o fam hapus. Ac fel hyn y bwriadai Doris i Arthur ei gweld hi. Sgyrsiai yn siriol gan roi bwyd i'r baban.

"Mae Eluned fel argraffiad arall ohonot ti. Mae hi'r un ffunud â thi! Bob tro y byddaf fi'n edrych arni, rwy'n gorfod meddwl amdanat ti. Fedri di ddim dychmygu cymaint rwy wedi edrych ymlaen at eich cymharu chi'ch dau."

"Rwy mor falch i'th weld di yn llon ac yn iach. Rwyt yn edrych fel llun Mam Duw o'r Eidal. Fe allen ni fod mor hapus gyda'n gilydd oni bai am ... Pa mor hir y galla i aros yma?"

"Paid a gofidio. Does neb arall yn y tŷ. Rwy wedi gofalu."

"A mae John yn gwybod?"

"Mae wedi gwylltio'n ofnadwy. Dywedodd na ddôi byth yn ôl i'r tŷ tra oedd Eluned o dan yr un to."

"Ydy e'n meddwl am ysgariad?"

"Nac ydy, mae'n rhy grefyddol ac yn rhy ymarferol. Mae'n Gatholigwr, wrth gwrs. Fydd e'n ofni dim byd yn fwy na bod yn gyff gwawd."

Estynnodd Arthur fys i'r baban a gydiodd ynddo yn dynn gan adael ei photel.

"Edrych, Arthur, rwy'n credu ei bod yn gwenu arnat!"

"Ac i feddwl bod rhaid i mi fynd mor fuan!"

Gosododd Doris Eluned yn y pram gan guddio'r dagrau a godai i'w llygaid. Eisteddodd yn ymyl Arthur ar y soffa, a chwilio am gysur o gyffyrddiad y cnawd.

"Paid â siarad am fynd eto. Yr unig amser rwy'n byw mewn gwirionedd yw'r ychydig oriau pan fyddi di gyda fi, pan alla i fodoli'n unig er dy fwyn di a thithau er fy mwyn i.

"Mae hi'n wyrth ac yn syndod i mi bob tro fod dau berson yn medru ffurfio undod mor berffaith."

* * *

Darllenodd Siân y llythyr am yr ail waith gan wneud yn siŵr o bob llythyren ar wahân fel petai newydd ddechrau darllen mewn ysgol babanod.

> Fy nghariad a'm gŵr,
> Rydym yn dy ddisgwyl di felly yma ar ddydd Iau, Eluned fach a minnau. Mae hi'r un ffunud â thithau. Fe gei di weld!
> Dy Eiddo.

Datguddiodd y llythyr ddigon i'w gwneud yn siŵr fod Arthur wedi ei thwyllo, a bod rhyw ferch yn ei hawlio ef fel tad i'w phlentyn. Fel pob gwraig sy'n gwneud darganfyddiad o'r fath, cyfeiriodd ei dig yn fwy yn erbyn y fenyw arall a arweiniodd ei gŵr ar gyfeiliorn nag yn erbyn ei gŵr.

Ni wnaeth ddim gwaith pellach ar ôl darganfod y llythyr. Gorweddai ar y soffa yn y gegin mewn cyflwr blin gan bendroni uwch ei darganfyddiad ac aros i'w gŵr ddod yn ôl. Pan aeth oriau heibio heb i Arthur ddychwelyd newidiodd ei dig i deimlad o anallu a gwacter; a dioddefodd ing llethol gan ddychmygu nad oedd ar neb ei heisiau. Nid aeth i'r gwely yn y nos chwaith ond clustfeiniodd ar bob sŵn a ddôi o'r tu allan.

Pan ddychwelodd Arthur ar y diwrnod dilynol fe gafodd ei dŷ mewn anhrefn a'i wraig mewn cyflwr hanner gwallgof. Cyn iddo gael cyfle i dynnu ei gôt estynnodd hi y llythyr iddo.

"A fedri ddweud wrthyf beth yw ystyr y peth yma? Rwy bron wedi mynd o'm cof wrth aros amdanat. Pwy yw'r ferch rwyt yn ymweld â hi yn dy brifysgol?"

Cochodd wyneb Arthur mewn dicter a chywilydd. Tynnodd y llythyr allan o law Siân gan hanner ei dorri.

"Ble daethost ti ar draws y llythyr? Ers pryd wyt ti'n arfer chwilio mhapurau?"

Cydiodd yn ei braich a'i hysgwyd.

"Gad fi'n rhydd, yr un brwnt ag yr wyt ti! Gobeithio y

daethost ar draws y llyfr pwysig roedd yn rhaid iti ei weld ar unwaith."

Arllwysodd ddagrau o hysteria.

"Ydw i'n haeddu cael fy nhrin fel yma? Does neb yn fy ngharu i. Dw i ddim yn werth dim i neb. Mae hi ar ben arna i!"

"Tyrd nawr, Siân. Gad i mi esbonio."

"Esbonio! Does dim eisiau esboniad o gwbwl. Rwyt wedi gwneud ffŵl ohonot ti dy hun a chaniatáu i ryw hoeden ddigywilydd roi'r bai arnat am ei phlentyn. Dyna'r cyfan."

"Rhag cywilydd i ti, Siân!"

"Rhag cywilydd i tithau! Dylai fod yn hollol amlwg i ti erbyn hyn na fedri di ddim cael plant. Rwy'n ddigon o brawf o dy allu i genhedlu plant, on'd ydw i? Mae'r butain yna wedi cymryd mantais o'th dwpdra er mwyn crafangu arian oddi wrthyt. Dyna'r cyfan."

Teimlai Arthur yn rhy euog i allu dioddef ei chyhuddiadau yn dawel. A pho fwyaf y gwylltiai ef, mwyaf oedd ei hysteria hi. Yn y diwedd bu raid i Arthur ffonio am y meddyg.

Gallodd Siân reoli digon arni ei hun i beidio â dadlennu ei chywilydd o flaen y byd. Dywedodd y meddyg fod ei nerfau wedi eu llethu. Hwyrach bod newid bywyd yn dechrau yn gynt ynddi nag oedd yn arferol. Rhoes fromeid iddi, a chyffur i'w helpu i gysgu.

Tra oedd Siân yn cysgu, meddyliodd Arthur am gynllun beiddgar. Tarddodd y cynllun o'r parch a feddai at ei wraig a'r serch a goleddai at Doris.

O dan ddylanwad y cyffuriau cysgodd Siân hyd y bore a phan ddeffrodd daeth Arthur at erchwyn ei gwely a chwpaned o de a bisgedi yn ei law.

"Wyt ti'n teimlo'n well nawr, Siân?"

"Does dim ots i ti sut rwy'n teimlo."

"Cymer damaid o fwyd nawr. Cawn siarad wedyn."

Llyncodd Siân lwyaid neu ddwy o de gan gael rhyw

gymaint o gysur o ofal anghyffredin ei gŵr. Cododd drwgdybiaeth wedyn.

"Beth wyt ti'n mofyn? Pam wyt ti mor garedig yn sydyn? Fyddai hi ddim yn talu i ti i roi gwenwyn i mi, debyg iawn."

"Siân Siân, os gweli di fod yn dda!"

"Wel, eisiau beth sy arnat?"

"Siân, rwy wedi gwneud cam â thi."

"Ie?"

"Rhaid i ni ddod i ddeall ein gilydd."

"Beth wyt ti'n feddwl? Wyt ti am gael ysgariad? Os felly dwed yn blwmp ac yn blaen. Rwyt yn fy mrifo i'n ofnadwy, y ffordd rwyt yn dal i 'nhwyllo."

"Clyw, Siân. Paid a sôn am ysgariad. Does dim gwerth a dim mantais mewn ysgariad. Mae Doris yn briod ..."

"Y ffŵl diniwed ag yr wyt ti! Mae hi eisiau ysgariad felly ac yn dy gymryd di fel godinebwr. Rwyt ti wedi'i gwneud hi. Rwyt wedi difetha dy enw a dy fywyd heb siarad am yr arian y bydd rhaid i ti dalu unwaith y bydd ei gŵr yn cael gafael ynot ac yn dy gyhuddo o ddwyn ei wraig oddi wrtho. Paid â thynnu fy enw i i fewn i lanast fel hyn!"

"Dwyt ti ddim yn deall. Wrth gwrs, sut y gelli di ddeall?"

"Arthur ... !"

"Gad imi orffen Siân. Rhaid i mi ddweud y peth a gwell i ti wrando yn awr a dod drosto. Y mae ei gŵr yn gwybod. Dyw e ddim am gael ysgariad, beth bynnag ei resymau, ond mae'n gwrthod dod yn ôl at ei wraig tra mae'r baban, fy mhlentyn ... tra mae'r ferch fach gyda hi."

"A rwyt ti am i mi gredu hyn?"

"O'r gorau. Does dim rhaid i ti gredu beth rwy'n ddweud. Ond gwnaf un cynnig. Tyrd di i weld Doris gyda fi. Ac ystyria ar ôl hynny a fyddai'n bosibl i ni fabwysiadu'r plentyn."

Tawodd Siân am rai munudau. Cafodd awgrym ei gŵr ymateb cryf gan ei greddfau gorau; a dywedodd ei rheswm wrthi, yr un pryd, y byddai plentyn Arthur – os ei blentyn ef oedd Eluned mewn gwirionedd – yn debyg o ffurfio cwlwm diogel i rwymo ei gŵr wrthi. Byddai ei ddiddordeb nwydus yn y wraig briod arall yn mynd heibio gydag amser. Cyn hir byddai'n perthyn i'r gorffennol, ac yn rhywbeth y gellid ei faddau.

"O'r gorau, Arthur, rwy'n derbyn dy awgrym ar un amod."

"A beth yw'r amod?"

"Allaf i ddim ymostwng i fynd i dŷ'r ... wel i dŷ'r fenyw hon. Ond rwy'n fodlon cyfarfod â hi a siarad â hi os daw hi yma ataf i."

"Ond cofia, dyw'r baban ddim ond yn ddau fis oed. Sut y medrai hi fynd i ffwrdd? Byddai'n llawer yn haws i ti ..."

"Dewis di fel y mynni. Dyna fy ngair olaf."

* * *

Synnodd Doris yn fawr pan dderbyniodd lythyr gan Arthur ddau ddiwrnod yn unig ar ôl ei ymweliad. Agorodd yr amlen gyda rhyw ragdeimlad na allai unrhyw beth da ddod mewn cymaint o frys, a darllenodd.

Doris Annwyl,
Y mae hyn yn hollol annhebyg i'r math o lythyr rwyt yn ei ddisgwyl. Ond rwyf yn siŵr y bydd dy gymeriad cryf a'th galon ddidwyll yn gweld y ffordd iawn.
Mae Siân yn gwybod. Roedd yn anochel, debyg iawn, iddi ddod ar draws ein cyfrinach rywbryd. Pan ddychwelais cefais hi mewn cyflwr nerfus a barai imi ofni am ei bywyd os na wneid rhywbeth yn fuan. Darllenodd hi dy lythyr ac roedd rhaid i mi gyfaddef popeth.

Nid plant ydyn ni bellach a rhaid i'r tri ohonom ddod i fath o ddealltwriaeth. Rhaid i ni gyfarfod â'n gilydd, ac y mae Siân yn fodlon i'th weld di. Ond dyw hi ddim mewn cyflwr i deithio. Felly byddwn yn ddiolchgar dros ben i ti pe deuit i'w gweld yn ein cartref. Rwyf wedi awgrymu i Siân fabwysiadu Eluned. A elli di ystyried i adael ein merch fach gyda fi i gadw rhywbeth o'th eiddo i'm cysuro ac i'm hatgoffa amdanat yn feunyddiol?

Dy Eiddo di.

Druan o Doris! Cafodd ei chipio â grym o hyd ac o hyd o fyd ei breuddwydion lle oedd hi'n dduwies a lle oedd harddwch a serch yn teyrnasu. Ond roedd ganddi ddigon o nerth ysbrydol, a rhoddodd ei serch iddi ddigon o hunanhyder hefyd. Felly cytunodd i fynd i gwrdd â gwraig Arthur.

Y peth rhyfedd oedd fod y sefyllfa ddramatig rywsut yn gydnaws â'i natur. Profiad poenus dros ben, mewn gwirionedd, fuasai'r orfodaeth i gadw ei chyfrinach rhag pawb. Buasai'n aml yn teimlo'n gryf yr hoffai gyffesu ei serch a chyfiawnhau ei bywyd ger bron pobl eraill. Atebodd ar unwaith gan enwi dyddiad ei hymweliad. Rhaid oedd iddi ddychwelyd ar yr un diwrnod, ac felly fe aeth yn ei char, dros fryniau a mynyddoedd, trwy drefi a phentrefi i Fryn Coed, lle oedd Arthur yn byw.

Pan arhosodd y tu allan i Swyddfa'r Post yn nhref fechan Bryn Coed, brysiai'r plant o'i chwmpas, gan astudio'r llythrennau dieithr a wahaniaethai'r car o'r 'Sowth'. Synhwyrodd Doris, ar ôl dod allan, fod llawer o lygaid busneslyd yn troi ati, fel pe bai pawb am fesur a chloriannu'r wraig ddieithr. Penderfynodd adael y car y tu allan i'r Post, a cherdded i dŷ Arthur. Roedd am gael argraff, cyn cyrraedd, o'r dref lle cafodd Arthur ei fagu. Soniasai Arthur gymaint am y dref hon wrthi fel y teimlai Doris ei bod bron yn adnabod popeth ynddi heb ofyn i neb. Dyna'r tŷ cornel lle oedd y teiliwr yn byw a wisgai 'dop hat' a siwt ddu bob tro y gadawai ei gartref, pa mor ddibwys bynnag oedd ei neges. Yn y stryd nesaf roedd sied y saer coed, yr un a naddodd y ceffyl pren cyntaf a gafodd Arthur. Ar y groesffordd roedd yr efail. Byddai Arthur yn sefyll yma am oriau pan oedd yn fachgen, yn gwylio'r haearn yn cael ei boethi a'r ceffylau'n cael pedolau newydd. Yr ochr draw, lle oedd tai diweddar, y buasai'r cae lle gwyliodd Arthur lawer gwaith yr heuwr yn gwasgar yr had â'i law.

Dim ond yn awr y daeth Doris yn ymwybodol o'r graddau y mae dyn yn rhan o'i amgylchfyd; roedd yn amhosibl deall dyn yn llwyr heb adnabod y fro lle cafodd ei fagu. Yr un mewn gwirionedd yw'r ddeilen â'r goeden lle tyf. Yn awr yn unig y sylweddolodd Doris pa mor ddoeth oedd Siân yn gofyn iddi gyfarfod â hi yma – yma, lle oedd ei chartref hi a lle oedd Doris yn ddieithryn.

Heb fawr o ymdrech, gwelodd y ffordd a arweiniai i dŷ Arthur. Sylwodd ar y rhosynnau olaf a dyfai yn yr ardd. Petrusodd am eiliad, wedyn canodd y gloch. Roedd yn siŵr bod Siân yn aros amdani.

Agorodd Siân y drws, ac am foment edrychodd y ddwy ar ei gilydd yn ymchwilgar. Syllai Doris ar berson a ymddangosai'n wahanol iawn i'r hyn a ddisgwyliodd. Roedd hi wedi disgwyl gweld Siân yn fenyw o gorff trwm, anystwyth, menyw ganol-oed, nerfus a fethai benderfynu pethau drosti ei hun. Yn lle hynny gwelodd wraig dawel a chanddi wyneb agored. Gwisgai Siân wisg las-olau syml, ac roedd ei gwallt yn dechrau gwynnu. Roedd rhywbeth glân a disglair ac urddasol yn ei golwg. Gwraig na welsai lawer o'r byd, efallai, ond un a gadwai ei moesau syml a phendant heb eu hysgwyd. Ond oherwydd ei hagwedd elyniaethus rhaid oedd i Doris gofio mai gwraig Arthur ydoedd.

Edrychodd Siân yn eiddigeddus ar y fenyw ifanc luniaidd a fu'n dwyn serch Arthur oddi wrthi, merch a gadd ormod o faldod gan fywyd, merch a feddai bopeth y gallai neb ei ddymuno – roedd yn ifanc, roedd yn fam, roedd yn annibynnol. Chwiliodd Siân yn genfigennus am arwyddion ei phechod: y paent gosod ar ei hwyneb, y cysgodion o dan ei llygaid. Gofynnodd iddi ddod i mewn. Dilynodd munudau arteithiol i Doris, pan welodd hi Arthur yn sefyll wrth ochr Siân, mor agos ac mor ddieithr. Teimlodd ysfa i redeg ato a thaflu ei breichiau o'i amgylch. Ond ni allai ym mhresenoldeb y fenyw arall a oedd yn wraig iddo.

I Arthur roedd y cyfarfyddiad yn fwy poenus byth, os oedd hynny'n bosibl. Roedd Siân yn gwylio pob un o'i symudiadau. Teimlodd, yr un pryd, fod yr atyniad rhyngddo ef a Doris bron yn annioddefol. Llaeswyd tensiwn y foment pan ofynnodd Siân i Doris, gydag urddas gwraig y tŷ, a wnâi hi gymryd cinio gyda hwy. Cytunodd Doris yn swil. Gwnaethpwyd ymdrech gloff i godi sgwrs.

"Sut y daethoch chi yma? Does dim trên yn cyrraedd yn awr, am wn i?"

"Nac oes. Roedd rhaid i mi ddod mewn car er mwyn gallu dychwelyd erbyn nos."

"Lwcus bod y tywydd yn cadw'n sych."

"Gawsoch eich codi yn Bryn Coed?"

"Ydych chi'n hoffi blodau?"

"Ydy hi'n anodd prynu tai yma?"

Mân siarad di-gyffro, gan gadw'r llygaid ar y plât rhag ofn edrych ar y ddau arall, a'r meddyliau a'r dychymyg yn rhedeg yn wyllt.

Ar ôl cinio dechreuodd Arthur siarad am amcan yr ymweliad. Esboniodd wrth Doris y cynllun a ddyfeisiwyd ganddo ef a Siân i fabwysiadu Eluned.

Tynnodd Doris gâs sigarennau o'i phoced a chynigiodd sigarét i Siân.

"Diolch yn fawr, fydda i ddim yn smocio."

"Oes gwahaniaeth gennych os cymeraf sigarét fy hun?"

"Dim o gwbwl, gwnewch fel y mynnwch, Mrs. Richards."

Taniodd Doris fatsien heb i Arthur gael cyfle i'w helpu.

"Nawrte," aeth Arthur ymlaen, "rydych wedi cyfarfod a bydd yn haws rhoi cynnig ar drefnu'r peth. Gall Siân weld mai merch barchus yw mam Eluned a gall Doris weld pa mor lân yw'r cartref sy'n disgwyl croesawu'r un fechan.

"Ar y llaw arall, ni fydd rhaid i Doris bellach ddwyn y cyfrifoldeb am ei theulu mawr i gyd ei hun. A thra mae'r baban yn fach bydd yn haws i Doris adael iddi fynd."

"Ond sut y gallaf fi fod yn siŵr," torrodd Siân ar draws araith ei gŵr, "mai plentyn Arthur yw Eluned? Os nad ŷch chi'n credu yn sancteiddrwydd priodas, Mrs. Richards, mae gennych lai o reswm byth i aros yn ffyddlon i Arthur. Sut y gallaf fi wybod nad ŷch chi ddim yn cadw cwmni mwy nag un dyn? Unwaith y torrwch chi ar draws safonau moesol, does dim modd i wybod ble mae'r gwir yn gorffen a chelwydd a thwyll yn dechrau."

Cododd Doris yn wyllt, taflodd ei sigarét i'r lle tân a chymerodd ei bag. Roedd yn barod i adael.

"Mrs. Evans, rwy wedi dod yma mewn ysbryd o gydymdeimlad ac er mwyn fy heddwch fy hun yn gymaint â'ch heddwch chi. Doeddwn i ddim yn disgwyl y byddwn yn clywed y fath ragrith.

"Oni bai mod i wedi dangos ysbryd hael, flynyddoedd yn ôl, fyddech chi ddim mewn ffordd yn awr i'm cyhuddo fel yma. Rwy'n edifar nawr, na buaswn wedi bod yn ddidostur ac yn galed ar yr amser iawn – pan ofynnodd Arthur imi i'w briodi. Buasai'n well i bawb ohonon ni. Gallwn i fod yn byw bywyd digon tawel a hunan-gyfiawn erbyn hyn. Ond roeddwn i'n rhy feddal."

"Paid â chynhyrfu dy hun," sibrydodd Arthur, "eistedd i lawr a dwed yn dawel beth sydd gennyt i'w ddweud."

Eisteddodd Doris unwaith eto; a chan nad oedd ganddi

bellach nac ofn na chywilydd i'w rhwystro arllwysodd mewn ffordd ddramatig holl stori ei bywyd.

Fel roedd hi wedi gwrthod cynllun Arthur i redeg i ffwrdd gyda hi; ac yna fel roedd wedi priodi dyn na fwriadwyd iddi; yr afiechyd, y farwolaeth ac yn y diwedd dim ond un dymuniad, sef rhoi bywyd i blentyn iach.

Roedd Doris, fodd bynnag, yn gofyn gormod gan Siân.

"Dim ond ystryw gythreulig yw hyn i gyd," gwylltiodd hi â llais uchel. "Roeddech am gael amser da gyda'm gŵr, dyna'r gwir, a nawr rŷch chi'n chwilio am esgus er mwyn rhoi'r argraff eich bod yn ferthyr a chael gwared o'r plentyn siawns."

Gwnaeth Arthur ymgais i leddfu poethder y ddadl chwerw rhwng y ddwy wraig.

"Mae'r cyfrifoldeb i gyd arnaf fi," meddai, "am yr hyn a wnes. Ac wedi'r cyfan, mae'n iawn, onid yw, mod i'n cael gofalu am un o'm dau blentyn."

"Un o ddau!" galwodd Siân mewn dychryn. "Oes gennych chi fwy nag un? Pa mor hir mae'r godinebu wedi mynd ymlaen, os gwelwch chi fod yn dda?"

Dechreuodd grio'n afreolus gan ailadrodd byth a hefyd:

"Wyddwn i ddim fod y byd mor llawn o gelwydd a thwyll, dim ond celwydd a thwyll, celwydd a thwyll ... Mae pawb yn twyllo ac yn godinebu. Rwy wedi cael digon, hen ddigon.

"Dw i ddim am gario 'mlaen fel hyn. Mae'n gas gen i feddwl am fyw rhagor. Fe ellwch chi fod yn falch, y ddau ohonoch. Rŷch chi wedi cyrraedd nod eich bywyd, safaf fi ddim yn eich ffordd bellach!"

Gyda'r geiriau hyn aeth Siân yn gyflym o'r ystafell. Aeth Arthur ar ei hôl yn union. Arhosodd Doris yn y gegin. Cerddai yn ôl a blaen gan grynu a gwrando'n ofnus ar y seiniau cymysglyd a ddôi o'r llofft. Gwyddai, trwy reddf, fod Arthur yn ymgodymu â Siân i'w chadw rhag ei lladd ei hun, rhag lladd Arthur gyda hi efallai. A hithau yn ddi-nerth, yn euog, efallai mewn perygl bywyd ei hun. Pwy a ŵyr beth y gall menyw ei wneud mewn cyflwr o anobaith, er mwyn cosbi ei gŵr? Sŵn siarad, sŵn gwydr yn torri, sgrechian, curo traed, tawelwch. Ni allai ddioddef y tawelwch. Rhaid mynd i fyny, deued a ddelai.

Dyna gamau ar y grisiau. Daeth Arthur yn ôl i'r gegin a'i wraig gydag ef. Roedd llygaid Siân yn goch gan ddagrau. Ond fel arall ymddangosai'n dawel.

Teimlodd Doris fod ei nerfau ar fin torri.

"Rwy'n mynd," meddai hi'n benderfynol. "Pan gytunais i ymweld â Siân doeddwn i ddim yn disgwyl cael trin a thrafod fy nghymeriad, a heb unrhyw amheuaeth doeddwn i ddim yn disgwyl achosi digwyddiadau o'r natur yma!"

Dibynnai bywyd y tri ohonynt ar yr hyn a ddigwyddai yn yr eiliad nesaf. Ac nid eu bywyd hwy yn unig, ond bywyd pawb a garent. Gallai grym arf marwol fod yn y gair anghywir. Ond trwy ei deimlad tuag at y ddwy ferch cafodd Arthur yma belydryn o weledigaeth achubol. Cymerodd yr agwedd nad oedd dim eithriadol yn bod, a bod popeth a oedd i ddigwydd yn hollol normal ac ar lwybr llydan cyhoeddus a droediwyd gan filoedd o'u blaen. Oherwydd gwêl pobl gysur rhyfedd yn y sicrwydd fod popeth yn 'normal' fel pe bai 'normal' yn gyfystyr â 'iawn'.

"Os bydd rhaid iti fynd, Doris," meddai'n dawel, "rwy'n credu mai'r peth gorau i Siân a fi fydd mynd gyda thi yn y car. Gallwn benderfynu popeth arall wedi i Siân weld Eluned fach."

Felly y digwyddodd i'r plant ysgol, ar eu ffordd adref, weld dwy wraig ac un dyn yn mynd i mewn i'r car o'r Sowth.

Ni fyddai neb a'u gwelodd yn eistedd yn barchus gyda'i gilydd mewn lle cyfyng yn debyg o ddrwgdybio pa mor anghyffredin oedd y cysylltiadau rhwng y tri.

* * *

Mae'r ymdeimlad o newyn yn wahanol i'r ymdeimlad o ddolur. Gŵyr y dyn sy'n teimlo dolur fod arno eisiau cael ei wared yn fuan, weithiau hyd yn oed os bydd yn rhaid talu â'i fywyd. Eithr gwahanol yw'r ymdeimlad o newyn. Sylweddolir rhyw wendid, rhyw anesmwythyd; ac yn unig ar ôl diwallu'r eisiau y gellir bod yn hollol sicr o achos yr anhwylder. Mae'r un peth yn wir am bob math o newyn, boed yn newyn am fwyd, neu am wybodaeth neu am blant.

Pan safodd Siân o flaen gwely Eluned, roedd yn siŵr, y tu hwnt i unrhyw amheuon, mai plentyn Arthur oedd hi. Trodd llawnder ei serch – a aethai'n faich i'w gŵr – at y ferch fach a edrychai arni â llygaid Arthur. Cytunodd Doris i Siân gael gofalu am y baban am nifer o wythnosau yn gyntaf. Ond syniodd Siân am Eluned fel ei phlentyn hi o hyn allan. Diwallwyd ei newyn.

Pe bai diwedd i'w gael ar unrhyw beth mewn bywyd, hyn fyddai'r diwedd boddhaol i'r chwilio ac i'r cyfeiliorni a fu. Fel hyn y mae'n digwydd wrth ddosbarthu rhoddion Nadolig, caiff pawb rywbeth, heb fod neb yn cael popeth; a bydd pawb yn fodlon. Ond nid yw mor hawdd heddychu'r galon ddynol sydd am feddiannu calon arall. Roedd rhan o'r broblem nad oedd modd ei datrys. Y rhan hon a barhâi i achosi llawer o ddioddefaint – a hefyd fwynhad y bara cudd.

Yn ystod y flwyddyn ddilynol rhoddodd Siân ei holl feddwl ar blentyn Arthur a oedd bellach yn blentyn iddi hi yn ogystal. Gallasai fod yn llwyr ddedwydd pe buasai'n siŵr fod Doris wedi cilio o fywyd Arthur. Ond bob nos y cysgai Arthur oddi cartref, byddai enaid Siân yn llosgi ym mhair eiddigedd. Nid oedd ond un meddwl a allai fod yn gysur iddi: beth bynnag a ddigwyddai, roedd hi'n sicr y deuai Arthur yn ôl at ei ferch ei hun.

Yn ôl y gyfraith roedd Eluned o hyd yn ferch i Doris. Gallai Doris hawlio ei chael yn ôl pe mynnai. Oherwydd hynny pwysai Siân â'i holl egni am gael sêl y gyfraith ar y mabwysiad. Yr unig wrthwynebiad oedd agwedd rhai o deulu Arthur. Ffyrnigai ei frawd wrth feddwl fod plentyn dieithr yn dod i mewn i'r teulu, oherwydd ymdrechodd Siân i ofalu na châi neb wybod mai plentyn i Arthur oedd Eluned. O'r diwedd trefnwyd popeth yn foddhaol gan Siân ac Arthur, a'r unig beth a oedd yn ofynnol bellach oedd llofnod Doris i'r weithred. Sgrifennodd Siân ati, ac awgrymu iddi ddod i'w cartref er mwyn cwblhau'r trefniant. Gofynnodd i Doris roi gwybod iddynt pa ddiwrnod y bwriadai ddod.

Pan dderbyniodd lythyr Siân, roedd Doris newydd fod ynghanol y ffliw. Gadawsai'r clefyd wendid ar ei ôl, a gwnaeth hyn yn anodd iddi benderfynu a chynllunio'n bendant. Am beth amser chwaraeodd â'r posibilrwydd o ofyn am ei phlentyn yn ôl. Ond ymwrthododd â'r syniad hwn, a phenderfynodd yn sydyn, ar ddiwrnod braf, i fynd i weld Arthur a Siân; ac nid oedd amser iddi eu hysbysu o'i bwriad. Eithr yn unol â'i natur, ni thrafferthodd chwaith i ddychmygu pa fath o effaith y gallai ei gweithred ei chael ar bobl eraill.

Wedi cyrraedd Bryn Coed aeth yn union i dy Siân ac Arthur. Byddai'n ddiolchgar am gael gweld Arthur eto hyd yn oed os na allai hi siarad ag ef ond ym mhresenoldeb ei wraig. Canodd y gloch a theimlai braidd yn anfodlon am nad agorwyd ar unwaith. Daeth Arthur ei hun at y drws a sylwodd Doris fod rhyw fynegiant o ddryswch yn ei wyneb: clywodd ar yr un pryd gymysgedd o leisiau o'r ystafell fwyta.

"Pam na roist ti wybod i ni dy fod yn bwriadu dod," meddai Arthur yn ddistaw.

"Ydy hi'n anghyfleus?"

"Cei di weld dy hun ..."

Cymerodd Doris i fewn i'r ystafell fwyta, lle cynhelid parti. Roedd amryw o'i gydweithwyr yno, a'u gwragedd, yn eistedd wrth y bwrdd te. Gyda hwy, mewn cadair uchel, roedd Eluned, yn gwisgo ffrog binc a wnaethai Siân iddi'n ddiweddar. Siaradai'r dynion am chwaraeon, a'r gwragedd am eu plant, a bwytâi pawb mewn tymer hwyliog. I fewn i'r awyrgylch dedwydd hwn daeth Doris fel ellyll du i ganol Tylwyth Teg.

"Beth wnaf i? Er mwyn popeth yn y byd allwn i ddim ymuno yn y parti yma."

"Efallai yr hoffet ti ddod i'r stydi?" gofynnodd Arthur yn gwrtais.

"O'r gorau! Unrhyw beth ond hyn."

"Cymerodd Arthur Doris i ffwrdd. Roedd y rhan fwyaf o'r ymwelwyr heb sylwi ar ei phresenoldeb; ond prysurodd Siân ar eu hôl. Ni allai oddef i'r ddau fod wrthynt eu hunain.

"Cymerwch gwpaned o de gyda ni," meddai Siân yn oeraidd. "A dweud y gwir, dŷch chi ddim wedi cyrraedd ar adeg gyfleus iawn. Pam na sgrifensoch chi ddim? Gofynnais yn bendant i chi sgrifennu atom."

Gwrthododd Doris dderbyn te gyda'r lleill.

"Dw i ddim mewn cyflwr i glebran â neb," meddai hi'n wanllyd. "Dw i ddim yn teimlo'n dda o gwbwl. Rwy wedi bod yn sâl yn ddiweddar gyda'r ffliw, a dyw teithio ddim yn cytuno â mi."

"Ond beth ddwedaf fi wrth ein ffrindiau?" meddai Siân.

"Dwedwch y gwir os na fedrwch chi ddychmygu dim arall," atebodd Doris yn anghwrtais.

Yn y diwedd trefnwyd i Doris aros dros y nos a gorffwys am ennyd tra oedd Arthur a Siân yn brysur gyda'u hymwelwyr. Teimlai Doris, fodd bynnag, yn llawer rhy aflonydd i orffwys. Ni allai ei balchder ddioddef iddi gael ei thrin fel rhywun nad oedd neb am ei gweld. Roedd hyd yn oed Arthur wedi ei gadael.

Aeth allan o'r tŷ, a chrwydrodd yn ddiamcan drwy'r dref. Prynodd wisg sidan i Eluned yn y diwedd a dychwelodd.

Wedi i'r ymwelwyr ymadael – braidd yn gynt na'r bwriad

– cafodd Doris ganiatâd i weld Eluned. Dangosodd Siân, gyda chryn ymffrost, yr eneth fach iach a bywiog.

"Does dim plentyn yn y dref sy'n cael gofal gwell na hi," meddai Siân.

Edrychai Eluned braidd yn ofnus ar y wraig ddieithr a syllai arni'n ddifrifol ac yn holgar. Rhoddodd Doris y parsel a'r wisg iddi, a derbyniodd Siân y rhodd a'i gosod o'r neilltu heb agor y parsel.

Y bore dilynol aethant allan gyda'i gilydd a gwnaed y mabwysiad yn un cyfreithlon. Ar ôl dychwelyd roedd Siân yn fwy rhadlon, gan y medrai fod yn siŵr bellach mai ei heiddo hi oedd y plentyn. Siaradodd â Doris am ddoniau a nodweddion neilltuol Eluned. Eithr ni pharhaodd yr heddwch ond at amser te. Hyd at yr amser hwn rheolodd Doris ei hun yn dda, gan geisio ymddangos fel un a roddai gymwynas yn hytrach nag fel gelyn. Ond nid oedd wedi gweld Arthur, cyn yr amgylchiad hwn, ers misoedd, a phan eisteddent wrth y bwrdd, sylweddolodd Siân fod Doris yn gwenu ar Arthur ac Arthur yn ateb â'i lygaid. Dim ond gwên ydoedd, a dim arall. Er hynny, dangosai'r wên ryw ddealltwriaeth gyfrin a siaradai'n groyw heb eiriau.

"Gadewch lonydd i'm gŵr!" galwodd Siân ar Doris. "Cymerais yn ganiataol y byddech chi'n ddigon gweddus i beidio ag ymddwyn fel un o ferched y stryd yn fy nhŷ i. Ond os na wyddoch chi beth sy'n iawn, yna rhaid imi ddweud wrthych."

Gwridodd Doris yn sydyn.

"Gall Arthur fod yn dyst i mi," meddai hi, "faint rwyf fi wedi'i ddiodde'n dawel, a faint rwyf fi wedi'i aberthu. Ond dw i ddim yn fodlon i gael fy nhafodi fel yma. Mae'n ddrwg calon gen i mod i erioed wedi cerdded drwy ddrws eich tŷ. Peidiwch ag ofni, Mrs. Evans, ddof fi byth yn ôl eto. Estyn fy nghôt i mi, os gweli di'n dda, Arthur."

Hebryngodd Arthur Doris o'r tŷ.

"Trueni mawr i hyn ddigwydd," meddai. "Rhaid i ti faddau i Siân. Wŷr hi ddim beth mae hi'n ddweud pan gaiff ei chynhyrfu."

"Paid â gadael iddi aros gydag Eluned wrthi ei hun, Arthur! Rwy'n methu deall pam mae hi'n rhy styfnig i dderbyn y sefyllfa fel y mae. Fe gaf fi dy weld di'n fuan, 'nghariad i, oni chaf?"

Wedi i Doris fynd, aeth Arthur i'r ardd lle cysgai Eluned heb gymryd sylw o'r ymrafael a fuasai o'i herwydd.

Agorodd ei llygaid ac edrychodd ar ei thad. Roedd hi'n barod i lefain pe gadawai ef hi wrthi ei hun. Gwthiodd Arthur y pram yn ôl ac ymlaen er mwyn ei chadw rhag dagrau. Daeth rhyw driban i'w feddwl a ddysgodd lawer blwyddyn yn ôl. Fel hyn y dechreuai,

"Rwy'n caru tair yn ffyddlon."

Er mwyn diddanu'r plentyn, canodd yn dawel fel suo-gân,

"Os yn y ffair cyferfydd
Y tair, bydd arnaf gwilydd
O'u gweld hwy gyda golwg swrth
Yn ffoi oddi wrth ei gilydd."

Cymerodd Siân, yr un pryd, y wisg sidan allan o'r parsel a'i gosod yn y tân. Gwyliodd y llosgi yn eiddgar. Tasgai gwreichion o blygion y wisg, a llyncwyd hi gan y fflamau difaol.

PENNOD XII

Y DIWEDD

AETH tair neu bedair blynedd heibio heb lawer o newid yn eu bywydau, heb lawer iawn o newid chwaith ym mywyd Doris. Dim ond bod y cymdogion yn crafu o hyd ar y gyfrinach roedd Doris yn meddwl yn hyderus ei bod yn eiddo iddi hi ei hun yn unig.

"Rydych yn mynd i ffwrdd yn y car, Mrs. Richards" (mor anodd i Doris oedd meddwl amdani ei hunan fel 'Mrs. Richards'). "Fyddwch yn ôl mewn pryd ar gyfer cyngerdd yr Ysgol, heno?"

"Dw i ddim yn siŵr eto. Fe ges neges oddi wrth gyfeilles sydd yn dost."

"Wel, rydych yn edrych yn smart iawn heddiw, Mrs. Richards." Neu:

"Neithiwr roeddwn yn dadlau gyda'r gŵr, Mrs. Richards, faint o blant sydd gyda chi i gyd?"

"Pam? Tri wrth gwrs!"

"Dau fachgen ac un ferch?"

"Wel ie."

"Roeddwn i'n meddwl o hyd fod yna ferch fach arall, Eluned."

"Ydy, mae Eluned yn byw gyda pherthnasau."

"Felly, mewn ffordd o siarad fe gawsoch bump o blant a chyfrif y bachgen bach a gafodd y ddamwain. Pwy fyddai'n meddwl. Wel, fancy that!"

Neu:

"Dyna grwt iachus yw eich Ieuan bach chi, Mrs. Richards."

"Diolch i'r nef, mae Ieuan yn holliach, beth bynnag!"

"Gwallt golau tlws ganddo, a'r gweddill ohonoch i gyd yn dywyll."

"Wel, mae pethau fel'ma'n digwydd weithiau."

"Ie'n wir, mae nhw yn digwydd, Mrs. Richards." Neu yn gyfrinachol:

"Rhyfedd, dyw Mrs. Richards byth yn mynd i ffwrdd gyda'r gŵr a'r plant – bob tro wrthi ei hun."

"Piti garw nad ydyn nhw'n byw'n daclus gyda'i gilydd er mwyn y plant. Pam na allai Mrs. Richards fynd gyda'i gŵr fel y gwnaeth ei chwaer, yn lle aros yma?"

"Ie, pam?"

* * *

Yn y cyfamser bu Gwenda a'i theulu yn byw yng Ngogledd Cymru. Aethai'n dewach a thawelach yn ystod y blynyddoedd. Roedd yn eglur fod ynddi yr heddwch mewnol a'r cydbwysedd a geir mewn pobl sy'n tynnu eu nerth o ffynhonnell y tu allan iddynt, beth bynnag y bo – crefydd, gwleidyddiaeth, neu waith ffrwythlon dros gymdeithas.

Collasai hi bron bob cysylltiad â Doris. Dechreuasai'r dieithrwch annaturiol hwn ar y pryd pan gollodd Gareth bach ei fywyd, ac wedi i Gwenda briodi a mynd i ffwrdd gyda'i gŵr, cardiau Nadolig oedd yr unig ddolen fel rheol rhwng y ddwy chwaer.

Ac yn sydyn, yn hollol yn annisgwyliedig daeth y telegram, ar ddiwrnod heulog yn y gwanwyn pan oedd y greadigaeth yn byrlymu o fywyd newydd.

Daeth negesydd y post gydag ef ar ei feic modur a'i estyn i Gwenda. Agorodd Gwenda yr amlen heb unrhyw gyffro. Beth allai y cynnwys fod? Ymwelydd sydyn, efallai. Darllenodd:

Tyrd yn union. Doris yn sâl iawn. Eisiau dy weld di. Mam.

Safodd y negesydd yn stond fel polyn.
"Unrhyw ateb?"
"Oes pensil gennych?" Dyma'r ateb:

Dof ar unwaith.
Gwenda.

* * *

Mae hi'n siwrnai flinderus i fynd mewn trên o Ogledd Cymru i'r De. Cafodd Gwenda ddigon o amser i eistedd ac i bendroni:

Beth oedd achos y salwch difrifol tybed? Wrth gwrs, nid oedd Doris byth yn holliach – gwyddai Gwenda gymaint â hyn oddi wrth lythyrau ei mam. Ychydig wedi ymadawiad Eluned cafodd Doris ei phoeni eto gan y clefyd a brofodd ar ôl colli Gareth. Byddai'n gwella am ysbeidiau ond byth am hir. Byddai'n cymryd llawer o gyffuriau er mwyn gallu dal gyda'i gwaith ac roedd y rhain yn gwenwyno ei chorff yn fwy hyd yn oed na'r clefyd. Dioddefai Doris hefyd yn barhaus gan gur pen ac anhunedd ac anesmwythdra nerfol. Ond yn ystod yr ychydig ysbeidiau pan deimlai'n well, deuai nerth a dycnwch ei chorff yn amlwg yn yr ysbryd eithriadol o anturiaethus a ddangosai.

Rhaid bod rheswm arall arbennig i'r salwch sydyn hwn. Canys rywsut neu'i gilydd, nid siawns dall a achosai glefydau Doris ond mewn ffordd ddirgel cychwynnwyd hwy gan weithredoedd Doris ei hun.

Tybed a oedd John wedi ei brifo hi mewn ffrae fileinig – ffrae o'r fath a fyddai'n codi o bryd i bryd rhwng y ddau?

Neu'n hytrach, a oedd Doris mewn pwl o anobaith wedi ceisio gwneud i ffwrdd â hi ei hun?

Y Diwedd

Tra llithrai amser y daith yn araf, araf bach, arteithiai Gwenda ei meddwl gan ystyried tybed a oedd bai arni hi ei hun am fod Doris wedi gorflino ei nerfau. Gallasai fod wedi gwahodd plant Doris ar eu gwyliau er mwyn ysgafnhau'r baich a oedd yn pwyso arni. Gallasai fod wedi sgrifennu ati hyd yn oed os nad oedd ateb parod bob tro. Roedd hi'n rhy hwyr yn awr i ddad-wneud y cam, ond pe byddai Doris yn gwella ...

Eto, beth oedd y rheswm pam oedd Doris mor awyddus i siarad â hi er nad oeddent wedi cael sgwrs bersonol ers blynyddoedd? Beth allai hi ddweud wrthi?

* * *

Wedi i'r trên gyrraedd yr orsaf cymerodd Gwenda dacsi ar unwaith. Curodd ei chalon yn drwm mewn disgwyliad wrth gyrraedd y glwyd. Pan ddaeth i'r tŷ roedd y drws yn agored yn barod. Cyfarfu Gwenda â menyw ganol oed mewn gwisg nyrs. Roedd ganddi wyneb tawel un na ellir ei dychrynu bellach gan ddioddef a marwolaeth ... bron fel wyneb lleian.

"Chi yw chwaer Mrs. Richards? Mae wedi bod yn aros amdanoch chi."

"Ydy hi'n wael iawn? Beth sydd arni?"

"Dewch a gwelwch eich hunan."

Fe aeth Gwenda yn dawel iawn i mewn i'r ystafell wely. Gorweddai Doris yn ei gwely yn wyn iawn a sawl gobennydd yn cynnal ei chefn i fyny.

"Doris fach, beth sy wedi digwydd?"

Tra oedd hi'n syllu ar ei chwaer heb wybod beth i'w wneud neu beth i'w ddweud, sylwodd sut y tynnodd Doris yn sydyn iawn bigyn chwistrell o'i braich chwith.

"Beth wyt yn ei wneud, Doris?"

Fe adfywiodd Doris yn rhyfeddol.

"O Gwenda, rwy mor falch i'th weld di. Rwy mor falch dy fod wedi dod mewn pryd. Rwy am i ti wneud rhywbeth. Rhywbeth na all neb arall ond ti ei wneud."

"Ond beth sy wedi digwydd, sut wyt ti'n sâl?"

"Eistedd yn agos ataf, Gwenda fach, yn dawel iawn, i mi gael siarad â thi. Fydd dim cyfrinach rhyngon ni bellach. Efallai y byddaf yn y bedd mewn wythnos."

"Paid â siarad felna. Rwyt yn gwella'n barod."

Dychrynwyd Gwenda yn fwy nag yr oedd hi'n cyfaddef wrthi ei hun.

"Yn dawel nawr. Rwy newydd roi chwistrelliad i mi fy hun, i gadw i fyny. Achos rhaid i ti wybod, i ddweud ... i ddweud wrth Arthur ... siarad ag ef wrtho'i hun ... heb fod Siân yn bresennol."

Gwridodd Gwenda ond ni ddywedodd air.

"Wyddost ti pwy yw Arthur?"

"Tad Eluned ... amser fy mhriodas ... rwy'n gwybod ... roeddech yn ffraeo oherwydd Arthur."

"Tad Eluned a thad Ieuan hefyd."

"Wyddwn i ddim am Ieuan ..."

"Paid â dweud wrth neb! Rhaid addo. Dyw Mam ddim yn gwybod, na Dada. Dyw John ddim yn gwybod chwaith. Mae'n hoff iawn o Ieuan. Byddai'n methu dygymod â'r ffaith ... dw i ddim am ladd rhagor."

"Rwy'n addo'n bendant."

"Diolch yn fawr, Gwenda. Diolch i ti. Roeddwn wedi blino ymladd.

Feiddiais i ddim tynnu'r ddau deulu i ddyfnder o helyntion newydd. Dyna pam y ceisiais i wneud i ffwrdd â'r baban newydd cyn iddo gael ei eni. Roeddwn i am gael y plentyn yn fawr, wyddost ti, Gwenda, achos plentyn Arthur ydoedd. Ond fe leddais i'r plentyn ynof. Rwy wedi dioddef yn erchyll cyn dod at y penderfyniad. Ac yn awr mae'r plentyn yn fy lladd i.

Y Diwedd

"Nawr, rwyt yn gweld, mae llythyrau Arthur i gyd gyda'i gilydd mewn câs wrth ymyl y gwely. Dyma'r allwedd. Os byddaf yn marw paid â gadael i neb gyffwrdd â nhw. Cymer di nhw dy hunan a'u rhoddi nôl i Arthur. Cei di weld ei gyfeiriad yn y câs. Wyt ti'n addo?"

"Rwy'n addo, Doris fach. Ond fe fyddi fyw, rhaid iti fyw."

"Diolch i'r nefoedd, mae hyn drosodd. Gad inni siarad dipyn bach nawr, fel roeddem yn arfer siarad gartref fel plant. Hwyrach y byddaf fyw wedi'r cyfan. Rwy'n hoffi byw. Ond mae bywyd wedi bod yn anodd iawn. Hoffwn yn fawr weld Arthur unwaith eto ...

"Dwed wrthyf, Gwenda, wyt ti'n credu bod bywyd priodasol hapus yn bosibl?" gofynnodd Doris yn annisgwyl.

"Pam lai, Doris fach? Rwy'n 'nabod llawer o bobol sy'n berffaith hapus gyda'i gilydd."

"Dw i ddim yn golygu hapusrwydd cyffredin. Rwy'n meddwl am ddau yn cyrraedd undod perffaith."

"Ai sôn yr wyt ti am dy hen ddamcaniaeth, na all neb gael hapusrwydd ond gydag un person arbennig?" gofynnodd Gwenda.

"Ie."

"Wel, a dweud y gwir, dw i ddim yn cydweld â thi." Dewisodd Gwenda ei geiriau'n ofalus, oherwydd teimlai fod Doris am drafod rhywbeth a oedd yn agos iawn at ei chalon ac yn hawlio ateb diffuant. "Dyw undod perffaith ddim yn gwneud synnwyr i mi o gwbwl. Rhaid i bobl ddatblygu, oni raid? Caiff y ddau brofiadau gwahanol hyd yn oed os ŷn nhw'n byw yn yr un ystafell gyda'i gilydd. Mae'n amhosibl i'r ddau fod yn yr un rhythm.

"Pan soniaf fi am fywyd priodasol hapus, rwy'n meddwl am ddau sy'n tyfu gyda'i gilydd, fel dwy goeden yn sefyll wrth ymyl ei gilydd, ond heb fyth ffurfio undod perffaith. Rwy'n credu mod i'n hapus fy hun, ond gallaswn i fod yn hapus, mae'n eithaf tebyg, gyda rhywun arall hefyd heblaw fy ngŵr. Ond dyna fe, rwy'n credu weithiau y gallwn i fyw gyda mwy nag un dyn. Mae straen bolygamaidd ynof, rwy'n siŵr."

"Na, na, Gwenda, dwyt ti ddim yn dweud y gwir! Mae hynny'n hollol amhosibl!"

Pan sylwodd Gwenda ar y don o ddicter moesol yng ngeiriau ei chwaer, ychwanegodd,

"Efallai dy fod ti'n meddwl am undod delfrydol yn yr ystyr yma: mae mil o bosibiliadau cyn i ddau ddod at ei gilydd, ond unwaith y cânt eu huno, dim ond un datblygiad sy'n bosibl bellach."

"Dim o'r fath beth!" meddai Doris. "Rwy'n credu'n bendant mewn un gŵr yn unig."

Edrychodd Gwenda arni yn anghrediniol.

"Y ti'n credu mewn un gŵr yn unig!"

"Ydw. Mae Arthur a minnau'n byw er mwyn ein gilydd, yn fwy hyd yn oed nag oedd Mam a Dada. Rwy'n rhannu pob meddwl ag ef, er ei fod yn byw mewn man arall. A phan fyddwn yn cwrdd â'n gilydd, mae ein serch yn newydd bob tro. Mae ein serch ni wedi para drwy bob profedigaeth.

"Cred fi, Gwenda, rwy wedi bod yn etholedig o flaen miloedd. Des o hyd i'r dyn a grewyd er fy mwyn i. Fe ges y 'Profiad Mawr'."

Bu Gwenda'n dawel mewn syndod. Felly roedd Doris wedi mynd mor bell â lladd y plentyn ynddi. Prin bod un o'r deg gorchymyn nad oedd wedi ei dorri. Arteithid ei hysbryd yn feunyddiol. Ond er gwaethaf hyn oll cadwodd ei ffydd yn yr undod perffaith rhyngddi hi ac Arthur. Wrth wynebu angau hawliodd ei bod yn etholedig o flaen miloedd. Ai gwallgofrwydd oedd hyn ai mawredd ysbrydol?

"Pam wyt ti'n dawel, Gwenda? Wyt ti ddim yn fy nghredu i?"

Cyffyrddodd Gwenda â thalcen Doris gan symud ychydig o'i gwallt yn ôl.

"Rwyt ti'n un arbennig a rhyfedd iawn, Doris. Cefaist dy lunio o'r un clai ag y bydd Duw yn ei gymryd i wneud Sant."

Caeodd Doris ei llygaid ac aeth i gysgu yn anesmwyth.

Mewn dychryn sydyn rhedodd Gwenda allan o'r ystafell at y nyrs.

"Ydy fy mam yn y tŷ?"

"Mae Mrs. Davies yn ei chartref ei hun yn gofalu am y plant."

"Ble mae Mr. Richards? Rhaid iddo ddod ar unwaith!"

"Nid yw Mr. Richards wedi bod yn y tŷ ers ... ers y ddamwain."

"Ble mae'r doctor?"

"Mrs. Gwenda, does dim byd y gall doctor ei wneud bellach."

Torrodd Gwenda i lawr gan grïo'n ddilywodraeth.

Teitlau eraill yng nghyfres Clasuron Cymraeg Honno

Telyn Egryn
gan Elen Egryn
Gyda rhagymadrodd beirniadol gan
Ceridwen Lloyd-Morgan a Kathryn Hughes

Telyn Egryn (1850) gan Elin neu Elinor Evans (g. 1807) o Lanegryn, Meirionnydd, yw un o'r cyfrolau printiedig cyntaf yn y Cymraeg gan ferch. Mae ystod thematig ei cherddi yn eang ac mae ei hymgais i hybu delwedd Cymraes ddelfrydol – merch dduwiol, barchus a moesol – yn rhan o'r ymateb Cymreig i Frad y Llyfrau Gleision. Cynhwysir cerddi gan feirdd benywaidd a gydoesai ag Elen Egryn yn atodiad i'r gyfrol hon.

978 1870206 303 | £5.95

Llon a Lleddf a Storïau Eraill
gan Sara Maria Saunders (S.M.S.)
Gyda rhagymadrodd gan Rosanne Reeves

Detholiad o storïau bywiog am gymeriadau gwreiddiol a hoffus cefn gwlad Cymru yn oes aur Anghydffurfiaeth gan awdur benywaidd hynod boblogaidd yn ei dydd sy'n haeddu ail-gyflwyniad i ddarllenwyr cyfoes.

9781906784492 | £8.99

Sioned
gan Winnie Parry
Gyda rhagymadrodd beirniadol gan
Ceridwen Lloyd-Morgan a Kathryn Hughes

Un o glasuron llenyddiaeth plant yw *Sioned* (1906) gan Winnie Parry (1879-1953). Ceir ynddi anturiaethau merch ifanc, ddireidus a'i hymwneud â chymdeithas Anghydffurfiol ac amaethyddol Sir Gaernarfon yn y bedwaredd ganrif ar bymtheg. Roedd gan Winnie Parry y ddawn i adrodd stori ac i gyfleu cymeriad deniadol ac mae ei gwaith yn nodedig am ei arddull dafodieithol naturiol a byrlymus.
9781870206037 | £6.99

Plant y Gorthrwm
gan Gwyneth Vaughan
Gyda rhagymadrodd gan Rosanne Reeves

Stori genedlaetholgar, wleidyddol yw *Plant y Gorthrwm* (1908) am yr effeithiau trychinebus ar gymuned fechan yng nghefn gwlad gogledd Cymru yn sgil Etholiad Cyffredinol 1868.
9781909983144 | £12.99

Pererinion & Storïau Hen Ferch
gan Jane Ann Jones
Gyda rhagymadroddion gan Nan Griffiths
a Cathryn A. Charnell-White

Ysgrifennai Louie Myfanwy Davies (1908-68) o dan y ffugenw Jane Ann Jones am ei bod yn trafod themâu mor feiddgar a phersonol. Nofela hunangofiannol chwerwfelys ynghylch perthynas merch ifanc â dyn priod yw 'Pererinion'. Taflwyd y deipysgrif wreiddiol i'r tân gan gyn-gariad yr awdur, ond darganfuwyd y copi a gyhoeddir yma (am y tro cyntaf erioed!) gan Nan Griffiths yn 2003. Merched godinebus, dibriod, creadigol a dewr a drafodir yn *Storïau Hen Ferch* (1937) ac mae'r awdur ar ei gorau yn archwilio ymwneud pobl â'i gilydd.

971870206990 | £7.99

Cerddi Jane Ellis
Golygwyd gan Rhiannon Ifans

Bardd a chanddi gysylltiadau â'r Bala a'r Wyddgrug oedd Jane Ellis (1779-c.1841) ac mae ei hemyn adnabyddus, 'O deued pob Cristion', yn un o hoff garolau Nadolig y Cymry. Y casgliad hwn o'i cherddi, a gyhoeddwyd gyntaf yn y Bala yn 1816, yw'r gyfrol brintiedig gyntaf yn y Gymraeg gan ferch. Y mae'r cerddi yn taflu goleuni ar bynciau amrywiol a phwysig: y cylch

profiad benywaidd, yr emyn yng Nghymru, hynt Methodistiaeth, twf diwydiannaeth, a datblygiad canu menywod yng Nghymru'r bedwaredd ganrif ar bymtheg.
9781906784188 | £7.99

Dringo'r Andes & Gwymon y Môr
gan Eluned Morgan
Gyda rhagymadrodd beirniadol gan
Ceridwen Lloyd-Morgan a Kathryn Hughes

Ganed Eluned Morgan (g. 1870) ar fwrdd llong y Myfanwy pan oedd honno'n cludo gwladfawyr o Gymru i'r Wladfa Gymreig a oedd newydd ei sefydlu ym Mhatagonia. Perthynai Eluned felly i ddau fyd Cymreig: yr hen famwlad a'r Wladfa newydd. Adlewyrchir y ddau fyd hwn yn *Dringo'r Andes* (1904) a *Gwymon y Môr* (1909), llyfrau taith sy'n dangos arddull fywiog, sylwgar a phersonol Eluned Morgan ar ei gorau.
9781870206457 | £5.95

GWYBODAETH am HONNO

Sefydlwyd Honno y Wasg i Fenywod Cymru yn 1986 gan grŵp o fenywod oedd yn teimlo'n gryf bod ar fenywod Cymru angen cyfleoedd ehangach i weld eu gwaith mewn print ac i ymgyfrannu yn y broses gyhoeddi. Ein nod yw datblygu talentau ysgrifennu menywod yng Nghymru, rhoi cyfleoedd newydd a chyffrous iddyn nhw weld eu gwaith yn cael ei gyhoeddi ac yn aml roi'r cyfle cyntaf iddyn nhw dorri drwodd fel awduron. Mae Honno wedi ei gofrestru fel cwmni cydweithredol. Mae unrhyw elw a wna Honno'n cael ei fuddsoddi yn y rhaglen gyhoeddi. Mae menywod o bob cwr o Gymru ac o gwmpas y byd wedi mynegi eu cefnogaeth i Honno. Mae gan bob cefnogydd bleidlais yn y Cyfarfod Cyffredinol Blynyddol.

Am ragor o wybodaeth ac i brynu ein cyhoeddiadau, os gwelwch yn dda ysgrifennwch at Honno neu ymwelwch â'n gwefan: www.honno.co.uk

Honno
Uned 14, Unedau Creadigol
Canolfan Celfyddydau Aberystwyth
Aberystwyth
Ceredigion
SY23 3GL